KB154022

명창 주덕기 가문의
소리꾼들

김석배

㈜ 박이정

 가치 있는 일에 평생을 바치는 것은 아름답고 숭고하다. 가치
있는 일이야 사람에 따라 다르겠지만, 예술가들은 자신을 피우기
위해 혼신의 힘을 쏟는다. 판소리 명창도 마찬가지다.

 정노식의 『조선창극사』를 따라가다 보면, 이른바 전기팔명창,
후기팔명창, 근대오명창으로 꼽히는 대명창을 비롯하여 수다한
이름난 소리꾼들과 만나게 된다. 이들은 지난 이백여 년 동안 판
소리 예원을 수놓은 명창으로, 저마다의 색깔로 청중들을 울리고
웃기며 그들의 아픔을 위로하고 치유했다.

 한 시대를 울린 사람들은 모두 타고난 재능을 활짝 꽃피운 사람
들이다. 재능은 핏줄을 타고 흐른다. 특히 전통예술 분야에서 핏
줄, 곧 가문은 더욱 중요하다. 명창들의 피땀 어린 노력은 천부적
인 재능을 피워가는 장엄한 도정이다. 아무리 뛰어난 재능을 타고
났다고 하더라도 그것을 꽃피우기 위해서는 끊임없이 절차탁마
하고 담금질해야만 한다. 구슬이 서 말이라도 꿰어야 보배다.

옛날부터 '한 집안에 삼대 정승 나기보다 삼대 명창 나기가 더 어렵다'라는 말이 있었다. 하지만 판소리사에는 대를 이어 명창을 배출한 명문가가 여럿 존재한다. 송흥록 가문, 김성옥 가문, 주덕기 가문, 정재근 가문 등에서는 여러 대에 걸쳐 걸출한 소리꾼을 배출했다. 그들은 하늘의 뜻을 거스를 수 없었던 것이다. '왕대밭에 왕대 난다'는 속담이 공연히 생긴 것이 아니다.

이 책에서는 판소리 명문가 가운데 담양의 주덕기 가문의 소리꾼들이 성취한 예술세계를 둘러보고, 그들의 예술정신을 기리고자 한다. 주덕기 명창은 19세기 중반에 적벽가와 심청가로 명성이 자자했던 소리꾼으로 전기팔명창의 한 사람이고, 아들 주상환 명창은 19세기 후반 심청가에 독보적인 소리꾼이었다. 20세기에 들어서는 이들의 후예인 주광득 명창이 광주와 남원을 중심으로 활동하며 판소리 발전에 기여했으며, 지금은 딸 주운숙 명창이 대구광역시 무형문화재 제8호 판소리 심청가 보유자로서 판소리문화

발전에 크게 이바지하고 있다. 이들은 판소리를 위해, 그리고 판소리와 함께 살았다. 좀 더 적극적이고 낭만적으로 말한다면 이들은 판소리가 되고자 했으며, 판소리로 살았고, 판소리였던 사람들이다.

필자는 삼십 년이 넘는 세월을 영남판소리연구회 회원들과 함께 문화운동을 하면서 주운숙 명창을 가까이에서 지켜보아 그의 진면목을 알고 있다. 그는 한시도 소리를 놓은 적이 없는 진정한 소리꾼일 뿐만 아니라 제자들에게 모든 것을 아낌없이 내어주는 훌륭한 스승이다. 그리고 자연인으로서 주운숙 명창은 은은한 매향을 머금은, 맵시롭고 따뜻한 사람이다.

호은 주운숙 명창께서 올해 고희라고 한다. 세월여류라는 말을 새삼 실감한다. 이 책에 주운숙 명창의 고운 일흔을 담을 수 있어 기쁘다. 그리고 행간 곳곳에는 영남판소리연구회를 위해 애쓰신 주운숙 명창의 헌신에 대한 회원들의 감사하는 마음과 은근한 정도 배어 있다.

주운숙 명창께서 연년익수하고 노당익장하시어 그 담백하고 정갈한 소리세계를 오래오래 그리고 널리, 멀리 전해줄 것으로 믿는다. 아울러 제자들이 소리숲을 이루어 스승의 치열한 예술혼과 청초한 예술세계를 오래도록 잘 가꾸고 지켜갈 것으로 기대한다.

끝으로 어려운 여건에도 불구하고 이 책을 간행해 주신 박찬익 대표님과 박이정 가족 여러분에게 감사드린다.

2022년 9월
김석배

8

1.

소리 핏줄, 판소리 명문가

朝鮮唱劇史

소리 핏줄, 판소리 명문가

한 명의 명창이 탄생하기까지는 적어도 서른 해가 좋게 걸린다고 한다. 스승에게 소리를 배우는 데 십 년, 독공으로 소리를 익히는 데 십 년, 그리고 자신의 색깔을 지닌 소리로 완성하는 데 십 년, 이렇게 강산이 세 번 바뀔 정도로 부단히 절차탁마해야만 비로소 명창의 반열에 오를 수 있다는 것이다. 그래서 옛말에 명창 나오기가 어렵다는 뜻으로 '광대 집안에 국창 나기가 양반집에 정승 나기보다 더 힘들다'거나 '명창 뒷은 없다'는 말이 있었다.[1] 대를 이어 명창 나오기가 그만큼 어려웠기 때문이다. 그럼에도 불구하고 판소리사를 살펴보면 대를 이어 명창을 배출한 명문가가 여럿 존재한다.

전북 운봉의 송씨 가문과 전남 보성의 정씨 가문과 나주의 정씨 가문은 4대에 걸쳐 명창을 배출한 명문이고, 충남 강경의 김씨 가문과 전남 곡성의 장씨 가문은 3대에 걸쳐 명창을 배출한 명문이다.

운봉의 송씨 가문에서는 가왕으로 일컬어지는 송흥록으로부터 송흥록의 동생 송광록, 송우룡, 송만갑, 송기덕이 나왔고, 나주의 정씨 가문에서는 정창업을 비롯하여 정학진, 정광수, 정의진이 나왔으며, 보성의 정씨 가문에서는 정재근으로부터 정응민, 정권진, 정회석이 나왔다. 그뿐만 아니라 강경의 김씨 가문에서는 중고제의 김성옥을 비롯하여 김정근, 김창룡·김창진이 나왔고, 곡성의 장씨 가문에서는 장판개를 비롯하여 장월중선, 정순임이 나왔다.

부모 자식으로 이어진 명창으로는 김수영과 김찬업, 김창환과 김봉이·김봉학, 심정순과 심재덕·심매향·심화영 등 헤아리기 어려울 정도로 많다.

판소리꾼들은 대대로 그들끼리 혼인했기 때문에 인척 가운데도 명창들이 많이 나왔다. 처남 매부 간으로는 송흥록과 김성옥 등이 있고, 이종 간으로는 이날치와 김창환·박기홍, 임방울과 정광수 등이 있으며, 최승학과 박만순은 동서 간이다. 그리고 김찬업은 오끗준의 생질이고, 유성준은 장자백의 생질, 김정문은 유성준의 생질, 안숙선은 강도근의 생질이며, 박송희와 정의진은 외가 쪽으로 6촌 간이다.[2]

전통예인 집안 출신들은 자기들끼리 '동간(동관, 동갑, 동가비)'이나 '개비(가비, 갑이)'라 하고, 출신이 다르면 '비개비(비갑이,

비가비)'라고 한다. 동간이란 말은 전통예인 집안 출신들끼리 끈끈한 유대감과 연대감을 드러내며, 개비란 말은 전통예인 집안 후예로서의 자긍심과 예술적 자부심을 강하게 드러내고 있다. 그들은 개비이면서 비개비 행세를 하는 소리꾼도 못마땅하게 여긴다. 반면 비개비란 말의 밑바닥에는 '멋을 모른다', '제대로 할 줄 모른다'는 정도의 얕잡아 보는 뜻이 두껍고 진하게 깔려 있다.[3]

멋은 모름지기 몸에 배어 있는 것이지 외투처럼 걸칠 수 있는 것이 아니다. 속에서 저절로 우러나오는 것이 속멋이요, 실속 없이 겉으로만 부리는 것은 겉멋에 불과한 것이다.

20세기에 들어와서 판소리 명가문이 이룩한 예술적 성취가 점차 그 명맥이 끊어지고 있다. 송흥록 가문을 비롯하여 김창환 가문, 김성옥 가문 등은 판소리의 예맥이 단절되어 안타깝다. 우리의 중요한 예술적 자산이 가뭇없이 사라져 가고 있으므로 판소리 명가문에 대한 관심을 가져야 한다. 이들이 더 잊히기 전에 서둘러야 할 만큼 시급한 일이다. 흔적 없이 사라진 뒤에 후회하는 만시지탄을 되풀이해서는 안 될 것이다.

앞으로 우리는 전라남도 담양의 주덕기 명창 가문에서 배출한 소리꾼들을 만나는, 짧지 않은 여정에 동행하기로 한다. 주덕기 명창은 전기팔명창시대의 소리꾼으로, 19세기 중반에 적벽가와 심청가로 한 시대를 울렸고, 아들 주상환 명창도 19세기 후반에 독보적인 심청가 소리꾼으로 명성이 자자했다. 20세기에 들어와서는 주광득 명창이 나와 판소리 발전에 이바지했다. 그는 일찍 세상을 떠나 널리 알려지지 못했지만, 광주와 남원을 중심으로 활동한 쟁쟁한 소리꾼이었다. 주광득 명창의 막내딸인 주운숙 명창은 대구광역시 무형문화재 제8호 판소리 보유자로서 대구지역의 판소리문화 발전에 크게 이바지하고 있다. 또한 주운숙 명창의 언니 주영숙도 한때 김제에서 국악원을 열어 후학을 가르친 명창이었다.[4]

2.

전기팔명창에 꼽힌 벌목정정 주덕기

朱德基는 全羅南道 昌平郡出生으로(或云全州生)純淵哲三代를 歷過한人이다。宋興祿、牟興甲

兩人의 鼓手로 多年隨行하였다。무슨 衝動을 받었든지 소리工夫를 決心하고 깊은 山

에 들어가서 출나무 밑둥지를 베여놓고 晝夜로 致祭하면서 修鍊하는데 松木數千株를 探

伐하였다한다。그러므로 伐木丁丁의 別號를 얻었는지 모르거니와 山水勝地를 찾어다니며 風

餐露宿의 가진 辛苦를 겪어가면서 修鍊에 修鍊을 더하여서 마침내 成功하였다한다。그는

赤壁歌에 特長하였고 더음으로 後世에 傳한것은 有名한 赤壁歌中 활쏘는 대목이다。

「周瑜大驚하여 일은말이 孔明의 神機妙算은 果然 難測이로다 이사람이 이러하니 他日에

江東에 大患이 될리라하고 徐盛、丁奉 두 장수 急히 불너 분부하되「徐盛은 弓拏手一

百을 거나리고 水路로 쫓고 丁奉은 刀斧手 一百을 거나리고 陸路로 쫓아 南屏山나는듯

이 올나가 孔明을 만나거든 長短도 뭇지말고 孔明의 머리를 대칼에 맹기령 베여내여

一分도 遲滯말고 내 앞에다 놓아다구」두장수 吩咐듣고 水陸並進 쫓아간다 丁奉이 칼

을들고 南屏山 울나갈제 단병접전의 남철환 들어닷듯 鳶飛戾天의 소리개채로 수루루 펄

펄 남병산 울나가니 執旗壯士는 不知去處로다 떨어진 帳幕遮日 半

空에 질녕펄녕 旗지키는 軍士들은 當風而立하고 孔明은 戰笠을 숙여쓰고 새

벽 서리 찬바람에 거대만 꺽 부들고 으드득 요만하고 서있거날 군사들불러 묻는말이

전기팔명창에 꼽힌 벌목정정 주덕기

　옛 명창들에 관한 정보는 매우 드물다. 정노식의『조선창극사』[1]를 제외하면, 어쩌다 운 좋게 하나둘 발견되는 단편적인 것들이 전부라고 해도 과언이 아니다. 주덕기 명창이라고 다를 리 없다. 주덕기(朱德基) 명창은 전라남도 담양군 창평 출신으로, 순·헌·철종 연간에 활동한 이른바 전기팔명창시대의 소리꾼이다. 일설에는 전라북도 전주 출신이라고 한다.『전주대사습사』에는 순조 2년(1802) 전라남도 담양군 창평에서 태어났으며, 40세에 근해서야 대성하여 일가를 이룬 것으로 되어 있다.[2]

　판소리 창단에는 오래전부터 명창들 중에서 8명을 골라 팔명창이라고 하는 관습이 있었다. 왜 굳이 '8명'을 꼽는지는 알기 어렵다.[3] 다만 신재효가 자신이 살던 시대의 소리꾼 중에서 송흥록과 모흥갑 등 9명을 명창으로 꼽은 것으로 볼 때, '팔명창'이란 말은 신재효 시대 이후에 정착된 것으로 짐작할 뿐이다.

예술가에 대한 평가가 같을 수 없으니, 팔명창에 들어가는 소리꾼도 일정하지 않다. 19세기 전반기에 활동한 전기팔명창으로는 권삼득, 황해천, 송흥록, 방만춘, 염계달, 모흥갑, 김제철, 고수관, 신만엽, 송광록, 주덕기 가운데서 꼽고, 19세기 후반기에 활동한 후기팔명창으로는 박유전, 박만순, 이날치, 김세종, 송우룡, 정창업, 정춘풍, 김창록, 장자백, 김찬업, 이창윤 가운데서 꼽는다. 어쨌든 팔명창에 꼽힌 이들은 쟁쟁한 소리꾼으로 한 시대를 울린 대명창임에 틀림없다. 판소리 및 소리꾼에 대한 안목이 남달랐던 고창의 동리 신재효(1812~1884)가 〈광대가〉에서 주덕기를 송흥록, 모흥갑, 권삼득, 신만엽, 황해청, 고수관, 김제철, 송광록과 함께 대표적인 명창으로 꼽았으니[4] 믿을 만하다. 김연수 명창도 권삼득, 송흥록, 염계달, 모흥갑, 고수관, 김계철, 신만엽과 함께 주덕기를 전기팔명창 가운데 한 사람으로 꼽았다.[5]

정노식은 『조선창극사』에서 주덕기에 대해 다음과 같이 기술하고 있다.

벌목정정 흥망이 자취 없다 주덕기
주덕기는 전라남도 창평군 출생으로(혹은 전주생) 순헌철 삼대를 역과한 인이다. 송흥록, 모흥갑 양인의 고수로 다년 수행하였다. 무슨 충동을 받았든지 소리공부 하기를 결심하고 깊은 산에 들어가서 솔나무 밑둥지를 베어 놓고 주야로 치제하면서 수련하는데 송목 수천 주를 채벌하였다 한다. 그러므로 벌목정정의 별호를 얻었는지 모르거니와 산수승지를 찾아다니며 풍찬노숙의 가진 신고를 겪어가면서 수련을 더하여서 마침내 성공하였다 한다. 그는 적벽가에 특장하였고 더늠으로 후세에 전한 것은 유명한 적벽가 중 활 쏘는 대목이다.[6]

주덕기는 원래 모흥갑과 송흥록 명창을 오랫동안 수행하던 고수였다. 그러다가 고수에 대한 차별 대우에 불만을 품고, 소리꾼으로 입신하기 위해 깊은 산속에 들어가 여러 해 동안 불철주야 노력한 끝에 일가를 이루었다. 소나무 밑둥치를 베어 놓고 대추나무 북채로 두드리며 수련했는데, 소나무 수천 그루를 베었다고 해서 '벌목정정(伐木丁丁) 주덕기'라는 별호를 얻었다.[7] 일설에는 그의 소리가 장작을 패듯이 힘차고 모질었기 때문에 그런 별호가 붙은 것이라고 한다.[8]

소리를 맛있게 하기로 유명했던 서편제 명창 김채만(1865~1911)도 이와 비슷한 전설의 주인공이다. 김채만은 목이 굿은 소리꾼이었다. 하루는 전라감사의 부름을 받고 전주감영 선화당에서 송만갑 명창과 함께 소리를 하게 되었다. 김채만이 먼저 하고 이어서 송만갑이 했다. 다시 김채만이 소리할 차례가 되었는데, 감사가 김 명창은 그만두고 송 명창 소리를 한 번 더 듣자고 했다. 게다가 김채만에게 '그것을 소리라고 하는가' 하는 핀잔까지 했다. 소리꾼으로서는 감당하기 어려운 모욕이었다. 그날로 광주 속 골로 돌아와 죽을 작정으로 소리에 매달렸다. 삼 년 동안 목침보다 두 배나 더 큰 대추나무 죽비 세 개가 북채에 닳아서 두 토막이 나도록 새벽부터 밤중까지 연마하여 마침내 타고난 목을 이기고 대성했다.[9]

예전에는 소리꾼과 고수의 차별이 무척 심했다. 소리꾼이 말이나 보교를 타고 가면 고수는 북을 메고 그 뒤를 따라 걸어간다. 소리를 마치고 받는 보수도 소리꾼의 십 분의 일 정도였다. 이런 차별 때문에 주덕기처럼 고수에서 소리꾼으로 길을 바꾸어 피나는 수련 끝에 대성한 명창이 더러 있는데, 송광록과 이날치 명창도 그러한 경우다.

가왕 송흥록 명창의 동생인 송광록 명창도 원래는 형을 수행하던 고수였다. 그런데 송흥록은 부름을 받고 어디를 가나 버젓이 가마나 말을 타고 가는데, 고수인 송광록은 북을 등에 걸머지고 걸어서 따라가야만 했다. 앉는 자리도 송흥록은 주인과 같은 상석인데, 송광록은 말석이 아니면 하인들 방에서 기다려야 했고, 음식도 송흥록은 주인과 같이 산해진미를 먹지만, 송광록은 따로 초라한 상을 받았다. 한자리에 있는 것은 소리할 때 북을 치는 시간뿐이고, 놀음이 끝나고 받는 행하도 송흥록의 10분의 1에 불과했다. 이렇듯 명창은 우대를 받고 고수는 천대를 받게 되니, 아무리 형제간이라도 마음이 좋을 리가 없었다. 아니 형제인 까닭에 더

창피하고 아니꼬웠을 것이다. 참다못한 송광록은 가족들에게 말한마디 없이 종적을 감추고, 멀리 제주도 한라산으로 들어가 수년간 만 리 창해를 삼키고 내뱉을 기세로 소리공부를 한 끝에 명창으로 우뚝 섰다. 그 후 송흥록과 어깨를 나란히 하며 기량을 겨루었으며, 송흥록의 창제를 거리낌이 없이 비평했다.10

이날치 명창(1820~1892)도 고수에서 소리로 길을 바꾸어 대명창이 되었다. 원래 이날치는 줄타기 명수였는데, 생각한 바 있어 박만순의 수행고수를 했다. 박만순보다 10여 년 연상이었다. 고수에 대한 차별이 심한 것도 불만인 데다가 성격이 괴팍한 박만순의 시중을 들어야만 했으며, 심지어 발 씻는 물까지도 떠다 바쳐야 했다. 이를 아니꼽게 여기고 있던 이날치는 어느 날 대야의 물을 박만순의 몸에 쏟아 버리고, 그길로 박유전의 문하에 들어가 판소리를 적공하여 서편제의 대명창이 되었다.11 수리성의 큰 성량과 슬프고 한 서린 목소리로 하는 이날치의 소리는, 박만순의 소리가 식자에 한하여 칭예를 받았는 데 비해, 남녀 노소 시인 묵객 초동목수(樵童牧豎) 할 것 없이 찬미하지 않는 이가 없었다12고 한다.

신재효는 〈광대가〉에서 당대의 아홉 명창의 소리세계를 중국의 대문장가들에 비유했다.

우리나라 명창 광대 자고로 많거니와 기왕은 물론하고 근래 명
창 누구 누구

명성이 자자하여 사람마다 칭찬하니 이러한 명창들을 문장으로
비길진대

송선달 홍록이는 타성주옥 방약무인 화란춘성 만화방창 시중천
자 이태백

모동지 흥갑이는 관산월색 초목풍성 청천만리 학의 울음 시중
성인 두자미

권생원 사인 씨는 천층절벽 불끈 솟아 만장폭포 월렁꿀꿜 문기
팔대 한퇴지

신선달 만엽이는 구천은하 떨어진다 명월백로 맑은 기운 취과
양주 두목지

황동지 해청이난 적막공산 밝은 달에 다정하게 웅창자화 두우
제월 맹동야

고동지 수관이난 동아부자 엽피남묘 은근문답 하는 거동 근과
농상 백낙천

김선달 계철이난 담탕한 산천영기 명랑한 산하영자 천운영월
구양수

송낭청 광록이난 망망한 장천벽해 걸릴 데가 없었으니 만리풍
범 왕마힐

주낭청 덕기난 둔갑장신 무수변신 농락하는 그 수단이 신출귀
몰 소동파

이러한 광대들이 다 각기 소장으로 천명을 하였으나 각색 구비
명창 광대 어디 가 얻어보리13

주덕기 명창에 대해서는 "주낭청 덕기는 둔갑장신 무수변화 농락하는 그 수단이 신출귀몰 소동파"라고 하여, 그의 변화무쌍한 소리 세계를 당송팔대가의 한 사람인 소동파에 견주었다. 소동파(蘇東坡, 1036~1101)는 중국 북송 때의 문신인 소식(蘇軾)으로, 자는 자첨·화중이고, 동파는 그의 호다. 북송의 철종 때 중용되어 구법파의 중심인물로 활약했으며, 시문과 서화에도 뛰어났다. 그는 사상의 폭이 매우 넓어서 유가사상을 근간으로 했지만 도가와 불가에도 심취했는데, 이와 같은 그의 폭넓은 사상은 다양한 작풍을 형성하는 바탕이 되었다. 아버지 소순, 동생 소철과 함께 삼소(三蘇)로 불렸다.

주덕기는 한동안 송흥록과 모흥갑의 수행고수였기 때문에 자연스럽게 그들의 영향을 많이 받았을 것이다. 송흥록의 '호풍환우 천변만화'의 가풍과 주덕기의 '둔갑장신 무수변화'의 가풍이 일맥상통하는 것도 그 때문일 것이다. 그리고 신재효가 주덕기를 '주낭청'이라고 한 것을 보면 주덕기는 어전 광대로서 낭청 직계를 받았음을 알 수 있다.

주덕기 명창의 소리 세계에 깊고 넓은 영향을 끼친 명창은 송흥록과 모흥갑이다. 송흥록 명창은 남원 운봉 비전리 출신으로, 그 당시의 판소리를 집대성하여 한 차원 높은 예술의 경지로 발전시켜 동편제를 정립하고, 특히 진양조장단을 완성하는 등 판소리 발전에 지대하게 이바지하여 판소리의 중시조로 추앙받았다. 신재효는 그를 "송선달 흥록이는 타성주옥 방약무인 화란춘성 만화방창 시중천자 이태백"이라고 하여 시선 이백에 비유했으며, 동년배의 모흥갑은 그에게 가왕이라는 칭호를 바쳐 최고의 존경심을 드러냈다. 그는 변강쇠가와 적벽가, 춘향가의 옥중가에 뛰어났으며, 더늠으로 천봉만학가를 남겼다.[14]

모흥갑 명창은 경기도 진위 출신(또는 안성 죽산, 전주 출신)으로, 송흥록·염계달과 함께 동시대에 이름을 날린 거장이다. 신재효는 그를 "모동지 흥갑이는 관산만리 초목풍성 청천만리 학의 울음 시중성인 두자미"라고 하여 시성 두보에 비유했다. 모흥갑이 평양 연광정에서 소리할 때 내지른 덜미소리가 십 리 밖까지 들렸다는 유명한 이야기가 전한다. 그래서 세인들은 고동상성으로 내지르는 그의 소리를 두고 '설상(雪上)에 진저리친 듯'이라고 하였다. 적벽가에 특히 뛰어나서 당시 적벽가에 있어서는 다른 소리꾼은 그 앞에서 감히 입을 열지 못했다고 하며, 춘향가의 이별가를 더늠으로 남겼다.[15]

서울대학교 박물관의 열 폭 병풍 「평양도」(일명 「평안감사 환영연도」) 가운데 모흥갑 명창이 능라도에서 평안감사를 비롯한 여러 좌상객과 구경꾼들 앞에서 소리하는 광경을 그린 장면이 있다.

「평양도」 (서울대학교 박물관 소장)

한편 주덕기 명창은 『금옥총부』를 편찬한 안민영(1816~1885 이후)과 무척 가까운 사이였다. 따라서 그의 소리에는 가곡의 영향도 어느 정도 있었을 것으로 추정할 수 있다. 안민영은 헌·철·고종 때 활동한 가객으로, 대원군의 비호를 받으며 활동한 승평계의 핵심인물이다. 본관은 순흥이며, 자는 성무, 호는 주옹 또는 구포동인이다. 처음에는 형보라는 자를 썼으며, 구포동인은 대원군이 내린 호다. 1876년(고종 13)에 스승 박효관과 함께 『가곡원류』를 편찬했고, 1880년 무렵에는 자신의 가집인 『금옥총부』를 편찬했다.

안민영은 27세 때인 임인년(1842) 가을에 우진원과 함께 전라남도 순창에 내려갔다가, 주덕기와 함께 운봉의 송흥록을 방문했다. 그때 마침 송흥록의 집에 신만엽, 김계철, 송계학 등 일대의 명창들이 있어 수십 일을 질탕하게 놀았다.[16]

길럭이 펄펄 발셔 나라 가스러니
고기난 어이 이적지 아니 오노
山 놉고 물 기닷터니 아마 물이 山도곤 더 기러 못 오나 보다
至今예
魚鴈도 쌔르지 못하니 그를 슬어하노라.
余於壬寅秋 與禹鎭元 下往湖南淳昌 携朱德基 訪雲峯宋興祿 伊時申萬
葉金啓哲宋啓學一隊名唱 適在其家 見我欣迎矣 相與留連 迭宕數十日後
轉向南原

안민영은 이천에 머무르고 있을 때도 주덕기와 함께 있었다.[17]
그리고 주덕기는 〈게우사〉에 '주덕기 갖은 소리'[18]가 있고, 완판 41장본 〈심청전〉에 태평연을 열고 일등 명기와 명창을 다 불러 즐기는 장면에도 등장하는 것[19]으로 볼 때 그가 당대 최고의 명창 가운데 한 사람인 것이 분명하다.

주덕기 명창은 적벽가에 뛰어났으며, 조자룡 활 쏘는 대목을 더 늠으로 남겼다. 적벽가는 중국의 나관중이 쓴 삼국지연의의 하이라이트라 할 수 있는 적벽대전을 소재로 재창조한 판소리다. 소리꾼들은 삼국지연의를 새롭게 해석하고, 각색하여 체제와는 상관

없이 평화롭게 살고 싶어 하는 민중들의 소망을 담아냈다. 그것은 정권욕에 눈이 어두운 조조를 비참할 정도의 졸장부로 비하하는 곳에서 극대화되는데, 그러기 위해서 군사설움타령이나 새타령 등 원작에 없는 부분을 많이 덧붙였다. 적벽가의 대표적인 눈대목은 삼고초려, 군사설움, 조자룡 활 쏘는 데, 적벽화전, 원조타령 (새타령), 군사점고 등이다.

박동진 명창은 "옛날에는 적벽가 할 줄 아시오, 이래 물어요. 적벽가 잘 못합니다. 춘향가 헐 줄 아는가, 이래거든요. 말이 떨어지지요. 잘 못하면, 심청가 할 줄 아냐, 이러고 대번에 격수가 탁 낮아집니다."[20]라고 했다. 적벽가가 그만큼 높이 평가받았다는 뜻인데, 특히 양반층에 인기 있었다.

전기팔명창 시대의 적벽가 명창으로는 송흥록과 방만춘도 있다. 방만춘은 순조대의 충청도 해미 출신으로, 아귀상성과 살세성으로 당세 독보했는데, 전승되던 적벽가와 심청가를 윤색, 개작하여 장기로 삼았다. 적벽가에 특장했으며, 그가 적벽화전 대목을 소리하면 좌석이 온통 바닷물과 불빛 천지로 화하였다고 한다.[21] 한번은 큰 절에서 수백 명의 관중 앞에서 적벽화전 대목을 불렀는데, 소리가 절정에 이르자 때는 서늘한 가을이었는데도 거의 모든 관중이 '덥다'면서 옷을 벗어버렸다는 일화도 있다.[22]

적벽가는 도원결의로부터 시작한다. 유비와 관우, 장비는 봄철 복숭아꽃이 만발한 도원에서 형제의 의를 맺는다. 힘을 합쳐 도탄에 빠진 백성을 구제하고 기우는 사직을 바로잡으며, 위로는 나라에 보답하고, 아래로는 백성들을 편히 살게 하겠노라고 맹세한다. 복숭아 밭은 무릉도원으로, 이상향 곧 살 만한 곳을 뜻하는 상징적인 공간이다. 유비 삼 형제는 황건적 토벌 등 무공을 세워 여러 지방의 관장이 되기도 했지만, 그것으로는 결코 그들의 꿈이 이루어질 수 없다.

삼고초려는 유비 삼 형제가 자신들의 원대한 뜻을 이루기 위해서는 지략을 가진 인재가 절실함을 깨닫고, 제갈공명을 세 번 찾아간 끝에 마침내 그를 얻는 대목이다. 이 대목은 이른 시기의 적벽가에는 존재하지 않았으며, 후대에 중고제 명창들이 도원결의와 박망파전투, 장판교대전 등과 함께 적벽가의 앞부분에 첨가한 것으로 짐작된다. 이 부분이 없는 것을 민적벽가라고 하는데, 주덕기의 적벽가는 이른 시기의 적벽가이므로 민적벽가일 것이다. 현재 전승되고 있는 적벽가 중에는 임방울의 적벽가가 민적벽가이다. 유비가 조조와 맞서 싸움에 나설 수밖에 없는 점, 곧 대의명분을 강조하기 위해 도원결의와 함께 수용했던 것이다.

【진양조】당당한 유현주는 신장이 팔 척이요 얼굴은 관옥 같고 자고기이하니 수수과슬 영웅이라. 적노마 상 앞서시고 그 뒤에 또 한 사람의 위인을 보니 신장은 구 척이나 되고 봉의 눈 삼각수 청룡도를 비껴들고 적토마 상에 늠늠히 앉았으니 운장일시

분명허고, 그 뒤에 또 한 사람을 보니 신장은 칠 척 오 촌이요 얼굴이 검고 제비턱 쌍고리눈에 사모장창을 눈 우에 번뜻 들고 세모마 상에 두렷이 앉았으니 진삼국지맹장이라. 당당한 거동은 산하를 와르르 무너낼 듯, 세상을 모두 안하에 내려다보니 익덕일시 분명쿠나. 그때는 건안 팔 년 구월이라. 와룡강을 바라보니 경개무궁 기이허구나.

… 중략 …

【아니리】 선생님의 높은 성명 들은 제 오래어늘, 선생님을 뵈옵고져 세 번 찾아온 뜻은 다름이 아니라 한실이 경복하고 간신이 능권하여 종묘사직이 망재조석이라. 이 몸이 제주로서 갈충보국하려 하되 병미장과하고 재조단천하여 흥복치 못하오니, 사직이 처량하고 불쌍한 게 백성이라. 원컨대 선생께서 유비를 위하고 백성을 위하여 출산 상조하사이다. 공명이 대답하되, 양은 본래 무식하여 포의야부로서 세상 공명 모르옵고 남양에 밭 갈기와 강호에 고기 낚기 운심 부지 깊이 묻혀 채약이나 일삼고, 월하에 풍월이나 읊을지언정 천하대사 내 어이 알으오리까. 낭설을 들으시고 존가 허행하였나이다. 굳이 사양 마다 하니 현덕이 하릴없어,

【진양조】 서안을 탕탕 두다리며, 여보, 선생 들조시오. 천하대세가 날로 기울어져 조적이 협천자이령제후를 하니 사백 년 한실은 일조일석에 있삽거든 선생은 청렴한 본을 받어 세상공명을 부운으로 생각허니 억조창생을 뉘 건지리오. 말을 마치고 두 눈에 눈물이 듣거니 맺거니 떨어지고 가슴을 두다려 울음을 우니, 용의 입김이 와룡강을 진동한 듯 뉘라 아니 감동하리

- 〈박봉술 적벽가〉 -

한나라 황실 회복을 꿈꾸며 맺은 도원결의도 비장하지만, 초야에 묻힌 일개 선비를 찾아 나선 길도 비장하다. 어디 그뿐이랴. 자연스레 우러나오는 제갈량의 넉넉한 겸양의 덕도 아름답고, '억조창생을 뉘 건지리오'라며 흘리는 유비의 눈물은 가슴을 시리도록 적신다. 이러한 영웅적 기상은 진한 우조와 유유한 진양조장단에 실려 장엄하게 드러난다. 사직이 위태롭고 백성이 불쌍한 것이 어디 한나라에만 국한된 일이겠는가? 인류 역사에서 백성을 도탄에 빠뜨리고 국정을 농단하며 사리사욕을 위해 권도를 부린 자가 어디 조조뿐이었던가! 그래서 백성들은 암울하고 궁핍한 시대에는 유비를 그리워하고, 제갈량을 찾는 것이다.

영웅이 시대를 만드는 것이 아니라 시대가 영웅을 만든다. 세상이 어지러우면 영웅들이 여기저기서 등장하여 저마다 대의명분을 내세우며 살 만한 세상을 만들겠다고 설쳐 댄다. 그러나 대부분은 백성들을 더욱 괴롭히고 못살게 굴 뿐이다. 그들의 대부분은 자신의 욕망을 숨긴 채 그럴듯한 명분과 감언이설로 무장한, 권력욕에 눈이 먼 자들이기 십상이다. 그것은 역사가 백성들에게 여과 없이 생생하게 가르쳐준 귀한 교훈이 아니던가? 역사상 그런 '가짜영웅'들은 숱하게 많았다. 그들은 귀에 속속 들어오는 이러저러한 달콤한 약속을 마구 해 대지만, 그 모두가 자신들의 이익을 위해 교묘하게 둘러대는 요설로 꼬임과 속임수에 불과하다. 혹세무민하는 것이다.

하여튼 영웅을 필요로 하는 시대는 불행한 시대지만 그래도 영웅은 어김없이 나타났다. 아니 백성들이 필요한 영웅을 만들어 낸다. 백성들은 번번이 속아왔지만, 그래도 실낱같은 희망으로 '참영웅'의 출현을 소망한 것이다. 하여 그들은 자신들을 위해 뜨거운 눈물을 흘릴 수 있는 유비를, 목숨을 바쳐 주군을 돕는 관우와 장비, 제갈공명을 칠년대한에 단비 기다리듯 애타게 기다리고 있는지도 모른다. 우로를 받아 자라나는 이름 모를 들풀처럼 용이 흘리는 뜨거운 눈물을 받아먹고 사는 것이 백성들이기 때문이다. 아, 용의 눈물이여!

다음은 조자룡이 활 쏘는 대목으로, 삼국지연의와 박동진의 적벽가에서 인용했다.

　<삼국지연의>
　어느덧 해가 지고 어둠이 깔렸는데도 하늘은 맑기만 하고 바람은 털끝만큼도 일지 않았다.
　주요가 조바심에 안절부절못하며 노숙에게 물었다.
　"공명이 우리를 속인 것 같소. 이렇게 꽁꽁 얼어붙는 동짓달에 어떻게 동남풍이 불어오게 한다는 말이오?"
　"나는 공명이 헛소리할 사람이라고는 생각지 않습니다."
　이렇게 초조하게 기다리고 앉아 삼경에 이르렀을 때, 난데없이 바람 소리가 들리더니 깃발이 펄럭이며 깃대가 흔들리는 소리가 들려왔다. 주유는 벌떡 일어나 밖으로 나갔다.
　서북쪽에서 불어오는 바람에 깃발이 펄럭이고 있었다. 그런데 그 바람이 갑자기 동남풍으로 돌변했다.

주유는 깜짝 놀라며 혼자 중얼거렸다.

"과연 공명은 천지조화의 법을 통달하고 귀신도 모를 술법을 쓰는 사람이구나. 그냥 두었다가는 우리 동오에 화근이 될 것이다. 빨리 죽여서 우환거리를 없애야겠다."

주유는 즉시 장막 안으로 나와 호위 장수 정봉과 서성을 불러 말했다.

"너희는 각각 백 명의 군사를 거느리고 서성은 배로, 정봉은 육로를 이용하여 남병산의 칠성단으로 가라. 칠성단 앞에 도착하면 다짜고짜 공명의 목을 쳐라. 성공하면 후한 상을 내리겠다."

주유의 명령에 따라 서성은 칼과 손도끼를 든 백 명의 군사를 거느리고 배를 타고 물결을 가르며 나갔고, 정봉은 활을 든 군사 백 명을 거느리고 말을 타고 남병산을 향하여 떠났다. 그때까지 계속 동남풍이 불고 있었다.

이를 두고 어떤 시인은 아래와 같이 읊었다.

칠성단 위로 와룡이 올라가니,
그날 밤 동풍이 불어 물결이 이는구나.
공명의 묘책이 아니었다면,
어찌 주유가 재능을 발휘하랴?

말을 탄 정봉의 군사들이 먼저 칠성단에 도착하여 바라보니 기를 들고 있는 군사가 바람을 맞으며 서 있었다.

정봉은 말에서 내려 칼을 빼어 들고 단 위로 올라갔으나 공명의 모습이 보이지 않았다. 정봉은 수비를 보고 있는 군사에게 공명의 행방을 물었다.

수비병이 대답했다.

"조금 전에 단에서 내려가셨습니다."

정봉은 허겁지겁 단 아래로 내려오자 그제서야 서성의 배가 도착하고 있었다. 그들이 공명을 찾아 강변에 이르렀을 때 군사 하나가 보고했다.

"어제 저녁 한 척의 쾌속선이 저 앞 여울목에 멎어 있더니 조금 전에 공명이 머리를 풀고 배에 올라 저 위쪽으로 타고 갔습니다."

정봉과 서성은 각기 수로와 육로로 공명을 추격했다.

서성이 돛을 높이 올리게 하여 바람을 가르고 뒤쫓으며 바라보니 멀지 아니한 곳에 공명이 탄 배가 보였다. 서성은 뱃머리에 올라서서 큰 소리로 외쳤다.

"군사님! 잠깐만 계십시오. 도독께서 뵙자고 하십니다."

공명은 선미 쪽에서 껄껄껄 웃으며 말했다.

"군사나 잘 부리라고 도독께 말씀 올리시오. 제갈량은 잠시 하구에 갈 일이 있으니 다음날 만날 기회가 있을 것이라고 전하시오."

서성이 다시 말했다.

"잠깐만 배를 멈추십시오. 긴히 드릴 말씀이 있습니다."

"나는 이미 도독이 나를 가만히 놔두지 않고 해치러 올 것을 알고 미리 조자룡을 시켜 배를 가져 오라 한 것이니, 장군은 괜한 헛수고하지 마시오."

서성은 공명이 탄 배에 뜸을 씌우지 않은 것을 알고 더욱 바짝 추격하니, 조자룡이 활에 화살을 메겨 선미 쪽에 서서 크게 꾸짖었다.

"나는 상산의 조자룡이다. 특별히 명을 받들어 직접 군사를 모시러 왔다. 네가 왜 우리를 추격하느냐? 화살 한 대면 너를 죽일 수 있으나 양쪽의 관계를 생각해서 죽이지는 않고 네놈에게 솜씨만 보이겠다."

자룡은 말을 채 끝내기도 전에 화살을 쏘아붙여 서성이 탄 배의 뜸을 묶은 동아줄을 끊었다. 뜸이 날아가 물속으로 떨어지자 배가 기우뚱거리기 시작했다.

자룡이 사공에게 영을 내려 돛을 높이 달게 하여 순풍을 타고 쏜살같이 달아나니, 서성은 더 이상 뒤쫓지 못했다.

이때 강 언덕에서 정봉이 서성을 부르며 말을 몰아 배 쪽으로 다가오며 말했다.

"제갈량은 사람으로서는 미칠 수 없는 귀신같은 재주를 가졌소. 거기에다가 혼자서 일 만 명을 능히 당해낼 수 있는 조자룡이 함께 있소. 서 장군은 당양의 장판 싸움을 기억하지 못하시오? 우리 그대로 돌아갑시다."

두 장수는 주유에게 돌아가 공명이 미리 조자룡에게 배를 가져오게 하여 도망쳤다고 알렸다.

주유가 크게 놀라며 말했다.

"공명의 재간이 그와 같으니 내가 주야로 마음을 못 놓을 수밖에."

옆에서 노숙이 위로했다.

"먼저 조조를 격파한 후에 다시 생각합시다."[23]

<박동진 적벽가>

【자진모리】 그때에 주유와 노숙은 장중에 높이 앉아 동남풍을 기다릴 제, 주유가 하는 말이, "공명이 하든 말이 진실로 허담이다. 엄동백설에 동남풍이 있을소냐?" 노숙이 여짜오되, "공명은 천하의 영웅이라 남을 속이지 않사오니 잠깐 기다려 보옵소서." 말이 맞들 못하여 바람 소식이 온다, 바람 소식이 와. 장막이 움죽움죽 깃발이 펄렁펄렁. 주유 대경 실색하여 장막 밖에 높이 나와 오방에 신기를 바라본 즉, 손해 절기 꽂인 깃발이 술해방으로 펄펄 헛날리니 북풍한작동남풍이 적실하다. 주유가 하는 말이, "공명의 재조는 귀신도 난측이라. 이 사람을 두었다가 동오에 화근이라. 불가생자라 일즉 죽여 화근을 면하리라." 진중에 서성 정봉 양 장사 불러드려, "너. 이제 남병산 나는 듯이 올라가서 공명을 만나며는, 장단도 묻지 말고 한칼로 목을 뎅그렁 베여 오너라." 철기를 내여주니, 양장의 거동 봐라. 철기를 받어 들고 서성은 배를 타고 수로로 쫓고 정봉은 말 달려 남병산을 올라가니, 영기대 물자각은 바람결에 휘풍겨 거중에 떠나가고 화극조화 삼지창은 백일이 냉냉한데, 크게 부는 동남풍에 깃대 지끈 부러지고 끈 떨어진 채일 장막 거중에 떠나갈 제, 공명은 간데없고 기 잡는 군사들이 이리저리 업쳤구나. 서성 정봉 호령한다. "이놈, 군사야. 공명이 어데 가더냐?" 저 군사 여짜오되, "선생이 바람을 얻고, 머리 풀고 발 벗고 저 넘어로 가더니다." 서성 정봉 그 말 듣고 날랜 창 빼여 들고 남병산 빨리 넘어 오강으로 내려갈 제, 강천은 요란하고 새별은 둥실둥실 지는 달빛 빗겼는데 오강으로 내려가니, 원근 창파상에 가는 배는 전혀 업고 대추풍파 어르렁 충

청 창파로다. 수졸이 들어 여짜오되, "작일일 모시, 작일일 모시, 갑주한 일원 대장. 조그마한 일엽편 강하에 매인 배 만단의심하옵기를, 양강수 맑은 물 고기 낚는 어선배, 십리장강 벽파상에 왕래하는 건우배, 동강 칠이한 엄자릉에 낚시배 만단의심하였더니, 뜻밖에 어떤 사람 머리 풀고 발 벗고 창황분주 급히 내려오는데, 뜻밖에 배 안에서 일원 대장이 나오는데, 얼굴은 형산백옥 같고 눈은 소상강 물결 같고, 한 번 보기 끔직하고 두 번 보기 기막힌 장수와 둘이 손목을 부여잡고 고개를 끄덕끄덕 귀에 대고 뭐시라고 소근소근 희희 하하 웃음 웃고 금방 떠났소." "옳다, 공명이다. 사공을 불러라." 사공을 불러들여, "이놈, 사공아. 공명의 탄 배가 멀리 못 갔으니 공명을 못 잡으면, 태과한 내 분심이 이 창으로 네 목 찔러 강상에 풍 던져노면 네 백골을 어느 누가 찾아 가랴. 바삐 저어라." 사공이 영을 듣고 어기야 어기야 어기야 저어갈 제, 강상에 떳는 배 공명 탄 배가 분명하다. "저기 가는 공명 선생, 가지 말고 예 머므러, 내 한 말을 듣고 가오. 우리나라 주 도독이 친히 할 말이 있다고 잠깐 청래하오." 공명이 하하 웃고, "나는 유고 있어 본진으로 돌아가니, 이 좋은 동남풍에 때 잃지 말고 후일 상봉 기다리라 회보하오." 양장이 듣지 않고 거푼거푼 쫓아오니, 자룡이 분기탱천하여 선미에 우뚝 서서, "서성 정봉 너 들어라. 우리 선생 높은 재조 너의 나라에 건너가서 유공하고 오시는데, 주 도독은 어떠한 놈으로 우리 선생을 살해코저 너의 두 놈을 보내더냐? 내 소문을 못 들었나? 산양수 큰 싸움에 조맹덕의 팔십 만 병 팔금산 초목같이 내 손으로 다 죽였는데, 네 조그만한 일목선을 내 어찌 성케 두며, 우리 현주 명을 받아 선생님을 뫼셨

는데 네 감히 쫓아오니 너를 죽여 마땅하되 양국 화친을 생각하
여 죽이진 않지만은 내 수단이나 네 보와라?' 자룡이 거동 봐라.
철궁에다 철선을 먹여 홍어복실하고, 귀밑을 앗식 좀통이 떠지게
주먹을 꼭 쥐고, 앞뒤가 기울잖게 귀 밑은 벙벙 좀 뒤날까 좀 앞
날까 깍지손을 떼뜨리니, 번개같이 가는 살이 수루덩실 떨어가,
서성 정봉 탄 배 돛대 맞아 딱 부러져 물에 가 풍! 오던 배가 가로
서서 뱃머리 빙빙 월구렁 충청 떠나간다.

【자진중모리】 서성 정봉 혼이 나서 겁주하여 달려와서 그 사
연을 회보하니, 주유 듣고 대경하여, "천하의 영웅이라. 조조를
치고 현덕을 후도로 도모하자." 약속을 다시 하고,[24]

위의 두 인용문을 비교해 보면 삼국지연의보다 적벽가가 긴박
한 장면을 훨씬 더 극적으로 그리고 있음을 알 수 있다. 판소리꾼
들이 원작을 바탕으로 환골탈태한 것이다. 신재효가 말한 광대의
사대법례 가운데 두 번째로 든, "사설이라 하는 것은 정금미옥 좋
은 말로 분명하고 완연하게 색색이 금상첨화 칠보단장 미부인이
병풍 뒤에 나서는 듯 새눈 뜨고 웃게 하기 대단히 어렵구나"라는
말에 적실히 부합한다. 게다가 잘 짜인 사설이 소리와 장단과 상
합하여 삼국지연의로서는 도저히 미칠 수 없는 박진감과 생생한
감동을 준다. 이것이 바로 판소리가 가진 놀라운 힘이요 마법 같
은 매력이다. 우조의 호방함이 빠른 자진모리를 타고 콸콸 흘러내
리는 지리산의 계곡물처럼 시원시원하고 통쾌한 맛을 주어 조자

룡의 호기를 한껏 느낄 수 있게 한다. 적벽가 명창이라면 누구나 장기로 삼으려고 탐낼 만한 대목이 분명하다.

주덕기의 적벽가는 한때 그의 문하에서 지도받은 박만순에게 전해졌을 것이다. 전라북도 고부 출신인 박만순 명창은 주덕기의 문하에서 소리를 배우고, 송흥록의 문하에 들어가서 십여 년을 공부한 후 임실의 어느 폭포 아래서 수련하여 성량이 산봉우리와 골짜기 사이를 뚫고 나올 정도가 되었다. 그 후 송흥록의 의발을 받은 직계 제자로, 동파의 수령이요 후기팔명창의 한 사람으로 꼽힐 만큼 대성하였다. 춘향가의 사랑가와 옥중가, 적벽가의 화용도 등이 장기였으며, 춘향가의 옥중몽유가가 그의 더늠이다.[25]

박만순이 임실의 폭포 아래서 공부했듯이 소리꾼들은 득음하기 위해 흔히 폭포에서 소리공부를 한다. 송흥록 명창이 고향 남원의 운봉 비전의 폭포 아래에서 득음한 일화는 유명하다.

송 씨가 처음 공부를 마치고 세간에 나와서 명성이 원근에 퍼지자 대구 감영에 불려가서 소리를 하는데 명창이란 칭찬이 만좌에 넘쳤으되 인물과 가무의 일등 명기로 당시 수청으로 있는 맹렬의 입에서는 한 마디 잘잘못의 평이 없었다. 송 씨가 그 곡절을 알지 못하여 그 이튿날 맹렬의 집을 찾아가서 그 모에게 맹렬을 좀 보게 하여 달라고 간청하여 무슨 핑계로 맹렬을 불러 나오게 하였다. 그리하여 송 씨는 맹렬에게 어젯밤 소리판에서 한마디의 평이 없는 것을 물으니, 맹렬은 웃고 그대의 소리가 명창은 명창이

나 아직도 미진한 대목이 있으니 피를 세 동우는 더 토하여야 비로소 참 명창이 되리라고 한다. 송 씨는 그 길로 자기 고향인 비전으로 돌아와 그곳 폭포 밑에서 다시 공부를 시작하고 목을 얻으려고 소리를 지르는데 며칠을 지난즉 목이 아주 잠겨서 당초에 터지지 아니한다. 그렇게 석 달을 고생하다가 하루는 목구멍이 섬섬거리며 검붉은 선지피를 토한 것이 거의 서너 동우 폭이나 되었다. 따라 목이 터지기 시작하여 필경 폭포 밖으로 소리가 튀어나게 되었다. 그 뒤에 다시 대구에 가서 선화당(宣化堂)에서 소리를 하는데 소리도 소리려니와 일단 정신은 맹렬의 동정을 살피는 데 집중이 되었다. 맹렬은 넋을 잃은 사람같이 좌불안석하면서, 송 씨의 입만 치어다보고는 무엇이라고 하여 옳을지를 모르는 모양이었다. 맹렬은 한 시간이 멀다 하고 소리판이 끝나기를 기다려 감사에게 무슨 핑계를 하였던지 몸을 빼쳐 송 씨의 처소로 나와서 그 밤으로 행장을 차려가지고 대구를 탈출하여 송 씨의 고향인 운봉으로 왔다.[26]

송흥록이 목을 얻는 과정이 다소 과장되고 극적으로 그려져 있다. 맹렬은 시기와 질투가 심했고, 송흥록도 성격이 오만하고 자부심이 강하여 불화로 싸우는 날이 잦았다. 송흥록은 만년에 함경도 길주에 살았는데, 하루는 부부싸움 끝에 맹렬이 분한 김에 봇짐을 싸서 문을 박차고 나갔다. 송흥록은 맹렬과의 이별로 인한 비통한 심정을 진양조로 불렀는데, 오늘날 남도민요 흥타령 속에 화석으로 남아 있다.

맹렬아 맹렬아, 맹렬아 맹렬아, 맹렬아 잘 가거라. 날 두고 갈려거든 정마저 가져가지, 정은 두고 몸만 가니 쓸쓸한 빈방 안에 외로이도 홀로 누워 밤은 적적 깊었는데, 오늘도 뜬 눈으로 이 밤을 새우네. 아이고 데고 허허 어어 음음 성화가 났네 헤.

송흥록은 맹렬에 대한 그 애달프고 사랑스럽고도 미운 감정을 여지없이 드러내었다. 이 비감한 소리를 대문 밖에서 듣고 있던 맹렬은 차마 떠나지 못하고 다시 들어와서 화해했다. 이 단장곡에서 진양조가 완성되었다고 한다.

소리꾼들은 왜 시끄럽기 짝이 없는 폭포 아래서 소리를 했을까? 이옥(1760~1813)의 〈가자 송실솔전〉에는 가객이 득음의 경지에 이르는 과정을 잘 보여주고 있다.

송실솔은 서울의 가객이다. 노래를 잘하는데, 특히 〈실솔곡〉을 잘 부르기 때문에 '실솔'이란 별호가 붙게 되었다.
실솔은 젊어서부터 노래 공부를 해서 이미 득음한 이후 거센 폭포가 사납게 부딪치고 방아를 찧는 물가로 가서 매일 노래를 불렀다. 한해 남짓 계속하자 오직 노랫소리만 들리고 폭포 소리는 없었다. 다시 북악산 꼭대기로 올라가 아득한 공중에 기대어 넋나간 듯 노래를 불렀다. 처음에는 소리가 흩어져서 모이지 않던 것이 한해 남짓 지나자 사나운 바람도 그의 소리를 흩어지게 하지 못했다. 이때부터 실솔이 방에서 노래하면 소리는 들보를 울리고, 마루에서 노래하면 소리는 창문을 울리고, 선상에서 노래하면 소리는 돛대 끝에서 울리고, 산골짝에서 노래하면 소리는 구름 사이에 울리는 것이었다. 노래가 씩씩하기는 징소리와 같고, 맑기는 옥돌 같고, 섬세하기는 연기가 가볍게 날리는 것 같고, 서성거리는 것은 구름이 감도는 듯했으며, 구를 때엔 꾀꼬리 울음 같고, 떨쳐 나올 때엔 용의 울음 같았다. 또한 거문고와도 잘 어울리고, 생황에도 잘 어울리고, 퉁소에도 잘 어울리고, 쟁과도 잘 어울려, 그 묘함이 극치에 다다랐다. 그제야 옷을 차려입고 갓을 바로 쓰고는 여러 사람이 모인 자리에 나아가 노래를 부르니, 청중들은 모두 귀를 기울이고 공중을 바라보되 노래 부르는 사람이 누군 줄 알지 못하였다.[27]

송실솔은 영조 때 왕족인 서평군(西平君) 이요(李橈, 1724~1776)의 후원을 받은 가객이다. 본명은 전하지 않으며 실솔곡을 잘 불러 '실솔'이라는 별호를 받았고, 특히 12가사의 하나인 황계사[28]에 뛰어났다. 이요는 거문고의 명수로 가객 이세춘도 후원했다.

다음은 송실솔이 잘 부른 곡이다. 김천택의 『청구영언』에 작자 미상으로 되어 있다.

귀또리 저 귀또리 어엿부다 저 귀또리
어인 귀또리 지는 달 새는 밤에 긴 소리 쟈른 소리 절절이 슬픈 소리 저 혼자 울어예어 사창 여읜 잠을 살뜰히도 깨우는고야
두어라 제 비록 미물이나 무인동방에 내 뜻 알 이는 저뿐인가 하노라[29]

돌아오지 않는 임을 그리워하는 여인의 마음을 애틋하게 그리고 있다.

소리꾼의 귀에 폭포 소리는 들리지 않고 자신의 소리만 들리게 되면 득음의 경지에 이른 것이라고 할 수 있다. 즉 자신의 소리가 폭포 소리를 이겨내었을 때 비로소 명창의 반열에 오를 수 있는 것이다.

주덕기의 적벽가는 그 후 박만순의 제자들을 중심으로 전승되었을 것이다. 오끗준을 비롯하여 김찬업, 박기홍, 송만갑 등이 박만순의 제자로 알려져 있는데, 특히 박기홍의 적벽가에 상당한 영향을 끼쳤을 것이다.

박기홍은 전라남도 나주 출신으로 이날치, 김창환과 이종 간이다.[30] 초년에 박만순 수하에서 지침을 받은 후 정춘풍 문하에서 다년간 공부하여 대성한 명창으로 동편제의 법통을 혼자 두 손바닥 위에 받들어 들고 끝판을 막다시피 한 종장이다. 미리 '소리금'을 정하고 소리할 정도로 자부심이 대단했으며, 당대에 가신(歌神)·가선(歌仙)으로 칭송받았다. 그는 통속화된 소리를 하던 송만갑에게 "장타령이 아니면 염불이다. 명문 후예로 전래 법통을 붕괴한 패려자손"이라고 혹평할 정도로 동편 법제를 고수했다. 선산의 해평 도리사 부근에서 박록주를 가르쳤고, 대구기생조합에서 소리선생도 했다. 춘향가와 적벽가에 특장하고, 적벽가의 삼고초려와 장판교대전, 화용도에 신출귀몰했으며, 더늠으로 적벽가의 조

조 군사 사향가를 남겼다.[31]

박기홍이 적벽강에 불 지르는 대목을 부를 때는 실제 불이 난 것 같았다고 한다.

> 이 화룡도에 불을 질르는 장면은 옛날 오명창 중에 김창룡 씨라고, 그분이 잘하셨고요. 그분 후예로는 저희 선생 조학진 씨라고, 그분이 잘했습니다. 그전에 옛날 박기홍 씨라고, 저희 선생에 선생님입니다. 그 냥반이 눈이 한 짝이 이렇기 궂었는데, 이 냥반이 연흥사에서, 옛날 같으면 지금 같으면 황실극장이죠. 그 극장에서 적벽가 불을 지르는디, 송 감찰, 송만갑 씨가 가죽신을 들고 도망하드랍니다. 그래서 북 잘 치시는 한성준 씨가 보시고, '아, 형님.' '왜.' 이랑께, '아, 이 사람아, 연흥사 불났네.' 그러더랍니다. 그래서 아 참말로 불났는가 싶어갖고 거기를 갔더랍니다. 가니께 그 박기홍 씨라고 하는 양반이 적벽가로 불을 질러 놨는디, 참말로 이 무대가 불난 거 같더랍니다. 그 후에 참, 그래서 객석에 그 점잖은 양반들이 어찌할 줄을 몰랐답니다.[32]

이 대목은 전장의 급박한 상황을 자진모리장단에 싣고 의성어와 의태어를 풍부하게 활용하여 생동감 있고 실감 나게 그리고 있다. 소리도 잘만 부르면 눈에도 보인다. 눈에 선하다는 말이다.

박기홍 명창은 조학진에게 적벽가를 물려주었고, 조학진은 박동진에게 적벽가를 물려주었다. 박귀희도 16세 때인 1938년 여름에 조학진을 모시고 대구 근교에 있는 용연사의 암자에 들어가 백

일공부를 했다.[33]

조학진은 전라남도 광주(또는 나주, 담양) 출신으로 박기홍에게 배워 이름을 얻은 명창이다. 1935년에 발매된 폴리돌레코드의 『심청전 전집』과 『화용도 전집』에 참여할 정도로 심청가와 적벽가에 뛰어났다. 『심청가 전집』에는 심청 투신 대목부터 수궁 환대 대목까지 불렀고, 『적벽가 전집』에는 군사 설움[34]과 적벽강에 불 지르는 대목[35]을 불렀다.

박기홍 적벽가의 기둥은 정춘풍의 적벽가이겠지만, 전승 계보로 보아 주덕기 적벽가의 영향도 상당히 받았을 것이다. 따라서 박동진 적벽가에도 주덕기 적벽가의 흔적들이 남아 있을 것으로 짐작된다.

주덕기 명창은 심청가에도 뛰어났다. 안성판 20장본 〈춘향전〉의 신관 사또 생일잔치 장면에 '주덕기 심청가'[36]가 나온다. 그의 심청가는 아들 주상환에게 전해졌다.

주덕기 명창은 모흥갑이 앞니가 빠져 순음으로 불렀던 춘향가의 이별가를 후세에 전하였다. 『조선창극사』에 이와 관련된 재미난 일화가 전한다.

모 씨가 만년에 전주군 귀동에 살 적에 어떤 날 매물의 필요가 있어 전주부 시장에 들어가서 요건을 마치고 돌아가는 길에, 다가정에 수천의 군중이 환도함을 보고 웬일인가 하고 헤치고 들어가 본즉 당시 명창으로 성명이 쟁쟁한 주덕기가 소리를 하는데, 청중의 지수 "얼시고 절시고 좋다."는 소리 사방에서 일어난다. 모 씨 메였든 굴억을 깔고 삿갓으로 차면하고 은신하고 앉아서 흥미 있게 듣는데, 가창을 마치자 만좌는 "송흥록, 모흥갑의게 내리지 아니할 명창"이라고 책책칭도하였다. 주, 은근히 쾌감을 이기지 못하여 "모흥갑은 부족쾌론이오, 송흥록도 유부족앙시"라고 자존자찬적 언사를 감발하였다. 따라서 만좌는 모다 그 당연함을 긍허하였다. 모 씨 듣기에 심히 불쾌하여 그 괘심함을 힐책하기 위하여 드디어 좌석에 들어섰다. 구지들에게 배례한즉 만좌는 그 의외임을 놀래 환영하였다. 모 씨 말하기를 "자기는 부족론이로되 송흥록은 자타가 공인하는 대가이요 가왕의 칭호까지 받은 공전절후의 명창이어늘 주의 소위 무례막심하다." 하고, 전기 이별가 일 곡을 전치가 몰락한 순음으로 장쾌하게 부른 후에 주 씨다려 한번 방창하여 그 승점을 표시하라 하매, 주 원래 송, 모 양인의 고수로 다년 수행하던 사람이라 복복 사죄하고 감히 그 앞에서 개구치 못하였다. 그 조가 특이하고 아름다운 것이 타인의 밋이 못할 바이라 하여 주 씨의 방창으로 전파되어 유명하게도 전치 몰락의 순음으로 모방하여 후세까지 부르는 더늠이다.[37]

다음은 이화중선이 부른 모흥갑제 이별가로, 흔히 강산제 이별가라고 한다.

【아니리】 이건 모 동지 제올시다.
【중모리】 여보 되련님 날 다려가오. 여보 되련임 날 다려가오.

나를 잊고는 못 가리다. 나를 다려가오, 날 다려가오. 날 바리고는 못 가리다. 내가 도련님다려 사자 사자 헙더이까? 도련님 나를 다려 사자 사자 허였지요. 저 건네 늘어진 양류 깁수건을 풀어내야 한 끝은 나무 끝끄터리 매고, 또 한 끝은 내 목으다 매야 딍령딍령 뚝 떨어져, 내가 도련님 앞으 자결을 할 저. 나를 다려가오, 날 다려가오, 날 바리고는 못 가리다. 도련님은 올라가면 나는 남원 땅으 뚝 떨어져서 뉘를 믿고 사잔 말이오.[38]

모흥갑제 이별가는 고음반 중에 〈Taihei C8267-A 명창제(상) 이화중선〉과 〈Victor KJ-1001-A 이별가 송만갑〉, 〈Victor 49101-A 이별가 김초향·김소향〉에도 있다. 그리고 현재 전승되는 춘향가 가운데 박봉술 춘향가에 있으며, 정정렬제와 김연수제에는 보이지 않고, 정응민제에는 흔적만 남아 있어 전승이 중단될 위기에 있다.

3.

독보적인 심청가 소리꾼 주상환

朱祥煥 「西便」

朱祥煥은 名唱 朱德基의 嗣子요 宋雨龍 朴萬順等의 先輩로서 憲哲高三代間을 울린 名唱이다。唱의 모든 法制는 그父에게서 많이 繼承하였고 沈淸歌에 長하였다 한다。그의 더늠으로 沈淸歌中 沈봉사가 심청을 길르는 대목을 들면 如左하다

이때 심봉사는 부인을 埋葬하여 空山夜月에 혼자 두고 허둥지둥 돌아오니 부엌은 적막하고 방은 텅 비었는데 향내 그저 피여있다 휑덩그런 빈방안에 벗없이 홀로 앉어 온갓 슬픈 생각할제 이웃집 귀덕어미 사람 없는 동안에 아기를 가져다가 보아 주었다가 돌아와서 아기를 주고 가는지라 심봉사 아기 받어 품에 안고 智異山 갈가마귀 게발 물어던진듯이 혼자 웃뚝 앉었으니 서름이 복바처나오는데 품안에 어린아기는 보채어 우름을 운다 심봉사 기가막혀 아기를 달래는데

「아가아가 우지마라 너이 母親 먼데 갔다 洛陽東村 李花亭에 숙랑자를 보러갔다 黃陵

3.

독보적인 심청가 소리꾼 주상환

주상환(朱祥煥) 명창은 주덕기 명창의 아들로, 헌·철·고종 삼대에 활동한 서편제 소리꾼이다. 『전주대사습사』에는 순조 24년(1824) 전라남도 창평에서 출생한 것으로 되어 있다.[1]

정노식은 『조선창극사』에서 주상환에 대해 다음과 같이 기술하였다.

주상환 「서편」

주상환은 명창 주덕기의 사자(嗣子)요 송우룡 박만순 등의 선배로서 헌철고 삼대 간을 울린 명창이다. 창의 모든 법제는 그 부에게서 많이 계승하였고 심청가에 장하였다 한다. 그의 더늠으로 심청가 중 심봉사가 심청을 길르는 대목을 들면 여좌하다.

이때 심봉사는 부인을 매장하여 공산야월에 혼자 두고 허둥지둥 돌아오니 부엌은 적막하고 방은 텅 비었는데 향내 그저 피여 있다 휑덩그런 빈방 안에 벗 없이 홀로 앉어 온갖 슬픈 생각할

제 이웃집 귀덕어미 사람 없는 동안에 아기를 가저다가 보아 주었다가 돌아와서 아기를 주고 가는지라 심봉사 아기 받어 품에 안고 지리산 갈가마귀 게발 물어 던진 듯이 혼자 웃뚝 앉었으니 서름이 복바처 나오는데 품안에 어린아기는 보채여 우름을 운다 심봉사 기가 막혀 아기를 달래는데

"아가 아가 우지 마라 너이 모친 먼 데 갔다 낙양동촌 이화정에 숙랑자를 보러 갔다 황릉묘 이비한테 회포 말을 하러 갔다 너도 너의 모친 잃고 서름 겨워서 우느냐 우지 마라 우지를 마러라 네 팔자가 얼마나 좋면 칠 일 만에 어미 잃고 강보 중에 고생하리 우지 마라 우지 마라 해당화 범나비야 꽃이 진다 서러 마라 명년 삼월 돌아오면 그 꽃 다시 피나니라 우리 안해 가신 데는 한 번 가면 못 오신다 어진 심덕 착한 행실 잊고 살길 바이없다 낙일욕 몰현산서 해가 저도 부인 생각 파산야우창추지로 비 소래도 부인 생각 세우청강양양비에 짝을 잃은 외기럭이 명사벽해 바라보고 뚜루룩낄룩 소리하고 북천으로 향하는 양 내 마음 더욱 설다 너도 또한 님을 잃고 님 찾어 가는 길가 너와 나와 비교하면 두 팔자 같으고나."

이러그려 그날 밤을 지낼 적에 아기난 기진하니 어둔 눈이 더욱 침침하여 어찌할 줄 모르더니 동방이 밝어지며 우물가에 들박소리 귀에 얼는 들니거늘 날샌 줄 짐작하고 문 펼적 열떠리고 우둥퉁퉁 밖에 나가

"우물가에 오신 부인 뉘신 줄은 모르오나 칠 일 안에 어미 잃고 젖 못 먹어 죽게 되니 이애 젓 좀 먹여주오."

그 부인 하는 말이 "나는 과연 젓이 없소마는 젓 있는 여인네가

이 동내 많사오니 아기 안고 찾아가서 젓 좀 먹여 달라 하면 뉘가 괄시하오리까"

심봉사 이 말 듣고 품속에 아기 안고 한 손에 집팽이 집고 더듬더듬 동내 가서 아해 있는 집을 물어 시비 안에 들어서며 애걸복걸 눈물지며 목이 메여 하는 말이

"현철한 우리 안해 인심으로 생각하나 눈 어둔 나를 본들 어미 없난 어린 것이 이 아니 불상하오 댁집 귀한 아기 먹고 남은 것 있거던 이 애 젓 좀 먹여주오"

동서남북 다니며 이렇듯 애길하니 젓 있는 여인네가 목석인들 안 먹이며 도척인들 괄시하리.

"칠월이라 유화절에 기음 매고 쉬인 여가 이애 젓 좀 먹여주오 백석청탄 시내 가에 빨래하다 쉬인 여가 이 애 젓 좀 먹여주오"

근방의 부인네라 봉사 근본 아는 고로 한없이 긍측하여 아기 받아 젓을 먹여 봉사 주며 하는 말이

"여보시오 봉사님 어려히 알지 말고 내일도 안꼬 오고 모래도 안꼬 오면 이 애 설마 굶기리까"

심봉사 백배사례하고 아기를 품에 안꼬 집으로 돌아와서 아기 배를 만저 보며 혼자 말로

"허허 내 딸 배 불렀다 일 년 삼백육십 일 일상 이만하고지고 이것이 뉘 덕이냐 동내 부인 덕이로구나 어서 어서 잘 자라라 너도 너의 모친같이 현철하고 효향 있어 아비 귀염 보이어라 어려서 고생하면 부귀영화하느니라" 운운 전도성 송만갑 창[2]

주상환 명창은 부친 주덕기 명창의 법제를 계승했으며, 특히 심청가에 뛰어났고, 심 봉사가 젖동냥으로 심청을 키우는 대목을 더늠으로 남겼다.

그런데 『조선창극사』에 주상환의 더늠으로 소개된 이 대목은 1922년 광동서국에서 발행한 활자본 『증상연예 강상련』(제10판)을 그대로 인용한 것이다. 그 저본이 이해조가 심정순의 심청가를 산정하여 『매일신보』에 연재한 〈강상련〉3이므로 주상환의 실제 더늠과는 필시 다소 달랐을 것이다. 심정순(1873~1937)은 중고제 명창이자 가야금병창 및 산조의 명인이다. 본명은 심춘희다. 피리와 통소의 명인 심팔록의 아들이요, 가야금병창과 산조의 명인 심상건(1889~1965)의 숙부이며, 심재덕과 심매향, 심화영의 부친이다.

참고로 서편제 심청가의 이 대목은 다음과 같다. 박동실의 심청가를 전승하고 있는 한애순의 심청가에서 인용하였다.

【중모리】 집이라고 들어서니, 부엌은 적막허고 방안은 텡 비었난듸, 향내, 쑥내만 피어 있다. 방 가운데 우뚝 서서 한참 동안을 생각더니, 심 봉사, 발광증이 나, 앉었다 선뜻 일어나며 문갑, 책상을 두루쳐 메여다가 와직끈 아그르르르 쾅 콰광탕 부딪치며, 쓰던 수건, 빗던 빗첩을 모두 주어 내던지더니마는, "아서라, 이것이 쓸데가 없다. 이것 두어 무엇 허겄느냐?" 정신없이 문을 툭 차더니 부엌으로 충충 내려서며, "마누라 거기 있소? 거 어디

갔소? 허어, 내가 미쳤구나." 방으로 다시 들어와 방 가운데 주 저앉어 우두머니 앉었을 제, 이 시여 귀덕이네, 아이 안고 들어 와서, "봉사님, 이 애기로 보더래도 너머 애통 마시오." "거, 귀덕 이넨가? 이리 주소, 어디 보세. 종종 와서 젖 좀 주소." 귀덕이네 는 건너가고 아기 안고 자탄헐 제, 원촌에 닭이 울고 찬 바람은 시르르르르르, 어린아기 놀래 깨어 젖 달라고 슬피 운다. 응아, 응아. 심 봉사 기가 막혀 우는 애기를 받어 안고, "우지 마라. 너 그 모친은 먼 디 갔다. 낙양 동촌 이화정의 숙 낭자를 보러 갔다. 황릉묘 이비한테 하소연을 허로 갔다. 가는 날은 안다마는 오마 는 날이 막연쿠나. 니 팔자가 얼마나 좋으면, 너 낳은 칠 일 만에 너그 모친을 잃었겠느냐? 우지 마라, 우지를 마라, 우지 말라며 는 우지 마라. 배가 고파 운다마는 강목수생이라, 마른 낭기 물 이 나겠느냐? 우지 마라, 우지 마라, 날 새면 젖 많이 얻어 먹여 주마. 내 새끼야 우지 마라." 이렇닷이 탄식허며, 날이 점점 밝아 온다.

【중중모리】 우물가 두레 소리, 심 봉사 반겨 듣고 젖을 멕이러 나간다. 한편으 아기 안고, 또 한편 막대를 짚고, 더듬 더듬 더듬 더듬 더듬 더듬히 나간다. 우물가 찾아가서 애걸히 비는 말이, "여보시오, 부인님네들. 이 애 젖 좀 먹여 주오. 칠 일 안으 모친 잃고 젖을 못 먹어서 죽게 되니, 이 애 젖 좀 먹여 주오." 보고 듣는 부인들이, "아이고, 그것 불쌍하다. 입 모습, 고 추저리는 너 그 모친만 닮었구나." 젖을 많이 먹여 내어 심 봉사를 내어 주니, 심 봉사가 좋아라고 양지바른 언덕 밑에 터버리고 쉬어 앉어 아 이를 안고 어룬다. "둥둥둥, 내 딸이야, 어허 둥둥 내 딸이야. 아

이고, 내 새끼, 배불렀다. 이 덕이 뉘 덕인가? 부인님네 덕이라. 수복강녕을 허옵소서. 너도 어서 수이 자라 현철하고 효행이 있어 애비 귀염을 쉬 보여라. 어려서 고생허면 부귀다남을 헌다더라. 아들 같은 내 딸이야, 어덕 밑에 귀남이 아니냐? 설설이 기어라, 어허 둥둥 내 딸이야." 따둑 따두어 잠 들이고, 삼베 전대로 요동 메어 왼팔 어깨다 들어메고, 한 달 죽장 전 거두기, 어린아기 맘죽으로 근근히 지내갈 적, 매월 삭망, 소대기일을 허망히 모두 넘어가고, 그때여 심청이난 장래 귀히 될 사람이라, 천지 귀신이 도와주고 제불 보살 음조하야, 외 붓듯 달 붓듯 잔병 없이 잘 자러나 육칠 세가 되어진다.[4]

주상환 명창이 심청가에 뛰어났던 소리꾼이라는 사실은 조선일보 기자가 송만갑, 이동백, 김창룡, 정정렬 등 원로 명창과 대담한 「명창에게 듣는 왕사(往事)」에서도 확인된다. 다음은 1937년 1월 3일 자 『조선일보』에 실린 대담 기사의 일부다.

문 : 순조 때 하옥 김 정승이 한참 들날릴 판에 그 사랑에 여러 재상이 모여 안저서는 주 씨를 불러 심청전을 듯다가 좀 처량스러우면 다시 송 씨를 불러 춘향전을 들엇다고 하야 춘향전으로 송 씨, 심청전으로 주 씨가 그 당시 독보였다고 하는데 주 씨는 아마 주상원이라는 이겟지만은 송 씨는 어느 분입니까?
답 : 춘향전으로 유명한 이는 송흥록 씨입니다.

인용문의 '주상원'은 '주상환'인데, 심청가로 당시 독보적인 소리꾼이었음을 알 수 있다. 하옥 김 정승은 김좌근(1797~1869)으로, 본관은 안동, 자는 경은이며, 하옥은 호다. 순조·헌종·철종 연간에 여러 벼슬을 두루 지내고, 1853~1863년 사이에 영의정을 세 번이나 했던 안동김씨의 중심인물이다.

앞에서 동편제와 서편제 등의 판소리 유파와 송흥록을 비롯한 여러 명창과 그들의 더늠을 자주 이야기해 왔다. 여기서 잠깐 판소리 예술의 여러 가지 면에 대해 간단하게 둘러보기로 하자.

판소리는 소리꾼이 춘향의 사랑 이야기, 심청의 효성스런 이야기 등을 고수의 북 장단에 맞추어 너름새(또는 발림)를 적절히 섞어가면서 창과 아니리로 그려내는 공연예술이다. 판소리란 말은 '판'과 '소리'의 합성어이다. '판'이란 '노름판', '씨름판', '판놀음', '판굿' 등에서 알 수 있듯이 '여러 사람이 모여 특수한 행위를 벌이는 장소' 또는 '여러 사람이 모인 자리에서 벌이는 놀이나 행위'라는 뜻을 지니고 있다. 그리고 '소리'란 경서도 민요 중의 '선소리'[立唱]에서 보듯이 전문적인 훈련을 받은 사람만 부를 수 있는 노래를 뜻한다. 아니면 인간의 음성은 말할 것도 없고 울음소리, 웃음소리 등 다양한 소재를 음악적 표현의 수단으로 동원하고, 새소리, 바람소리, 천둥소리, 바라소리 등 온갖 소리, 심지어 귀신의 울음소리까지 예술적 표현의 수단으로 가져오기 때문에 '판노래'라 하지 않고 '판소리'라고 했던 것은 아닐까? 어쨌든 여러 사람이 모인 자리에서 어떤 이야기를 전문적인 소리꾼이 고수의 북 반주에 맞추어 창과 아니리로 연행하는 예술이 판소리다.

우리 공연예술 중에는 판소리에서 분가하여 딴살림을 차린 것이 더러 있다. 창극, 가야금병창, 마당놀이 등이 그들이다. 그러니까 판소리와 피를 나눈 혈연집단인 이들은 판소리라는 종가를 중심으로 만만찮은 예술가문을 형성하고 있는 셈이다. 가야금을 연주하면서 판소리를 부르는 가야금병창은, 판소리가 극적 표현력이 강한 공연예술인 데 비해 섬세하면서도 조용한 방중악(房中樂)이다. 가야금병창이 여성적 소리라면 거문고를 연주하면서 판소리를 하는 거문고병창은 남성적인 소리다. 정통 판소리의 반주가 북 장단인 데 비해 가야금병창과 거문고병창은 장고 반주를한다. 20세기 초에 등장하기 시작한 창극은 여러 명의 등장인물이 배역에 따라 연기를 하면서 판소리를 부르는 연극적 판소리다. 창극은 배우가 분장도 하고, 무대장치도 마련한다. 한때 〈뺑파전〉, 〈변학도전〉 등으로 주가를 한껏 올렸던 마당놀이는 판소리를 패러디하여 풍자와 해학을 통해 골계미를 한껏 살린 장르다. 그러나 이들은 판소리와는 엄연히 다르므로 혼동해서는 안된다.

오랜 세월 동안 우리 곁에 있으면서 삶의 애환을 다독거려주던 판소리는 언제쯤 등장했을까? 안타깝게도 현재까지 판소리의 등장 시기를 분명하게 밝힐 수 있는 자료가 발견되지 않았다. 앞으로도 그럴 것이다. 그렇다고 짐작조차 할 수 없는 것은 아니다. 지금까지 발견된 판소리 문헌 중 가장 오래된 것은 충청도 목천의 류진한이라는 선비가 지은 〈가사이백구춘향가〉다. 1753년에 호남을 여행하고 돌아와 이듬해인 1754년(영조 30년)에 지은 것이다. 이 작품은 당시에 상당한 수준의 춘향가가 존재하고 있었음을 알려주고, 배비장타령의 존재도 알려준다. 하나의 예술 장르가 발생해서 상당한 예술적 수준에 이르는 데 필요한 시간이 결코 짧지 않다는 점을 감안하면 판소리의 등장은 이보다 반세기 정도 앞선 17세기 말엽, 늦어도 18세기 초엽인 숙종 연간의 일로 짐작할 수 있다.

판소리가 하늘에서 갑자기 뚝 떨어진 장르가 아닌 바에야 그 역시 기존의 예술적 토양에 뿌리를 두고 필요한 자양분을 섭취하면서 새로운 싹을 틔웠을 것이다. 판소리의 기원설로 다양한 견해가 제시되고 있지만, 그중에서 전라도의 세습무가 부르던 서사무가에서 발생했다는 서사무가기원설과 고사소리, 줄소리, 선증애소리 등 창우집단의 광대소리로부터 발생했다는 광대소리기원설이 나름대로 설득력이 있다.

판소리가 연행되는 소리판은 소리를 하는 창자와 반주를 하는 고수 그리고 그것을 감상하는 청중으로 이루어진다. 어느 하나가 빠져도 소리판이 될 수 없다. 이들이 소리판에서 각자의 역할을 분담하고, 제 몫을 하면서 교감을 주고받을 때 비로소 성공적인 판소리연행이 이루어진다. 흔히 창자와 고수만 판소리연행의 주체로 이해하는데 그렇지 않다. 청중도 소리판에서 중요한 몫을 담당하는 주체다. 창자와 고수가 생산주체라면 청중은 소비주체라는 점에서 다를 뿐이다.

창자는 창과 아니리를 번갈아 가며 소리판을 웃음으로 물들이고 울음으로 적신다. 창이란 가락이 붙는 소리를 말하고, 아니리는 말로 하는 것이다. 한편으로 이야기 내용을 효과적으로 전달하기 위해 적절한 너름새를 곁들인다. 너름새는 연극의 연기와는 달리 매우 상징적이고 절제된 형용 동작을 말한다.

창자는 소리 수준에 따라 다양하게 대접받는다. 가창 능력이 뛰어난 소리꾼을 명창이라고 부르고, 그들 중 일부는 왕 앞에서 소리하여 국창이나 어전광대라는 칭호를 받았다. 오늘날에는 인간문화재라는 말로 높여 부른다. 그들은 소리 한 바탕에 수천 필의 비단을 받았고, 의관, 감찰, 통정대부 등 벼슬을 제수받는 영광을 누리기도 했다. 비록 명예직에 불과한 벼슬이지만 당시의 천민광대로서는 꿈에서도 그려볼 수 없었던 파격적인 대우가 아닐 수 없다. 소리 기량이 부족해서 자기가 사는 고을에서나 행세하는 소리꾼을 또랑광대라고 부르며 업신여겼고, 그들에게 지불되는 소리채도 시원찮았다. 또한 인물만 잘생기고 소리가 시원찮은 광대를 화초광대, 아니리와 재담 위주로 판을 짜는 광대를 아니리광대 또는 재담광대라고 하여 낮게 평가했다. 양반 출신의 광대는 비가비

광대라 했다. 앞에서 말했듯이 비가비광대란 말에는 판소리의 맛과 멋을 깊이 있게 이해하지 못한다는 폄하의 뜻이 들어 있다.

소리꾼 중에 어떤 이를 명창이라고 할 수 있을까? 판소리의 가창 능력이 뛰어난 소리꾼이 판소리 명창이다. 19세기 후반 판소리 이론가, 교육자, 후원자로 활동하며 판소리 창단에 절대적인 영향을 끼친 신재효는 〈광대가〉에서 판소리 명창이 갖추어야 할 네 가지 법례로 인물치레, 사설치레, 득음, 너름새를 들었다.

거려천지 우리 행락 광대 행세 좋을시고. 그러하나 광대 행세 어렵고 또 어렵다. 광대라 하는 것이 제일은 인물치레, 둘째는 사설치레, 그 직차 득음이요, 그 직차 너름새라. 너름새라 하는 것이 귀성 끼고 맵시 있고 경각의 천태만상 위선위귀 천변만화 좌상의 풍류호걸 구경하는 노소남녀 울게 하고 웃게 하는 이 귀성이 맵시가 어찌 아니 어려우며, 득음이라 하는 것은 오음을 분별하고 육률을 변화하여 오장에서 나는 소리 농락하여 자아낼 제 그도 또한 어렵구나. 사설이라 하는 것은 정금미옥 좋은 말로 분명하고 완연하게 색색이 금상첨화 칠보단장 미부인이 병풍 뒤에 나서는 듯 십오야 밝은 달이 구름 밖에 나오는 듯 새눈 뜨고 웃게 하기 대단히 어렵구나. 인물은 천생이라 변통할 수 없거니와, 원원한 이 속판이 소리하는 법례로다.[5]

첫째는 인물치레다. 인물이 잘나야 한다는 말이다. 인물은 천생이라 변통할 수 없다고 했으니, 같은 값이면 다홍치마라고 인물이 잘생기면 좋다는 뜻이다. 요즈음도 소리보다 인물 덕을 보고 있는 이들도 있으니 예나 지금이나 배우는 잘생기고 볼 일이다. 그러나 인물이 못생겼다고 명창이 될 수 없는 것은 아니다. 실제로 옛날 대명창 중에 인물이 시원찮았던 이들도 더러 있었다. 동편제 대가 박만순은 체구가 왜소하고, 머리는 후두개골이 툭 내밀어져 풍신이 퍽 초라했다.6 그리고 서편제 창시자인 박유전은 어릴 때 눈을 다쳐 애꾸눈이었고, 동편제의 마지막 종장으로 일컫던 박기홍은 오른쪽 눈이 기형적으로 튀어나와 대원군이 술을 먹인 뒤 도려내었다고 한다. 대원군은 박유전과 박기홍에게 오수경을 하사하고 어떤 좌석이든 그것을 쓰고 소리하도록 했다고 한다.7

둘째는 사설치레이다. 사설이 좋아야 한다는 말이다. 판소리는 사설에 따라 그에 알맞은 곡을 붙이므로 판소리 양식에 적절한 사설이라야 하고, 문학적으로도 우수한 것이어야 한다. '문장 나고 명창 난다'는 말은 사설의 중요성을 강조한 것이다. 요즈음 대중가요 가수들이 부르는 노래도 가사의 문학성에 따라 그 평가가 달라지듯이 말이다.

셋째는 득음이다. 어떤 소리라도 마음대로 낼 수 있는 경지를 말한다. 오랜 시간에 걸친 초인적인 수련과정을 통해서만 득음을 할 수 있다. 소리에 목숨을 걸어야만 이를 수 있는 세계다.

넷째는 너름새다. 극적 표현을 하는 형용 동작을 말하는데, 발림이라고도 한다.8 구수한 맛이 깃들고, 맵시가 있어야 청중을 울게 하고 웃게 할 수 있다.

이 네 가지 구비조건을 고루 갖추어야만 명창이 될 수 있다는 말이다. 이런 조건을 갖춘 이가 하루아침에 나올 수 있겠는가? 근대의 명창 가운데 신재효의 사대법례를 충족할 수 있는 소리꾼은 단연 김창환과 이동백일 것이다. 정노식은 김창환에 대해 "제작도 능하거니와 제스추워가 창보다 더욱 능하다. 잘난 풍채로 우왕좌래 일거수 일투족이 모다 미묘치 아니한 것이 없다. 미인의 일빈 일소가 사람의 정신을 황홀케 함과 흡사하여 창과 극이 마조 떠러지는 데에는 감탄을 발치 아니할 수 없다."[9]라고 했다. 그리고 이동백에 대해서는 "그 장건한 체격은 당당한 위장부이다. 대하면 일종 불가침의 위의가 있는 듯하다. 성음이 극히 미려하거니와 그 각양각색의 목청은 들을 때마다 청신한 느낌을 준다. 이러한 체격과 이러한 미성으로 무대에 올나서 가진 기예를 발휘할 때 혹은 골계로 사람을 웃키고 혹은 비곡으로 사람을 웃식하게 하는 데는 만당의 청중은 모두 혼취하며 유시호 왕양하여 만리창해에 편주 도귀하처의 느낌을 주며 더욱 하성의 웅장한 것은 당시 비주가 없다."라고 평했다.[10]

창자의 왼편에 앉아 북으로 장단을 치는 이가 고수인데, 그중에서 뛰어난 이를 명고수 또는 명고라고 한다. 고수는 반주를 하는 일 외에도 여러 몫을 한다. '얼씨구, 좋다, 으이, 그렇지, 아먼' 등의 추임새를 통해 창자의 흥과 힘을 돋우는 한편 청중의 흥을 돋우어 소리판의 분위기를 살린다. 때때로 창자의 상대역이 되어 아니리를 주고받는 것도 그가 할 몫이다. 그러니 고수는 판소리연행의 연출자요 지휘자인 셈이다. 부처님 살찌고 안 찌고는 석수장이 손에 달렸다는 속담이 있듯이 판소리연행의 성패는 고수의 손에 달렸다고 해도 과언이 아니다. 사정이 이러니 고수의 중요성을 강조하는 '일고수 이명창'이니 '수고수 암명창'이란 말이 나올 법도 하다.

명고수가 탄생하기는 명창 나오기보다 더 어려울지도 모른다. 명창은 자신의 소리길을 가면 되지만, 명고는 명창과 함께 소리길을 가야 하기 때문이다. 그래서 소년 명창은 있어도 소년 명고는 없다.

그러나 고수는 소리판에서 소리를 도와주는 역할에 그쳐야 한다. 말하자면 고수는 소리판에서 소금과 같은 존재이다. 소금은 음식 맛을 내는 가장 중요하고 기본적인 조미료지만, 어디까지나 맛을 돕는 것이 본연의 임무이다. 소금이 자신의 맛을 내세우면 짠 음식이 되어 버린다. 명고수는 자신을 드러내지 않고 소리꾼이 드러나게 한다. 넘지 말아야 할 선을 넘으면 결코 명고가 될 수 없다. 소리꾼이 빛나면 고수도 빛나고, 소리가 맞나면 북 가락도 절로 맛깔난다.

청중도 빼놓을 수 없는 판소리판의 주체다. 소리판은 청중이 있어야 완성된다. 청중이 없는 판은 리허설에 불과하다. 소리판에서 청중이 중요하다는 뜻에서 '일청중 이고수 삼명창'이란 말이 생겼다. 청중은 추임새를 통해 창자, 고수와 호흡을 맞추며 소리세계에 몰입하게 된다. 소릿길을 제대로 알고 그 맛을 즐길 줄 아는 청중을 명창에 빗대어 귀명창이라고 한다. 따라서 청중의 수준은 그들의 추임새에 따라 판가름 되고, 소리판의 소리 수준도 청중의 수준에 따라 좌우된다.

판소리는 청중에게 한없이 열려 있는 예술이기 때문에 객석에 조용히 앉아 연주자의 연주에만 귀 기울이는 닫힌 예술인 서양음악의 청중과는 달라야 한다. 판소리 청중에게는 소리세계에 깊숙이 들어가 자신의 생각과 느낌을 드러내는 적극적인 자세가 요구되는데, 그것은 추임새를 통해 이루어진다. 창자가 펼쳐내는 혹은 슬프고 혹은 익살스런, 변화무쌍한 국면에 부딪칠 때마다 혼연일체가 되어 때로는 슬퍼하고 때로는 박장대소하는 청중의 반응이 뒷받침되고, 가락의 절실한 고비마다 그것에 어울리는 청중의 추임새가 뒷받침될 때라야 판소리는 비로소 빛을 발하게 된다. 그렇다, 판소리는 이렇게 일렁이는 청중의 추임새를 먹고 살아왔다.

소리판에 자주 참여하다 보면 어느 순간 자연스럽게 추임새를 하고 있는 자신을 발견하게 된다. 아는 만큼 들리는 것이다. '득이(得耳)', '득청(得聽)'했다고나 할까. 드디어 귀명창의 반열에 오른 것이다.

판소리는 송흥록, 박유전 등 뛰어난 명창들이 시간을 두고 속속 등장하여 질적 양적인 성장을 거듭함으로써 개인차 이상의 의미를 드러내는 서로 다른 창법을 형성하게 되었으며, 그것은 마침내 예술적 표현에 관한 방법론적 견해를 달리하는 유파를 형성하기에 이르렀다. 동편제니 서편제니 중고제니 하는 것이 그러한 유파들이다.

오늘날의 판소리는 여러 소리제가 뒤섞여 정통적인 혈통을 발견하기가 쉽지 않지만, 옛날에는 소리의 법제가 엄격하게 지켜졌다. 그러기에 1930년대를 대표하던 송만갑은 시대의 요구에 순응하는 것이 합리적이라는 소위 '주단포목상론(紬緞布木商論)'을 주장하며 자기 집안소리인 동편제 송문소리를 버리고 서편제의 장점을 받아들여 판소리의 통속화, 대중화를 꾀하다가 박기홍 명창으로부터 "장타령이 아니면 염불이다. 명문의 후예로 전래의 법통을 붕괴한 패려자손"이라는 호된 비판을 받아야만 했다.

판소리는 크게 보아 섬진강의 동쪽 지역인 남원, 운봉, 순창 등 호남 동부를 지역적 기반으로 하는 동편제와 섬진강 서쪽 지역인 광주, 나주, 보성, 곡성 등 호남 서부를 지역적 기반으로 하는 서편제, 그리고 충청도와 경기도를 기반으로 하는 중고제로 나눌 수 있다.

정노식은 『조선창극사』에서 유파에 대해 다음과 같이 말하였다.

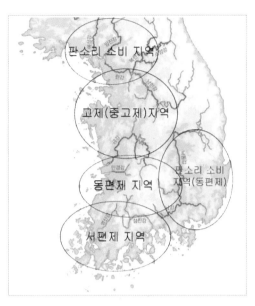

19세기 후기의 판소리 지형도

  동편은 우조를 주장하여 웅건청담(雄健淸淡)하게 하는데 호령조
가 많고 발성 초가 썩 진중하고 구절 끝마침을 꼭 되게 하여 쇠마
치로나 내려치는 듯이 하고, 서편제는 계면을 주장하여 연미부화
(軟美浮華)하게 하고 구절 끝마침이 좀 질르를 끌어서 꽁지가 붙
어 단인다. 동은 담담연(淡淡然) 채소적(菜蔬的)이라 하면 서는 진
진연 육미적(津津然 肉味的)이다. 동(東)은 천봉월출격(千峯月出格)
이라 하면 서(西)는 만수화란격(萬樹花爛格)이다. 그 색채와 제작
을 개략 이상으로 표시하면 근사할 듯하다. 중고제는 비동비서
(非東非西)의 그 중간인데 비교적 동에 근(近)한 것이다.[11]

동편제는 장중하고 온화하면서 씩씩한 느낌을 주는 우조의 표현에 중점을 두고, 타고난 풍부한 성량을 바탕으로 감정을 절제하며, 대마디대장단을 사용하고 기교를 부리지 않는다. 발성은 통성을 사용하여 엄하게 하며, 구절 끝마침을 되게 끊어 낸다. 서편제에 비해 기교를 부리지 않고 장단에 충실하다 보니 상대적으로 템포가 빠르다. 이런 점을 두고 명고수 김명환은 동편제를 '그물코가 큰 그물로 고기를 잡는 것'에 비유한 바 있다. 어쨌든 동편제는 지리산 품 안에서 불일폭포의 웅장한 소리와 철 따라 피고 지는 이름 모를 야생화의 청신한 자태를 듣보고 자란 터라 선이 굵고 호방하면서 담백하다. 동편제 명창이 적벽가에 뛰어났던 것도 다 이런 이유 때문이리라. 송흥록, 박만순, 김세종, 박기홍 등이 동편소리의 맥을 이어갔다.

서편제는 부드럽고 애원처절한 느낌을 주는 계면조 위주로 잔가락을 구사하여 동편제의 일견 투박한 듯한 면을 극복한 감칠맛 나는 소리다. 발성의 기교를 중시하여 다양한 기교를 부리다 보니 소리가 다소 늘어지고, 장단도 엇붙임을 사용하는 등 매우 기교적인 리듬을 구사한다. 너름새도 매우 세련되어 있다. 동편제가 '들려주는 판소리'라면 서편제는 '보여주는 판소리'다. 서편제는 다도해의 올망졸망함과 리아스식 해안의 부드러운 곡선을 본받은 섬세하고 여성적인 소리로 화려하다. 그래서 김명환은 '촘촘한 그물코로 굵은 고기 잔고기를 하나도 빠뜨리지 않고 다 잡는 것'으로 비유했으리라. 박유전이 창조한 서편제의 세계는 이날치, 정창업, 김창환, 임방울 등으로 이어졌다.

중고제는 동편제도 아니고 서편제도 아닌 그 중간이지만, 굳이 따지자면 동편제에 가깝고 고제 소리의 전통을 상당히 유지하고 있는 소리다. 소리를 낼 때 평평하게 시작하여 중간을 높이고 끝을 낮추어 끊으며, 옛 선비들의 독서성과 닮은 특징을 지니고 있다. 얼핏 들으면 무미건조하게 들리나 들을수록 깊은 맛이 우러난다. 모흥갑, 염계달, 김성옥, 김창룡, 이동백 등이 중고제의 맥을 이어 왔지만, 지금은 흔적을 찾기 어려울 정도로 쇠잔했으며, 일제강점기의 유성기음반에서 화석으로 만날 수 있다.

요컨대, 동편제는 고봉준령의 산자락에서 성장했고, 서편제는 비옥한 들판 가운데서, 중고제는 산도 아니고 들도 아닌 비산비야(非山非野)의 구릉지에서 성장했던 것이다.

앞에서 조자룡 활 쏘는 대목이 주덕기 명창의 더늠, 심 봉사가 젖동냥으로 심청을 기르는 대목이 주상환 명창의 더늠이라고 한 바 있다. 도대체 더늠이란 무엇인가? 어떤 명창이 뛰어나게 잘 불러서 장기로 널리 인정받은 대목이 더늠이다. 더늠은 대부분 새롭게 창조된 지평이지만 스승이나 선배의 더늠을 전수한 것도 있다. 더늠을 '더 넣다'는 말에서 나온 것으로 보기도 한다. 더 넣은 것은 맞지만, '내기하다, 겨루다'란 뜻의 중세국어 '더느다', '더느다', '던다'[12]에서 온 것으로 보는 것이 더 설득력이 있다. 소리꾼이 재주를 뽐내기 위해서 다른 창자와 소리 기량을 겨루는 자리에서 갈고 닦아 자신 있게 내놓는 대목이기 때문에 그런 말이 생겼을 것이다.

송만재(1788~1851)는 〈관우희〉의 제44수와 제45수에서 광대들이 재주를 다투는 장면을 다음과 같이 읊었다.

> 광대에는 호남 출신이 가장 많고
> 스스로 말하길 우리도 과거보러 간다 하네
> 먼저는 사마시요 나중은 용호방이라
> 대비과가 다가오니 자칫 놓치지 마세
> 급제한 젊은이 빼어난 재주꾼 뽑으니
> 스스로 천거하며 다투기가 재 들은 중 같네
>
> 무리를 나누고 대열을 따라 무대에 올라서
> 각각 어울리거나 겨루며 재주를 펼치네13

〈관우희〉는 1843년 송만재가 아들 지정(持鼎)이 진사시에 급제한 것을 축하하기 위해 지은 50수의 한시다. 당시 풍속은 과거에 급제하면 광대를 불러 각종 연희를 벌이는 문희연을 열어 축하했는데, 송만재는 가난하여 그럴 수 없자 재인들의 연희를 자세히 묘사한 시를 지어 대신했다.

판소리는 수많은 명창들에 의해 오랜 기간에 걸쳐 갈고 닦인 주옥같은 더늠들로 직조되어 있다. 더늠은 한 명창이 자신의 예술관을 실현하기 위해 창조한 것이다. 소리꾼들이 판소리 역사 위에 자신을 새겨 넣은 것이 더늠이다.

춘향가의 옥중가를 통해 더늠이 창조되고 변모되는 양상을 살펴보자. 옥중가는 춘향이 옥에 갇혀 있을 때 자신의 비참한 신세를 한탄하고 이 도령에 대한 그리움을 노래한 대목이다. 늦어도 19세기 중기 무렵에 생성되었고, 그 후 춘향가 담당층의 주목을 받아 이 도령에 대한 그리움을 강화하는 쪽으로 변모를 거듭했다. 송흥록를 비롯하여 이날치, 한경석, 송재현, 임방울 등 내로라하는 명창들이 이 대목을 장기로 삼았다.

옥중가는 완판 29장본 〈춘향전〉에 보이는 옥방형상과 이날치의 동풍가, 한경석의 천지삼겨 그리고 임방울의 쑥대머리 등 네 가지가 있다.

다음은 완판 29장본 〈춘향전〉에서 인용한 옥방형상이다.

ⓐ옥방형상 볼작시면 무너진 헌 벽이며 부셔진 쥭창문의 살 소 는 이 발암이요 헌 즈리 베록 빈듸 만신을 침노ᄒ고 헛튼 머리 줄 인 이는 여긔져긔 흣터지고 슈졀 졍졀 졀듸가인 춤혹히 되야고나 문치 죠흔 형산빅옥 씩글 속의 뭇쳐는 듯 향긔로온 삼간초가 잡풀 속의 석겻는 듯 오동 속의 노는 봉황 형극 속의 길드린 듯 이려틋 시 운을 젹의 ⓑ자고로 셩현네도 무죄ᄒ고 국겻스니 요슌우탕 인 군네도 결쥬의 포악으로 ᄒ듸옥의 갓쳣던니 도로 뇌여 셩군되고

명덕치면 쥬문왕도 샹쥬의 음학으로 유리옥의 갓쳣던니 도로 뇌여 셩군되고 만고셩인 공부즈도 양호의 얼을 닙어 광야의 갓쳣던니 도로 뇌여 딕셩되시고 졍츙딕졀 즁낭쟝도 흉노국 욕을 보고 도로 뇌야 고국의 살아오니 일현 일노 볼작시면 무죄흔 나의 목슘 힝여나 살아나셔 셰샹 구경 다시 볼가 싹갑흐고 원통흐다 날 살이리 뉘 잇스리 ⓒ우리 셔방 이 도령님 쳐엄 언약 미질 젹긔 날 쥬던 셕경 빗츤 변치 안니흐여 잇견만은 스오 년 지닉가도 소식이 돈졀흐니 보고지거 보고지거 엇지 그리 못 보난가 아죠 잇고 몰로난가 츈슈는 만스틱흐니 물이 집펴 못 오던가 하운이 다긔봉흐니 뫼가 놉파 못 오던가 일모창산이 며럿스리 날리 져무려 못 오던가 독죠 한강셜흐니 눈이 막켜 못 오던가 만경의 인종멸흐니 길을 몰나 못 오던가 노즁딕로 노무궁흐니 길이 막켜 못 오너가 금강산 샹샹봉이 평지 되거든 오랴신가 평풍의 그린 황계 두 날릭를 둥둥 치며 즈룬 목 질게 쌔어 스경일졈의 날 식리고 쇼고요 울거든 오랴신가 오날리나 소식 올가 닉일이나 소식 올가 그런 졔도 오릭거다 이럿타시 쥭어갈 졔 볘슬길노 날려오면 쥭을 날을 슬너 녹코 나이 셜치흐련만은 쇼식이 돈졀흐고 죵젹이 쓴쳐시니 쥭을 박긔 홀릴업닉14

위 인용문의 ⓐ는 춘향이 갇힌 옥방의 형상과 옥에 갇힌 춘향의 모습을 묘사한 것이다. 춘향의 비극을 강조하기 위해 비참한 상황을 제시하고 있다. ⓑ는 춘향이 죄 없이 옥에 갇히는 고난을 겪은 뒤 풀려난 주문왕이나 공자 등 성현들의 옛일을 일일이 들며 자신도 그들처럼 옥에서 풀려나 다시 세상 구경할 수 있기를 바라는 심정을 드러내고 있다. ⓒ는 이 도령의 소식 돈절을 안타까워하며 애타게 기다리고 있는 심정을 형상화한 것이다. 또한 이 도령이 벼슬길로 내려와 자신을 고난에서 구해주고 원한을 씻을 수 있기를 바라고 있다.

옥방형상은 사랑하는 이 도령을 그리워하는 춘향의 모습을 형상화한 것이라기보다는 목숨을 구하고 원한을 풀 수 있기를 바라는 모습에 무게 중심이 놓여 있는 자탄가적 성격이 강한 것이다. 이런 점에서 옥방형상은 '열녀 춘향'이 부를 옥중가로 적절하다고 하기 어렵다. 왜냐하면 인간이 죽음이라는 극한 상황에 놓이면 그 어떤 가치보다도 삶에 대한 강렬한 욕구가 우선하는 것이 당연하다고 하더라도 열녀 춘향은 목숨에 연연해서도 안 되고, 또한 춘향가 담당층도 춘향에게 변학도의 수청 강요에 목숨 걸고 항거할 때 보여준 것과 같은 단호한 자세를 요구하고 있기 때문이다. 후대에 와서 옥중가는 이 도령에 대한 사무치는 그리움을 형상화하는 쪽으로 변모되고 있는 사실은 이러한 사정을 잘 보여준다.

동풍가는 헌·철·고종대의 서편제 명창 이날치가 잘 부른 것이다.

춘하추동 사시절을 망부사로 보낼 적에 동풍이 눈을 녹여 가지 가지 꽃이 되고 작작한 두견화는 나를 보고 반기는데, 나는 뉘를 보고 반기랴 말이냐. 꽃이 지고 잎이 되니 녹음방초 시절이라. 꾀꼬리는 북이 되어 류상세지 느러진 데 구십춘광 짜는 소래 먹음이 가득한데 눌과 함끠 듣고 보며 잎이 지고 서리치니 구추단풍 시절이라. 낙목한천 찬 바람에 홀로 핀 저 국화는 능상고절이 거룩하다. 북풍이 달을 열어 백설은 펄펄 흩날일 제 설중의 풀은 솔은 천고절을 지켜 있고 나부의 찬 매화는 미인 태를 띄었는데 풀은 솔은 날과 같고 찬 매화는 랑군같이 뵈난 것과 듣난 것이 수심 생각뿐이로다. 어화 가련 어화 가련 이 무삼 인연인고. 인연이 극중하면 이 이별이 있었으랴. 전생 차생 무삼 죄로 이 두 몸이 생겼는가. 창 잡고 문을 여니 만정월색은 무심히 방에 든다. 더진 듯이 홀로 앉어 달다려 묻는 말이 저 달아 보느냐. 님 계신 데 명기를 빌어라. 날과 함께 보자. 우리 님이 누웠더냐 앉었더냐. 보는 대로만 네가 일러 내의 수심 푸러다고. 달이 말이 없으니 자탄으로 하는 말이 오궁추야 달 밝은데 님의 생각으로 내 홀로 발광이로다. 인비목석 아니어든 님도 응당 느끼련만 흉중에 가득한 수심 나 혼자뿐이로다. 밤은 깊어 삼경인데 앉었은들 님이 오며 누었은들 잠이 오랴. 님도 잠도 아니 온다. 다만 수심 벗이 되고 구곡간장 구비 썩어 소사 나니 눈물이라. 눈물 모여 바다 되고 한숨 지어 청풍되면 일엽주 무어 타고 한양낭군 찾이련만 어이 그리 못하는고 이 일을 어이하리. 아이고 아이고 내 신세야. 이러틋이 세월을 보내는데.[15]

동풍가에는 목숨에 연연하는 춘향의 모습을 발견할 수 없다. 춘향은 계절이 바뀔 때마다 일어나는 사무치는 그리움을 노래하고 있을 뿐이다. 이별을 당한 여인은 버리고 떠난 임을 원망하거나 자신의 불쌍한 신세를 탄식하지 않고, 오히려 그것을 임에 대한 무한한 그리움으로 승화하여 자신의 설움을 극복하는 것이 우리 민족 정서의 양식이라는 사실을 생각하면 동풍가가 옥방형상보다 훨씬 더 잘 어울린다.

　다음은 고종대에 활약한 서편제 명창 한경석의 천지삼겨로, 김소희의 춘향가에서 가져왔다.

　　【진양조】 "천지 삼겨 사람이 나고, 사람 삼겨 글 만들 제, 뜻 정 자 이별 별 자를 어이허여서 내었는고? 뜻 정 자를 내었거든 이별 별 자를 내지 말거나. 이 두 글자 내든 사람은 날로 두고 준비턴가? 도련님이 떠나실 적으 지어주고 가신 가사 거문고으 올려 타니 탈 제마다 한이 깊어 눈물 먼저 떨어진다. 한창허니 가성열을 동창의 슬픔이요, 수사헌 몽불성은 정부사의 서름이라. 완악헌 게 목숨이요, 굳은 것이 간장이로구나. 심화 다 타고 나머지 고비가 마저 끊고 없것구나. 추월춘풍을 옥중으서 다 보내니, 보이나니 하날이요, 들리나니 새소리라. 낮이면 꾀꼬리 밤이면 두견성은 서로 불러 잠 깨우니 꿈도 빌어 볼 수가 없네." 천음우습 깊은 밤어 모진 광풍이 일어나는디 바람은 우르르르르 횡 지둥치듯 불고 궂인비는 퍼부난디, 도채비는 휘익휘익, 밤새 소리난 부욱부욱, 처마 끝 들보 우에 두런두런, 옥이라 허는 데가 긍지로구나. 형장 맞아 죽은 귀신, 난장 맞아 죽은 귀신, 횡사, 즉사, 급사, 오사 죽은 귀신, 사면으로 나오는디, 여자 죽어 사귀 혼신,

아이 죽어 노자 혼신, 둘씩 넷씩 짝을 지어 이리 가며 이이히 이 이히이 이히이히 이히히 허허으으어 으으히히 하으허 울음을 우 니, 춘향이가 무서웁고 기가 맥혀, "너희 몹쓸 귀신들아! 나를 잡 어갈라거든 조르지 말고 잡어가거라. 내가 무삼 죄 있느냐. 나도 만일 이 옥문을 못 나가고 죽거 되면 저것이 모도 다 내 동무지." 이렇듯이 울음을 울며 세월을 보내는구나.

천지삼겨의 분위기는 옥방형상이나 동풍가가 연출하는 분위기 와 사뭇 다르다. 특히 죽음에 임박한 처절한 춘향의 모습을 여러 귀신들의 음산한 울음소리[귀곡성]를 효과적으로 활용하여 극적 효과를 살리고 있어 돋보인다. 즉 춘향의 내면적 심리를 형상화하 여 비극성을 강화한 앞의 두 옥중가와 달리 춘향이 처한 음울한 외면적 상황을 제시함으로써 비극성을 강화하고 있는 것이다.

마지막으로 쑥대머리를 살펴보기로 하자. 특히 임방울이 빼어 나게 불러 SP음반이 무려 일백 만 장 이상 불티나게 팔렸다는 이 른바 '쑥대머리 신화'로 유명하다. 다음은 안숙선이 부른 쑥대머 리다.

【중모리】 쑥대머리 귀신 형용 적막 옥방으 찬 자리여 생각나 는 것이 임뿐이라. 보고지고 보고지고 한양 낭군을 보고지고. 오 리정 정별 후으 일장서를 내가 못 봤으니, 부모 봉양 글 공부에 겨를이 없어서 이러는가. 여인신혼 금슬우지 나를 잊고 이러는

가. 계궁항아 추월같이 번뜻이 솟아서 비치고저. 막왕막래 막혔으니 앵모서를 내가 어이 보며 전전반측 잠 못 이루니 호접몽을 꿀 수 있나. 손가락으 피를 내어 사정으로 편지헐까. 간장의 썩은 눈물로 님의 화상을 그려볼까. 이화일지 춘대우의 내 눈물을 뿌렸으면 야우문령 단장성의 비만 와도 님의 생각. 추우오동엽락시으 잎만 떨어져도 임의 생각. 녹수부용의 연 캐는 채련녀와 제롱망채엽의 뽕 따는 여인들도 낭군 생각은 일반이지, 날보담은 좋은 팔자. 옥문 밖을 못 나가니 뽕을 따고 연 캐것나. 내가 만일으 님을 못 보고 옥중고혼이 되거드면 무덤 앞의 섰난 돌은 망부석이 될 것이요, 무덤 근처 섰는 낭기는 상사목이 될 것이니 생전사후 이 원통을 알아줄 이가 뉘 있더란 말이냐. 아이고 답답 내 일이야, 이를 장차 어쩔거나. 그저 퍼버리고 울음 운다.

창자에 따라서는 진양조로 부르기도 한다. 춘향은 이 도령을 애타게 기다리지만 일자 소식이 없다. 그립다 못해 추월이 되어 임의 곁에 가고자 하고, 꿈속에서나마 임을 보고 싶다. 현실에서는 이룰 수 없는 일을 꿈에서라도 이루고자 한다. 특히 임에 대한 그리움이 간절하고 사무칠 때는 그 외에는 별다른 방법이 없다. 허나, 전전반측 잠 못 이루니 호접몽을 꿀 수도 없다. 호접몽은 원래 인생의 덧없음을 이르는 말16이지만, 여기서는 다른 뜻으로 쓰였다. 춘향가의 사랑가 중 "너는 죽어 꽃이 되되 이백도홍 삼춘화 되고, 나는 죽어 나비 되되 화간 쌍쌍 범나비 되어 네 꽃송이를 담쑥 물고 두 날개를 쭉 벌리고 너울너울 놀거들랑 네가 날인 줄 알려

므나"라고 한 그 범나비이다.

영조 때 이조판서를 지낸 이정보는 이런 사정을,

> 꿈에 임을 보려 베개 위에 지혔으니
> 반벽잔등에 앙금도 차도 찰샤
> 밤중만 외기러기 소리에 잠 못 일워 하노라

라고 읊었다. '지혔으니'는 '의지했으니'란 뜻이다. 틀림없이 밤새
흘린 눈물로 베갯잇이 촉촉했을 터다.[17]

끝내는 춘향에게 연밥 따는 여인이나 뽕 따는 아낙네들도 부러
움의 대상이 된다. 연밥이나 뽕을 따는 여인은 정부와 밀회하는
부도덕한 여인들이다.[18] 지탄받아 마땅한 여인마저 부러움의 대
상이 된다는 사실은 애끊는 그리움이 얼마나 심각한지 잘 보여주
는 것이다. 물론 춘향이 부러워한 것은 상도(常道)를 벗어난 문란
한 성행위가 아니라 사랑하는 임과 사랑을 나눌 수 있는 자유다.
춘향의 애원처절한 그리움을 이처럼 간결한 사설로 이보다 더 잘
형상화하기는 쉽지 않을 것이다.

이와 같이 옥중가는 사설의 구체적인 내용은 다르지만 각각 옥
에 갇힌 춘향의 참혹한 신세와 이 도령을 사무치게 그리워하는 애
절한 모습을 나름대로 잘 형상화하고 있으며, '옥방형상 → 동풍
가 → 천지삼겨 → 쑥대머리'로 세련되면서 신세자탄은 약화되고
이 도령에 대한 그리움이 강화되는 경향을 보인다. 춘향가 중에

더러는 '옥방형상+동풍가', '천지삼겨+쑥대머리'처럼 두 개의 옥중가를 수용하고 있다.

판소리 사설이 양적으로 길어지면서 전체를 온전히 부르기 어려워지게 되어 부분창(토막소리)으로 부르면서 더늠 창조는 가속화되었을 것이다. 이렇듯 판소리는 더늠을 중심축으로 획기적인 발전을 이룩했고, 창자는 이를 통해 독특하고 개성적인 예술세계를 마음껏 펼쳤다. 더늠, 이것이야말로 정녕 피눈물 속에 피어난 진정한 예술정신의 꽃이다.

4.

다재다능한 예인 주광득

다재다능한 예인 주광득

4.

주광득(朱光得)[1] 명창은 1950년대에 호남을 중심으로 활동했던 쟁쟁한 소리꾼이었지만, 일찍 세상을 떠나는 바람에 널리 알려지지 못했다.

못다 이룬 명창의 꿈

주광득 명창

주광득 명창은 주덕기 명창의 후예[2]로, 1915년 전라남도 담양군 용면 두장리에서 태어나 1960년 40대 중반에 재능을 마음껏 펼쳐보지 못한 채 세상을 떠났다. 그의 부친은 소리꾼이 아니며, 농사를 지었다고 한다. 주광득은 북, 설장구, 판소리,

창극 등 못 하는 것이 없을 정도로 재능이 많았다. 특히 재담과 발림을 기막히게 잘하여 창극에서 방자나 마당쇠 역 등 삼마이(조연 배우)를 맡아 특유의 익살과 넉살로 관객들을 울리고 웃겼다고 한다.3

임방울 명창은 주광득의 북 장단에 소리하기를 좋아했다. 임방울(1905~1961)이 어떤 소리꾼이던가. 그는 20세기 전반기의 판소리 창단을 종횡무진했던 천상의 소리꾼이다. 하늘이 내린 목으로 흰 구름 위를 바람처럼 걸림 없이 자유자재로 소리했다. 마음이 가는 대로 부르면 저절로 소리가 되었다. 그는 정해진 길이 있어도 따라갈 필요가 없었고, 발걸음이 닿는 곳은 곧 길이 되었다. 그렇다고 판소리의 길에서 벗어난 것은 아니다. 반면 임방울과 라이벌 관계에 있던 김연수 명창은 목을 타고나지 못했기 때문에 농부가 땅을 갈고 북을 돋우며 농사짓듯 피땀으로 소리를 가꾸었다. 그는 이면에 충실한 소리 세계를 만들어 그 속을 뚜벅뚜벅 걸어갔다. 임방울의 소리는 가슴으로 하는 천상의 소리요, 김연수의 소리는 머리로 하는 지상의 소리이다. 이런 점에서 임방울이 이백이라면 김연수는 두보라고 할 수 있다. 임방울과 같이 구름에 달 가듯이 가는 소리에 길을 닦고 윤기를 돌게 하는 것은 결코 쉬운 일이 아니다. 대단한 북 가락의 소유자가 아니면 북을 잡기 어렵다. 그만큼 주광득의 북 솜씨가 탁발했던 것이다.

주광득 명창은 송만갑과 박동실에게 소리를 배웠다. 물론 그의

소리 바탕은 집안소리일 것이다. 주광득은 10대 후반에 송만갑 명
창에게 일정 기간 배웠을 것으로 짐작된
다. 송만갑(1865~1939)은 전라남도 구례
군 봉북리 출신으로 당대 최고의 동편제
명창이다. 판소리 중시조 또는 가왕이라
고 일컫는 송흥록 명창이 종조부이고, 송
광록 명창이 조부, 송우룡 명창이 부친이
니 자타가 공인하는 최고의 판소리 명문
의 후예이다. 7세 때부터 부친 송우룡 명

송만갑 명창

창에게 집안소리를 배웠으며, 천부적인 재능을 타고나 13세 때 이
미 소년 명창으로 그 이름이 나라 안에 자자했다. 뒤에 송흥록의
수제자인 박만순에게 본격적으로 소리공부를 하여 일가를 이루었
다. 그러나 시대적 요구에 순응하기 위하여 "극창가는 주단포목상
과 같아서, 비단을 달라는 이에게는 비단을 주고 무명을 달라는
이에게는 무명을 주어야 한다."고 주장하며 집안의 동편제 법제에
서 벗어나 통속화의 길을 걸었다. 이로 인해 부자간의 갈등이 심
했다. 송우룡은 아들 송만갑을 송씨 가문 소리의 법통을 말살하려
는 몹쓸 자손으로 여기고 독약을 먹여 죽이려고까지 했다고 한다.
    1902년 고종의 명으로 황실극장 협률사를 만들 때 김창환 명창
과 함께 참여했고, 여러 차례 어전에서 소리를 불렀으며, 고종의
총애를 받아 감찰직을 제수받았다. 조선음률협회와 조선성악연구

회에 참여하여 판소리 교육에 힘쓰는 한편 창극 정립에도 이바지했다. 그리고 진주, 마산, 부산, 동래, 대구, 전주, 광주 등지의 권번에서 소리선생을 했으며, 조선성악연구회에서 수많은 제자를 가르쳤다. 김정문, 김초향, 김추월, 이화중선, 배설향, 박록주, 박초월, 신금홍 등이 그가 배출한 뛰어난 제자들이다.[4]

송만갑은 춘향가와 심청가, 적벽가의 화용도 장면 등에 뛰어났다. 정노식은 『조선창극사』에서 그의 소리에 대해 "둥글고 맑은 통상성으로 내질러 떨어트리는 성조는 과연 전인미답 처를 개척하였다. … 변화가 그리 없고 안일이가 부족하다. 일구 일절에 너머 힘을 쓰므로 통괄하여 가는데 유루(遺漏)가 없지 아니한가 한다."라고 평했다.[5]

주광득 명창의 소리에 가장 큰 영향을 끼친 소리꾼은 박동실이다. 박동실(1897~1968) 명창은 전라남도 담양의 세습예인 집안 출신으로, 판소리 명창 박장원과 명무당 배금순의 아들이다. 〈이름 모를 소녀〉와 〈하얀 나비〉 등을 부른 대중가수 김정호(1952~1985)가 그의 외손자이다.

박동실은 9세 때부터 외조부 배희근과 아버지 박장원에게 소리를 배워 애기명창으로 이름을 날렸다. 그 뒤 12세부터 김채만(1865~1911) 명창에게 배워 일가를 이루어 소위 '광주소리'의 중심이 되었다. 그의 장기는 서편제 심청가로, '박유전−이날치−김채만'으로 이어지는 바디이다. 특히 38세부터 박석기[6]가 마련한 전라남도 담양군 남면의 지실초당에서 본격적으로 소리를 가르쳐 김소희, 한애순, 한승호, 박귀희, 김동준, 공대일, 박후성 등 다음 세대 소리꾼들을 길러냈다. 해방 후 광주성악연구회(조선고전음악연구회)를 조직하여 활동했으며, 열사가를 지어 제자들에게 가르쳤다. 6·25전쟁 중 9·28 서울 수복 때 공기남, 조상선, 임소향 등과 함께 북에서 내려온 안기옥7을 따라 월북하여 나중에 인민배우가 되었다.8 주광득은 담양 비실태 재각에서 공대일, 박후성, 김동준, 김채선 등과 함께 소리공부를 했는데,9 이때 박동실에게 심청가를 배웠을 것이다. 그리고 해방 후 박동실에게 열사가를 배워 딸 주영숙에게 유관순 열사가를 가르쳤다.

주광득 명창은 흥보가에 뛰어났다. 그의 흥보가는 그가 강도근,10 김영운11과 가깝게 지낸 것으로 미루어 볼 때 전라북도 남원 주천면에 거주하던 김정문에게 배운 것으로 짐작된다. 김정문 (1887~1935) 명창은 전라북도 진안군 백운면의 세습예인 집안

출신의 소리꾼이다. 유성준 명창의 생질로 그에게 수궁가를 배웠고, 송만갑 명창의 수행고수를 하면서 소리를 배웠다. 그후 김채만의 소리에 반하여 심청가를 배워 더욱 속화되었다. 그래서 송만갑은 소리청에서 "김정문은 내 제자인데 초 치고 양념 쳐서 소리를 맛있게 나보다 잘한다"

김정문 명창

라고 했다.[12] 특히 춘향가의 월매 역에 뛰어났으며, 심청가의 심봉사 흉내를 내면 청중들이 눈물을 흘렸다고 한다. 박록주, 박초월, 강도근 등이 그의 제자이다.[13]

한편 주광득 명창은 판소리 이론가 박황, 명창 박후성, 명인 원광호, 명고수 김동준 등과는 혼맥으로 맺어진 인척들로, 서로에게 직간접적인 영향을 주고받았다.[14]

창극 단체에서의 활동

주광득 명창은 화랑창극단과 조선고전음악연구회 등 여러 단체에서 활동했다.

① 화랑창극단

주광득 명창은 일제강점기에 화랑창극단에서 활동했다. 화랑창극단은 박석기가 주도하여 1940년 12월 무렵에 창단하고 창립공연으로 1940년 12월 김광우 작 〈팔담춘몽〉(24-27일)과 〈봉덕사의 신종〉(28-31일)을 제일극장에서 상연했다.[15] 연출 박생남, 박동실·조상선, 음악 이기권·강성재, 무용 한성준, 남자부에 조상선, 작곡 박동실, 이기권, 김막동, 장영찬, 강성재, 김준섭, 최명곤, 임방울, 여자부에 김여란, 조소옥, 김순희, 조원옥, 조연옥, 조남홍, 조금향, 서산월, 박초월, 김일지, 조금옥, 임소향 등이었다.[16] 그 후 박석기가 인수하여 1941년 11월 5-6일 이서구 작 〈망부석〉을 동양극장에서 상연하고, 1942년 3월 17일에서 19일까지 이운방 작 〈항우와 우미인〉을 부민관에서 상연했다. 이때 조상선, 김관우, 임소향, 김순희, 조남홍, 김소희, 한애순 등이 참가했다. 박황은 한주환, 김여란, 박동실, 조몽실, 김막동, 공기남, 주광득, 한갑득, 박후성, 한승호, 한일섭, 임소춘, 박농주, 최명숙 등도 참가했다고 한다.[17] 화랑창극단은 1942년 8월경 조선연극협회 소속으로 활동하던 조선성악연구회 직영 창극좌와 통합하여 조선창극단을 결성함으로써 해체되었다.

② 조선고전음악연구회(일명 광주성악연구회)

주광득 명창은 해방 후에 조선고전음악연구회에서 활동했다. 이 단체는 흔히 광주성악연구회 또는 조선음악연구회라고 했다.[18] 박황에 의하면, 해방이 되자 광주에서 창악인을 중심으로 광주성악연구회가 발족되었는데, 박동실, 오태석, 조몽실, 조상선, 성원목, 조동선, 공대일, 공기남, 주광득, 한영호, 한갑득, 박후성, 한일섭, 한승호, 안채봉, 한애순, 박농주, 김경애, 공옥진 등으로 직속 창극단을 조직하고, 창단공연으로 1945년 10월 15일 광주극장에서 박황이 각색한 〈대흥보전〉을 선보여 큰 성황을 이루었다. 2개월의 순회공연을 마친 후 단원 대부분이 1946년 1월 국악원 창립기념공연으로 국제극장에서 상연하는 〈대춘향전〉에 출연하기

白鹿論叢 6
唱劇史硏究
朴 晃 著

白鹿出版社

위해 상경하는 바람에 해산했다고 한다.[19] 1945년 12월 2일 자『동아일보』에는 국악원에서 창립기념공연으로 아악·창악·무용·민요·속곡을 종합한〈대춘향전〉을 상연하기 위해 300여 명이 맹연습 중이라고 했다. 실제로〈대춘향전〉은 1946년 1월 11일부터 18일까지 8일 동안 국제극장에서 상연했다.[20]

1945년 12월 8일 자『중앙신문』에 의하면 조선고전음악연구회는 박동실, 안기옥, 조상선, 한승호, 유창준, 임소향, 공기남 등을 중심으로 고전 옹호의 선구자인 윤병길 씨와 제휴하여 창립했는데, 첫 공연인 창극〈건설하는 사람들〉을 남부 지방에서 순회공연하여 올린 총수입 십여 만 원을 전재동포구제사업에 헌금하였다. 그 진용은 회장 윤병길, 부회장 박동실, 문예부장 고훈, 창극부장 박동실, 현악부장 안기옥, 관악부장 류창준, 종고부장 성원목, 무용부장 조상선, 교화부장 윤송파이며, 목하 제2회 공연으로 대작〈논개〉를 준비하고 있었다.[21] 그 후 조선고전음악연구회에서는

〈건설하는 사람들〉을 1945년 12월 16일부터 20일까지 대구 만경
관에서도 상연했다.[22] 그렇다면 조선고전음악연구회는 적어도
1945년 11월 이전, 박황의 말대로 1945년 10월에 결성되었던 것
이 아닌가 한다.

『광주민보』, 1946. 6. 19.

조선고전음악연구회는 1946년 6월 18일부터 27일까지 10일 동
안 호남신문사 옆 대광장(도청 앞)에서 납량창극대공연을 했다.
연제는 〈조선산수가〉(이은상 시, 박동실 곡), 〈산거기〉(남궁훈
작, 박동실 작곡), 〈춘향전〉, 〈심청전〉, 〈흥보전〉 등이며, 출연자
는 김소희, 박농선, 김록주, 공기남, 박후성, 성원목, 김득수, 박
동실, 조순애, 오옥석, 장춘홍, 김봉수, 박동채, 박봉학, 주광득,
박내용, 이중남, 성부근, 하천수, 김병갑, 윤송파, 명월성 외 20
여 명이다.[23]

③ 국극협단

주광득 명창은 박후성이 주도한 국극협단에도 참여했다. 국극협
단은 창립대공연으로 김아부 각색, 박동실 작곡, 원우전 장치의 〈고
구려의 혼〉을 1948년 5월 23일부터 29일까지 7일 동안 시공관에서
상연했다. 출연자는 박동실, 박후성, 한갑득, 서정길, 김운칠, 김영
동, 천세원, 공기준, 신봉학, 김원석, 김동준, 주광득, 김득수, 공기
남, 김소희, 김봉선, 박초향, 박희숙, 김경애, 김국희, 김진숙, 김해
선, 박정숙, 박홍도, 박농선, 양옥진 등이고, 이동백이 찬조 출연했
다.24 그 후 대구극장을 비롯하여 전국의 여러 곳을 다니며 순회공
연했다.25

『동아일보』, 1948. 5. 20.

〈고구려의 혼〉은 일제강점기 때 동일창극단에서 공연하던 〈일
목장군〉을 제목만 바꾼 것이다. 당시 일목장군은 박귀희가 여창
남역을 하여 화제가 되었으며, 박초월이 아리주 역을 했다. 만주
지역을 공연할 때 극성팬들이 박귀희를 진짜 남자로 알고 납치하

려는 해프닝이 벌어질 정도로 그의 인기는 가히 폭발적이었다.[26]

〈고구려의 혼〉(〈일목장군〉)의 줄거리는 다음과 같다.

신라와 당나라의 연합군에 의하여 고구려가 망하게 되자 한반도 북부는 신라에 귀속되고, 만주의 서북지방은 당나라의 소유가 되었다.

당나라 군과 싸우다가 한쪽 눈을 실명한 고구려의 유장, 속칭 일목장군은 당나라 현감의 눈을 피하여 고구려의 패잔병을 규합하여, 실지 회복을 도모한다.

구토의 고구려 유민들은 촌장의 딸 아리주를 중심으로 혼연일체가 되어 궁시창검과 군복을 만들고 군량미를 비축하여 일목장군을 도왔고, 일목장군은 변방 성을 차례로 회복하였다.

이러한 사실을 알게 된 당나라 현감은 일목장군이 출정한 틈을 타 당나라 군사를 이끌고 본거지를 습격하고 아리따운 아리주를 생금한다.

아리주의 미모에 대혹한 현감은 아리주를 감언이설로 달래며 수청을 강요한다.

아리주는 완강하게 거절하다가 어차피 죽을 목숨임을 알아차리고 기왕 죽을 바에야 현감을 죽여 나라의 원수를 갚고 자신도 죽으려고 결심한다. 아리주는 수청을 승낙한다.

당나라 현감은 주연을 배설하고 주흥이 고조에 달하였을 때 아리주는 술에 독을 타서 현감을 먹이려 하다가 사전에 발각되고 만다.

극도로 노한 현감은 아리주를 당하에 꿇어앉히고 장검을 뽑아

들고 아리주를 참하려고 한다.

그때 뜻밖에 일목장군은 대군을 거느리고 노도와 같이 성내로 쳐들어 왔고, 당나라 군사는 일시에 궤멸되었으며 현감은 일목장군에 의하여 처단된다. 일목장군은 아리주와 함께 장병과 유민들을 거느리고 새로운 건국을 위하여 발해로 떠난다.27

한편 국극협단은 〈고구려의 혼〉을 16밀리 영화로 제작했다. 1948년 7월 전라북도 임실군 관촌에서 한 달여 촬영한 것이다.

영화 〈고구려의 혼〉 촬영 기념사진

『동아일보』, 1949. 4. 30.

편극 이운방, 제작 조성기, 기획 이경춘, 감독 임운학, 촬영 박
희영, 주연 박후성·김경애·박금숙·공기남이고, 김소희가 창을
했다. 1949년 1월 29일 부산의 부민관에서 개봉하고,[28] 서울에서
는 4월 30일 중앙극장에서 개봉했다.[29]

국극협단에서는 1949년 1월부터 단국창극단과 함께 합동신춘공
연을 했다. 1월 9일부터 15일까지 대구극장에서 〈춘향전〉, 〈심청
전〉, 〈흥보전〉 등을 상연하고,[30] 16-18일은 포항극장에서, 2월 1
일부터 부산의 국립극장(구 보래관)에서 상연했다. 당시 오태석,
박지홍, 박상근, 박후성, 김영철, 김원길, 최병기, 방태진, 임새근,
신영선, 박초향, 박홍도, 하진옥, 음송란, 방숙향 등이 출연했다.[31]

국극협단에서는 1950년 5월 15일부터 17일까지 3일간 송림 작,
박동실 작창·창도의 〈탄야곡〉을 광주극장에서 상연하고,[32] 6월
12일부터 대구 만경관에서 박영진 도연의 〈탄야곡〉과 〈복수 삼척

검), 〈애원경〉을 상연했으며,[33] 6월 24일부터 동아극장에서 〈탄야곡〉과 〈장화홍련전〉, 〈원한의 복수〉를 상연했다. 출연자는 박후성, 김준옥, 한일섭, 박봉술, 주광득, 성창렬, 선동월, 성선근, 이춘문, 서정길, 조동선, 공기남, 박초향, 박홍도, 성옥란, 선농월, 박해중월, 조금향, 김소월, 박진숙 등이다.[34]

한편 박황은 국극협단의 〈춘향전〉, 〈흥보전〉, 〈심청전〉이 인기가 대단하여 가는 곳마다 문전성시를 이루었다고 하며, 그 배역을 다음과 같이 소개했다. 〈춘향전〉은 이몽룡 박후성, 방자 한일섭, 후배사령 김득수, 춘향 박홍도, 춘향모 박초향, 향단 남연화, 사또 양상식, 집장사령 김득수였고, 〈흥보전〉은 놀보 양상식, 놀보처 박초향, 마당쇠 김득수, 흥보 박후성, 흥보처 박홍도, 돌남 남연화, 도승 서정길, 흥보 큰아들 주광득이었으며, 〈심청전〉은 심 봉사 박후성, 심청 남연화, 뺑덕이네 박초향, 화주승 김득수, 황봉사 양상식, 송천자 서정길, 동장 신봉학이었다[35]고 했다.

이 외에도 국극협단에서는 〈추풍감별곡〉, 〈왕자 사유〉, 〈예도성의 삼경〉 등을 상연했다. 박황 작, 이유진 연출, 한일섭 편곡, 원우전 장치의 〈예도성의 삼경〉은 고대 예맥의 전설을 소재로 한 작품으로, 1949년 구정 때 상연했다. 배역은 맥왕 서정길, 마창왕자 박후성, 맹장 김득수, 예왕 김원길, 계비 김덕희, 태자 허희, 공주 박홍도, 시녀 남연화, 신지 김재봉, 읍차 주광득이었다.[36]

〈예도성의 삼경〉의 줄거리는 다음과 같다.

〈예도성의 삼경〉의 한 장면

춘천의 맥족은 농경을 위주로 하는 문화민족이나, 강릉의 예족은 흉맹한 유목족이었다.

어느 해, 예의 습격으로 맥의 도성은 무너지고 맥왕이 예군에게 사로잡힌 지 이십 년의 세월이 흐른다.

예의 불의습격으로 맥의 도성이 불바다가 되던 그날 밤, 노신과 왕비에 의하여 구사일생으로 살아난 맥왕의 아들 마창왕자는 장성함에 따라서 태백산령을 본거에 두고 맥군을 조련하는 한편으로, 밤 삼경이면 정예군 일대를 거느리고 예도성을 기습한다.

예왕은 그것이 맥왕의 아들이 살아 있어 원수를 갚기 위한 소행임을 알고 이를 정벌하도록 신지와 읍차에게 명하나, 신지는 이들의 본거지를 알 수 없으며 밤 삼경이면 동에 번쩍 서에 번쩍하고 번개같이 나타났다가 사라지므로 어찌할 수 없다고 한다.

예왕에게는 전비 소생의 태자와 공주 두 남매가 있었는데, 젊은 계비는 신지와 불의의 정을 맺고 예왕과 태자를 살해하고 왕위를 찬탈하려고 음모를 꾸민다.

신지는 읍차와 짜고 예왕에게 맥의 5만 대군이 미구에 쳐들어올 것이니 낙랑태수에게 조공을 바치고 인수를 받아 낙랑의 구원병으로 맥군을 멸망시키자고 한다.

예왕은 신지의 흉계를 모르고 그 말을 옳게 여겨 보화를 마련하고 신지 일파의 권유에 따라 태자를 사신으로 명하여 출발케한다.

한편 읍차는 신지의 밀명을 받고 태백산령에 미리 매복하고 있다가 태자 일행을 처치하고 그것을 맥군의 소행처럼 계교를 꾸미려 하였으나 맥군의 기습을 받아 읍차는 맥군에게 생포된다. 태자 일행도 산중에 당도하자마자 맥군에게 사로잡혀 마창왕자 앞에 끌려온다.

마창왕자는 읍차와 태자를 대면시키고 태자를 죽이려는 신지 일파의 흉계를 알려주니, 태자는 그제야 맥왕이 지하실에 이십 년간 감금되어 지금껏 살아 있음을 알려준다.

한편 태자의 호위병 하나가 간신히 살아서 도망하여 예왕에게 보고한다.

대경실색한 예왕은 태자 구출을 명하나 신지는 맥의 오 만 대군을 당해낼 수 없으니, 성문을 굳게 닫고 수비하는 것만이 상책이라고 이를 거부한다.

예왕은 감금한 맥왕과 태자와 교환하도록 사신을 보내려 하나, 신지는 맥왕을 살려 보낼 뿐 태자를 구하지 못한다고 반대한다.

마창왕자는 대군을 북서남 삼면에 매복하여 놓고 부하 맹장 5명과 예군으로 변장하여 태자의 안내로 밤 삼경에 기습작전을 벌여 예도성 내가 소란한 틈을 타서 성내로 잠입하여 공주궁에 은신한다.

이튿날 마창왕자는 부하와 같이 순찰병으로 가장하고 성내를 탐색한다. 이날 밤 삼경, 병석에 누워있는 예왕을 독살하려다가 탄로 난 신지와 계비는 예왕과 사투를 벌인다.

그때 삼면에서 맥군이 쳐들어오는 소리가 천지를 진동하면서 성내는 불바다가 되고, 뜻밖에 예왕 침실로 뛰어든 마창왕자는 신지와 계비를 참하고 예왕을 생포한다.

이와 때를 같이하여 함성을 울리며 성내로 조수같이 들이닥치는 맥군에 의하여 예군은 궤멸되고 맥왕은 구출된다.

신지의 심복 부장은 공주가 적인 마창왕자를 사랑하고 내통한 것을 알고 공주를 죽이고 달아나다가 맥군의 맹장에게 참살을 당한다.

예군을 멸망시키고 부친을 구출하였으나 애절하게도 사랑을 잃는다.[37]

〈예도성의 삼경〉은 국극사의 〈만리장성〉과 조선창극단의 〈왕자호동〉, 김연수창극단의 〈단종과 사육신〉과 더불어 당대의 창극 가운데 사대 걸작이라는 평가를 받았다.[38]

④ 순흥창극단

주광득 명창은 순흥창극단에 참여했다. 순흥창극단은 박봉술이 주도하여 조직한 단체인데, 순천을 중심으로 인근의 여수, 광양, 구례, 벌교, 보성, 고흥 등지를 다니며 순회공연했다. 단원은 주광득, 공기남, 배금찬, 박정례, 선농월, 박향, 성창렬, 성옥란 등 20여 명이었다.[39]

⑤ 국극사

주광득 명창은 한때 국극사에도 참여했다. 이 단체는 1952년에 박록주가 조직한 것으로 1945년에 창립한 국극사[40]와는 무관하다. 단원은 박동진, 박병두, 이용배, 박정환, 이재돌, 허빈, 이돈, 백완, 이일파, 한농선, 박춘홍, 변녹수, 조봉란, 장소란, 박영자, 황경순 등의 신진과 신극단 출신으로 이루어졌다.[41] 1950년대 후반까지 〈월야삼경〉, 〈도화선〉, 〈햇님 달님〉 등의 창극을 상연했다.

박록주의 국극사에서 상연한 창극 가운데 주광득이 출연한 것으로 확인된 것은 혜안 작, 이재춘 연출, 박만호 기획의 〈도화선〉이다. 〈도화선〉은 일명 〈만리장성〉으로, "하로밤에 매진 사랑 3년 세월을 기다려도 오지 않는 낭군을 찾어 강녀는 드디어 만리장성을 찾어간다"라는 광고 문구를 볼 때 이전의 국극사에서 상연한 〈만리장성〉[42]과 동일한 내용의 작품임을 알 수 있다.

『동아일보』, 1953. 1. 31.

1953년 2월 2일부터 동아극장에서 상연했는데, 창악은 강장안·박록주, 안무는 강태홍, 음악은 박성옥·박지홍·강태홍·이덕환, 김정환·박석인이 하고, 출연자는 남자부에 강태홍·강장완·임종성·박봉술·주광득·임준옥·공기준·이용배·허빈·이돈·박성철·신장옥·박정환, 여자부에 박록주·박초향·박춘홍·박춘자·박옥란·박영자·선농월·이해선·나경애·노경자·김복례·선화심·김려향·김순이 등이었다.[43]

이전의 국극사에서 상연한 〈만리장성〉의 줄거리를 소개하면 다음과 같다.

중국의 진시황은 육국을 통일하고 북방족의 침입을 막기 위하여 만리장성을 쌓을 때 전국의 청장년을 징발하여 부역케 하였다.

그러나 성벽을 쌓으면 무너지고 쌓으면 또 무너지니, 진시황은 일관에게 그 까닭을 묻는다.

일관이 아뢰기를

"이는 토신이 노하여 그러한즉 만 명의 인명을 제물로 생매장하고 제를 지내면 무사할 것이나 만 사람을 다 죽일 수는 없으니 '만명'이라는 이름을 가진 사람을 잡아들여 제물로 바치고 생매장하면 탈이 없을 것입니다."

하고 아뢰었다.

진시황은 전국에 영을 내려 '만명'이란 이름을 가진 사람을 잡아들이라 하였다.

삼대독자 외아들로 '만명'이란 미소년이 장백의 부하 군졸에게 체포되었다.

압송 도중, 군졸들은 주막에서 만명을 묶은 채 뜰에 꿇어 놓고 술을 마시며,

"저 애는 '만명'이라는 이름 때문에 생매장되는데 죽이기는 아까운 미소년이다."

하고 저희들끼리 속삭인다.

술에 취한 군졸들은 졸기 시작한다. 군졸들이 잠들자, 만명은 주막집 여인에게 살려 달라고 애원한다. 주막집 영인은 식도로 포승을 베고 만명을 구하여 도망시킨다.

한편 축성의 총수인 장백은 고역에 지쳐서 쓰러지는 사람들과 굶주려 허기진 사람, 병든 사람은 불문곡직하고 닥치는 대로 생매장한다. 그뿐 아니라 조금이라도 꾀를 부리거나 한눈을 파는 사람은 반역죄로 다스려서 형틀에 사지를 묶어 놓고 혹독한 매질로 반죽음을 만들어서 생매장하므로 역사장은 그야말로 생지옥이다. '만명'을 놓친 장백의 부하 군졸은 혈안이 되어 만명을 찾아 헤맨다.

만명은 낮이면 산에 숨고 밤이면 산길을 타고 남으로 향하여 정처 없이 달아난다.

그 당시, 전국의 관가에서는 집집마다 수색하여 남자만 있으면 체포하여 역사장으로 압송하기 때문에 남자들은 숨어서 살았고, 돈 있는 사람은 관가에 막대한 금품을 바치고 이를 모면한다. 여기는 거부장자인 맹진사의 집. 무작정 가다가는 관가의 눈에 띌까 두려운 만명은 맹진사 집 담을 넘어 후원에 은신한다.

맹진사의 무남독녀인 맹강녀는 후원에서 꽃을 꺾어 들고 다리

위에서 놀다가 꽃을 개천에 떨어뜨린다.

맹강녀는 물 위에 떠서 흘러가는 꽃을 건지려고 반나체가 되어 물속으로 들어가 잡힐 듯 잡힐 듯하는 꽃을 따라 꽃을 따라 하류로 내려간다.

그때 하류의 숲속에서 그 꽃을 집어 들고 우뚝 일어서는 만명과 눈이 마주친 맹강녀는 깜짝 놀라 다리 위로 달려가서 옷을 입는다.

얼굴에 미소를 지으며 꽃을 받아가라고 손을 내미는 만명의 선동 같은 풍신에 맹강녀의 마음은 흔들린다.

맹강녀는 말한다.

"나는 어머님께 배웠어요. 내 알몸을 처음으로 보는 사내가 한평생을 섬겨야 하는 남편이라구요."

이것이 인연 되어 두 사람은 사랑하게 된다. 맹강녀는 모친을 통하여 사유를 말하고 부친의 승낙을 원한다. 맹진사 내외는 하늘이 정하신 배필이라 하여 두 사람의 혼인을 승낙, 외부 사람의 눈에 띄지 않도록 둘이서 후원 깊숙한 초당에 거처하게 한다. 그런데 만명의 인상을 그린 방문이 전국 도처에 붙게 되고, 만명을 잡아 오거나 거처를 알리는 자에게는 후한 상금을 내린다고 하였다.

이렇게 된 줄을 모르는 만명과 맹강녀의 사랑은 깊어 간다.

맹강녀를 짝사랑하는 정 도령은 맹진사에게 맹강녀와의 혼인 승낙을 간청하나 맹진사는 한마디로 거절한다.

정 도령은 맹진사가 혼인을 거부하는 데는 그만한 이유가 있을 것이라고 생각하고 맹진사 집 하인 석홍을 금품으로 매수하여 맹강녀를 감시하도록 부탁하고 돌아간다.

그 후 초당에서 사랑을 속삭이는 만명과 맹강녀를 본 석흥은 이 사실을 정 도령에게 밀고한다.

정 도령은 만명의 인상이 그려진 방문을 말아 들고 맹진사를 찾아와서 방문을 보이며 협박 공갈한다.

맹진사는 그러한 사람은 우리 집에 없다고 완강하게 거절하자, 정 도령은 앙심을 품고 관가에 고발한다.

관가에서 군노가 나와 맹진사 집을 수색하여 만명을 체포하여 역사장으로 압송한다.

맹강녀는 일편단심 만명만을 생각하다가 역사장으로 만명을 찾아갔으나 맹강녀가 역사장에 당도하였을 때는 이미 만명은 생매장된 뒤였다.

맹강녀는 만명이 죽은 것을 알자 스스로 목숨을 끊는다.

이리하여 원통하게 죽은 두 넋을 극락왕생하라고 무굿으로 끝을 맺는다.[44]

〈만리장성〉은 당시 창극 가운데 사대 걸작의 하나로 꼽히는 작품으로, 대규모의 무대장치와 종막의 무굿놀이는 화려하면서도 인상적이었다고 한다. 추해상 작, 박춘명 연출, 조상선 편곡·안무, 김정환 미술, 원우전 장치로, 배역은 맹진사 정남희, 부인 성추월, 맹강녀 신숙, 시녀 조순애, 석흥 조상선, 만명 장영찬, 정도령 김준옥, 장백 백점봉, 칠성 홍갑수, 부장 성순종 등이었다.[45]

맹강녀 이야기는 중국에 전해오는 4대 민간 전설의 하나로, 줄거리는 이렇다. 강씨 집안의 맏딸인 맹강녀는 제나라 범기량의 아내인데, 진시황 때에 남편이 만리장성을 쌓는 공사에 끌려갔다. 맹강이 겨울옷을 마련해 남편을 찾아갔지만 남편은 이미 죽어 시체도 찾을 수 없었다. 맹강이 성 아래에서 통곡하자 성이 무너지면서 남편의 시체가 드러났다. 맹강은 그곳에서 망부석이 되었다고 한다.[46] 그녀의 묘는 산해관성 동부 망부석촌 북부에 있는 봉황산의 작은 언덕 위에 위치한다. 송대에 세워져, 명대에 중건되었다. 맹강녀는 『시경』에도 나온다.[47]

⑥ 국악사

주광득 명창은 박후성이 조직한 국악사에 참여했다. 국악사의 전신은 박후성이 1951년 1월 대구에서 한일섭, 장영찬, 공기준, 박초향, 이귀조, 박홍도, 남해성, 박신숙과 신극 출신의 남민, 허빈, 전해원 등으로 조직한 대동국악사다. 1951년 말 경남지구 정훈공작대 대원이던 김원

『경향신문』, 1953. 9. 10.

길, 신봉학, 허희와 전 국극사 단원인 오태석, 성원목, 홍갑수, 박도아, 성순종 등이 대동국악사에 참여함으로써 창극단의 모습을 갖추게 되어 단체명을 국악사로 바꾸었다.

국악사는 박황 작 〈님은 가시고〉를 대구극장에서 상연하면서 새 출발을 했다. 그 후 순흥창극단이 해산하여 주광득, 배금찬, 김록주, 성옥란, 김준옥 등이 입단함으로써 진용이 더욱 강화되었다.[48] 국악사는 1953년에 허빈 작 〈백호성〉·〈서라벌의 재성고〉, 박황 작 〈운곡사의 비화〉·〈일편단심〉·〈사도세자〉 등을 상연했다. 그 후 1957년 11월 홍갑수가 조직한 대한국악단에 흡수되었다.[49]

주광득 명창은 제1회 신작 대공연으로 1953년 9월 10일부터 평화극장에서 상연한 고구려 야화 〈백호성〉(10–11일)과 12일부터 상연한 〈서라벌의 재성고〉에 출연한 것이 확인된다. 허빈 작, 남민 연출, 정우택 장치, 박적 기획으로, 출연자는 박후성, 김원길, 장영찬, 남민, 허빈, 안태식, 박병두, 전해원, 한일섭, 이용배, 임준옥, 성부근, 주광득, 신봉학, 이병칠, 이평, 김일구, 남해성, 박홍도, 박진숙, 김금연, 염용순, 최숙, 김영자, 김선자, 최연옥, 김광자, 안채선, 박봉선, 박초향 등이다.[50] 대구극장에서도 1953년 11월 24일부터 〈서라벌의 재성고〉와 〈백호성〉을 상연했다.[51]

동량으로 성장한 제자들

주광득 명창은 순천, 전주, 남원 등지에서 소리 선생을 했다. 1950년대에 박봉술(1922~1989) 명창이 순천국악원에서 소리 선생으로 있을 때 강도근, 김영운과 함께 초청되어 소리를 가르쳤으며,[52] 남원에서는 남원국악원 등에서 김영운과 함께 소리를 가르쳤다.[53] 주광득 명창은 일찍 세상을 떠나 자신의 소리 세계를 마음껏 피우지는 못했지만, 그의 소리 세계는 그가 가르친 제자들의 소리 속에 숨 쉬고 있을 것이다.

박복남(1927~2004)은 전라북도 순창군 적성면의 세습예인 집안 출신으로, 박봉술 명창의 사촌 동생이다. 13세 때 유성준 명창의 제자 박삼룡에게 수궁가를 배웠고, 14세 때 주광득을 자기 집으로 모셔와 심청가와 흥보가를 배웠으며, 15세 때는 당시 전라남도 장흥에 머물고 있던 이동백에게 심청가, 단가 경산경가와 인생수기 등을 배웠다. 그 후 20여 년 동안 정읍, 여수, 부안, 순창 등지의 국악원에서 소리를 가르치며 판소리 발전에 이바지했다. 70세인 1996년 제3회 전국판소리명창대회에서 대통령상을 수상하고, 1997년 전라북도 무형문화재 판소리 수궁가 보유자가 되었다. 그의 수궁가는 송흥록-송광록-송우룡-유성준-박삼룡으로 이어지는 바다. 박복남은 수리성의 소유자로 성량 또한 우람하고 컸으며, 탄탄한 성음과 공력으로 순창을 중심으로 소리판을 지

킨 명창이었다.[54]

　정춘실(1943~2019)은 전라북도 남원 운봉면 출신의 여성 판소
리 명창이다. 13세부터 강도근에게 흥보가와 춘향가를 배웠고, 주
광득에게도 배웠으며, 18세부터 정광수 문하에서 수궁가 전 바탕
과 흥보가 등을 익혔다. 그 후 오정숙, 정권진, 성우향에게 춘향
가와 심청가 등을 배웠다. 1991년 남원에서 개최된 춘향제의 제18
회 전국판소리명창대회에서 대통령상을 수상하고, 1998년 광주
광역시 무형문화재 판소리 춘향가 보유자로 인정되었다. 그의 춘
향가는 김세종-김찬업-정응민-정권진-성우향으로 이어지는 바
다.[55]

　성준숙(1944년생)은 전라북도 완주군 이서면 출신의 여성 판
소리 명창으로, 예명은 민소완이다. 13세 때부터 창극단을 따라
다니며, 임방울, 주광득, 김동준, 강도근, 홍정택, 이일주에게
춘향가와 수궁가 등을 두루 배웠다. 그 후 이일주와 오정숙으로
부터 동초제를 배웠으며, 1986년 전주대사습놀이대회에서 대통
령상을 받았다. 1996년 전라북도 무형문화재 판소리 적벽가 보
유자로 인정되었다. 그의 적벽가는 김연수-오정숙으로 이어지
는 바다.[56]

　안숙선(1949년생)은 전라북도 남원군 산동면의 세습예인 집안
출신으로, 명창 강도근과 가야금 명인 강순영의 외종질이다. 9세
때 이모 강순영의 손에 이끌려 주광득 명창에게 1년 정도 남원국

악원과 그의 집에 드나들며 단가 백발가를 비롯하여 심청가의 아이 어르는 대목, 춘향가의 남원골 한량과 이별가, 적벽가의 군사 설움타령 등을 배우며 판소리의 기초를 닦았다. 안숙선에게 소리의 싹을 틔워준 첫 스승이 주광득 명창인 것이다. 12세부터 남원 국악원에서 강도근에게 흥보가와 적벽가, 춘향가, 심청가, 수궁가 가운데 일부를 배우고, 14–15세 때 강순영에게 가야금산조와 가야금병창을 익혔다. 20세 무렵 상경하여 김소희로부터 흥보가와 춘향가를 배웠으며, 이어 박귀희에게 가야금병창을 익혔다. 그 후 정광수에게 수궁가, 박봉술에게 적벽가, 성우향에게 심청가를 익혀 판소리 다섯 바탕을 모두 보유하게 되었다. 1986년 남원에서 열린 제56회 춘향제의 제13회 전국판소리명창대회에서 대통령상을 수상했으며, 1997년 중요무형문화재 제23호 가야금산조 및 병창 보유자가 되었다.[57]

안숙선 명창은 첫 스승인 주광득 명창과 맺어진 인연과 그의 만년 모습을 생생하게 전하고 있다.

> 9살 때의 일이다. 이웃 동네에 살면서 우리 집을 뻔질나게 드나들던 이모는 틈만 나면 내게 가야금을 가르치셨다. 어느 날 이모는 내 손을 잡아끌었다.
> "네게 소리를 가르쳐 줄 선생을 찾았어."
> 그 무렵 우리 집안의 어른들, 특히 외가댁에서는 내게 소리를 시키려고 무척 애를 썼다. 본래 외가 쪽에는 대대로 소리 · 대금

·피리 등 예인들이 많았다. 그분들은 나로 하여금 대를 잇게 하고 싶어 했다.

소리를 잘하고 좋아하긴 했지만 나는 솔직히 직업 삼아서까지 소리에 매달리고 싶지는 않았다. 어린 내 눈에도 소리꾼의 삶은 고달프고 궁한 것, 천하고 멸시받는 것으로 보였기 때문이다. 나도 '신식 여인'이 되고 싶었다.

주광덕 선생님. 그분은 이모의 손에 끌려와 못마땅한 표정으로 당신 옆에 서 있던 내게 판소리의 참맛을 처음으로 일깨워준 분이다. 선생님은 너무 가난해서 어느 집 문간방에 얹혀살고 계셨다. 슬하에는 내 또래의 딸이 한 명 있었다. 선생님의 아내는 세상을 떠났다고도 하고 멀리 도망갔다는 소문도 있었다. 어쨌든 선생님은 딸과 단둘이 살았다.

그 집 마루에는 늘 수박 화채 그릇이 놓여있었다. 처음 선생님을 뵈었을 때 한눈에 병을 앓고 있음을 느꼈다. 아마도 당뇨가 아니었나 싶다. 수박 화채 그릇도 그 때문인 것 같았다.

"야가 앞으로 소리할 수 있겠나 좀 봐주시오."

이모는 내 등을 떠밀며 사근사근한 목소리로 부탁했다. 나는 무릎을 꿇고 예의를 갖췄다. 그런데 절은 받는 둥 마는 둥 선생은 고개를 비딱하게 돌린 채 무서운 표정을 짓고 계셨다. 떨리는 마음에 나는 두 손을 앞으로 꼭 모아 쥐었다.

금방이라도 울 것만 같은 형세로 앉아 있는 내게 선생님은 대뜸 자신이 하는 소리 대목을 따라 해 보라고 하셨다. 심 봉사가 마을을 돌아다니며 어린 딸에게 동냥젖을 얻어 먹이는 심청가의 한 대목이었다.

"둥둥둥 내 딸이야, 어허 둥둥 내 딸이야. 금을 준들 너를 사며 옥을 준들 너를 사랴. 백미 닷 섬에 뉘 하나 열 소경에 막대 하나로구나 …"

바싹 말라 꾀죄죄한 그 몸에서 어찌도 그리 질기고 구성진 소리가 나올 수 있었는지 …. 어린 내 귀로도 선생의 소리는 가슴을 알싸하게 훑어 내리는 묘한 맛이 있었다.

선생님이 본을 보인 대로 따라 했다. 선생님의 서늘한 눈빛에 주눅이 들어 처음엔 입도 뻥긋 못할 것 같더니 소리를 내지르기 시작하자 떨림이 싹 가셨다. 뽑아 올리는 대로 우렁우렁 목청이 잘도 나왔다. 선생님은 그제서야 내 얼굴을 바라보셨다. 그리고 냅다 던지신 한 마디.

"허것다! 앞으로 니 소리 허것다!"

그날로 나는 주광덕 선생님의 제자가 되었다. 선생님 댁은 동네 둑방 맨 끄트머리에 있었다. 그곳까지 어머니가 지어주신 밥을 나르며 선생님으로부터 열심히 심청가, 백발가, 흥보가를 배웠다. 소리에도 여러 가지 표정이 있다. 선생님은 나에게 그것들을 알려주셨다. 아침나절 새들이 지저귀듯 어여쁘고 신명 나는 소리에서부터 해질녘 돌아오지 않는 식구를 기다리며 부르는 구슬프고 처량한 소리에 이르기까지.

그런데 선생님은 기쁨보다 슬픔을 소리로 표현하는 맛이 더 달다고 하셨다. 슬픈 노래가 왜 달까, 고개를 갸우뚱거리면 선생님은 "네가 더 커야 안다."는 한 말씀만 하고 입을 다무셨다.

그 말의 뜻을 나는 열 살 때 처음으로 깨달았다. 너무 빨랐다. 제자가 된 지 1년도 채 안 돼 선생님이 세상을 떠나고 만 것이다.

태어나서 그렇게 울어본 적이 없다. 상여가 나가는 날엔 내가 하도 발버둥을 치고 울어대서 저러다 어린것도 따라 죽는다고 집안 식구들이 잔뜩 겁을 먹었었다. 그로부터 4년 후 아버지도 돌아가셨다. 어머니의 흐느낌과 함께 내 소리엔 비로소 슬픔이 실리기 시작했다. 생전에 선생님은 내가 소리를 못한다고 혼을 내거나 매를 들지 않으셨다. 딱 한 번 호되게 혼난 적이 있다.

어머니가 지어준 보리밥과 된장국을 날라 오다가 둑방에서 선생님의 딸 완순이를 만나 해지는 줄 모르고 놀았던 것이다. 물론 밥과 국은 차갑게 식고 말았다.

선생님이 그렇게 화를 내는 것을 처음 보았다. "이눔이 감히 스승 진짓상을 …" 완순이와 나는 눈물이 쏙 빠지도록 혼이 났다.

한동안 선생님을 잊고 지냈다. 문득 그분을 떠올리며 눈시울을 적신 것은 지난 93년 '대한민국문화예술상'에서 음악대상이라는 큰 상을 받았을 때였다. 정말 알 수 없는 노릇이었다. 첫 스승이긴 하나 그래도 내 소리를 제대로 키워준 분들은 그 후 강도근 선생을 비롯하여 김소희·박귀희 선생이 아니었던가. 주광덕 선생은 대단한 소리꾼도 아니었고 팔 명창에 들지 못한 채 세상을 떠난 분이었다.

그런데 왜 그 기쁨의 순간에 불현듯 선생님의 얼굴이 떠올랐을까. 소리에 첫정을 들게 한 분. 내 싹수를 알아보신 분. 선생님이 심혈을 기울여 그 싹을 틔워준 것이다. 남원 촌뜨기였던 내가 이 커다란 도시 서울, 아니 해외 곳곳을 돌아다니며 우리의 장단과 소리를 뽐낼 수 있는 것은 다 주광덕 선생 덕분이다.

지금도 그분의 목소리가 생생하다. 많이 드시면 치료되지 않는

병이기에 완순이는 다락으로 부엌으로 음식을 숨겨야 했다. 그걸
찾고 또 찾으시다가 어린 내게 간청하시던 목소리. "숙선아, 배고
파 죽겠다. 나 먹을 것 좀 다오."[58]

소리의 싹을 틔워준 첫 스승에 대한 애틋한 그리움이 절절하게
묻어 있다. 안숙선 명창은 대한민국문화예술상의 음악대상이라는
큰 상을 받았을 때 자신도 모르게 첫 스승이 떠올랐다는 것이다.
그의 인간미가 소리 없이 드러나 아름답다.

안숙선의 친구 완순은 주광득 명창의 둘째 딸로 어릴 때 소리를
꽤 잘했다. 이승만 대통령 시절 남원에서 열린 소리대회에서 1등
을 차지하여 부상으로 시계를 받았을 정도로 재주꾼이었는데, 안
타깝게도 10대 때 요절했다.

5.

대구광역시 인간문화재 주운숙

대구광역시 인간문화재 주운숙

주운숙 명창은 현재 대구광역시 무형문화재 제8호 판소리 심청가 보유자다. 그는 인간문화재로서 사명감을 가지고 대구지역의 판소리문화 발전에 신명을 바치고 있다. 척박한 판소리 토양에 거름을 내고 북을 돋우며 젊은 소리꾼들이 마음껏 성장할 수 있는 옥토로 가꾸고 있다. 이러한 노력과 시간이 쌓여 가까운 장래에 한때 융성했던 대구지역의 판소리문화가 되살아날 것이다.

그 멀고 험했던 명창의 길

주운숙(朱云淑)은 1953년 전라북도 남원에서 주광득 명창의 막내 딸로 태어났다. 국악인 집안에 태어난 그에게는 전통예술의 끼가 온몸에 흐르고 있었다. 일곱 살 때 아버지가 세상을 떠나 외가 근처인 구례로 이사했다. 연곡사가 바라보이는 토지동국민학교(현 토지초등학교 연곡분교)를 다녔는데, 5, 6학년 때는 선생님을 대신하

주운숙 명창

여 운동회 때 또래들의 무용을 안무하기도 했다. 어릴 때부터 몸속 깊은 곳에 진하게 물들어 있던, 천부적인 끼가 살며시 고개를 내밀고 있었다. 될성부른 나무는 떡잎부터 달랐던 것이다.

국민학교를 마친 후 상경하여 명고수 김득수가 운영하는 종로의 국악학원에 다니며 가야금과 무용을 배웠다. 열아홉 살 때 대구로 이사하여 권명화와 박인희 명인으로부터 살풀이, 오북, 승무 등을 배웠다. 결혼 후 오랫동안 평범한 여인의 삶을 살았다. 그러던 중 서른세 살 때 가슴속 깊은 곳에 숨죽이고 있던, 아니 애써 눌러두었던 소리가 조금씩 꿈틀거리기 시작했다. 피를 속일 수 없었다. 이명희판소리연구소를 찾아가 소리와 질긴 인연이 다시 이어졌다. 한동안 그곳에서 소리를 빚었으나 애벌구이는 성에 차지 않았다.

1993년은 소리에 대한 허기와 갈증으로 노심초사하고 있던 소리꾼 주운숙에게 행운의 해였다. 명창으로 등천할 수 있는 운명적 만남이 그를 기다리고 있었다. 전주의 이일주 명창과 사제의 연이 맺어진 것이다. 스승과 제자 모두에게 더할 수 없는 천운이었다. 그로부터 주운숙은 더 넓고 깊은 소리바다에서 마음껏 유영하며 소리에 대한 갈증을 풀고, 소리 욕심도 양껏 채웠다.

주운숙은 십여 년 동안 대구에서 전주를 오가며 동초제 심청가, 흥보가, 수궁가를 체계적으로, 그리고 치열하게 학습했다. 해마다 여름이면 지리산 칠선계곡을 찾아 산공부를 하며 공력을 쌓았다. 폭포 소리와 씨름하며 각고탁마하는 과정에서 서너 차례 심한 소리몸살도 앓았다. 타고난 재능에다 피나는 수련을 거듭하는 동안 차츰 소리에 살이 오르며 일취월장했다.

주운숙은 소리에 자신이 붙으면서 여러 명창대회에 참가하여, 장원에 오르는 등 소리꾼으로 인정받기 시작했다. 1989년 제10회 전국국악경연대회 남도문화제 대상 수상, 1992년 제16회 모양성제 전국판소리대회 장원 등을 거머쥐었다. 그리고 소리꾼들의 꿈의 무대인 전주대사습놀이대회 명창부에도 도전했다.

1995년 10월 3일 개천절, 주운숙은 생애 처음으로 동초제 심청가를 완창하는 무대에 올랐다. 3시간 30분 동안 소리는 북 가락을 타고 넘놀았고, 북은 소리에 흠뻑 젖었다. 소리와 북, 북과 소리는, 그렇게 한 몸이 되었다. 대백예술극장을 가득 메운 삼백여 명의 청중들도 심청가로 하나가 되었다. 때로는 심 봉사가 되고, 또 때로는 심청이 되었다가 심지어 뺑덕어미도 되어 함께 울고 웃었다. 하늘만 열린 날이 아니라, 주운숙 소리의 미래도 활짝, 그리고 환하게 열리고 있었다.

주운숙은 심청가 완창발표회 무대에서 다음과 같이 그동안의 심정과 피나는 노력을 말하고, 진정한 소리꾼의 길을 가겠다고 다짐했다.

어릴 적, 국악인이셨던 저희 부친의 힘든 생활을 보고 절대로 음악을 하지 않으리라고 다짐했었지요. 그러나 피를 속이지 못하고 결국 저도 이 힘들고 먼 길을 들어서고 말았습니다.

… 중략 …

얼굴이 붓고 뼈마디가 쑤시는 아픔의 연속이었습니다. 깊은 산속에서 잠을 자며 찬 이슬을 머리에 이고, 새벽 별을 벗 삼아 가슴속 깊은 한을 소리로 표현하고자 노력하였습니다. 그러나 성취 이전의 외로움과 고통은 엄청나게 힘든 것이었습니다. 그냥 그대로 주저앉고 싶을 때도 한두 번이 아니었습니다만 오기와 함께 애착심도 생겼습니다.

… 중략 …

이제 조심스럽게 한 발을 디뎌 봅니다. 진정한 예술인으로서의 승화된 소리를 할 수 있는 그날을 맞이할 수 있도록 많은 격려와 사랑으로 이끌어주시고 도와주시기 바랍니다. 모든 노력을 기울여서 여러분들의 기대에 부응하는 진정한 소리꾼이 되도록 하겠습니다.

이듬해인 1996년 6월 20일 제22회 전주대사습놀이대회에서 판소리 명창부 장원으로 대통령상을 수상함으로써 명실상부한 명창의 반열에 올랐다. 그의 나이 마흔넷이었다. 그날 심청가 가운데 심청이 부친과 이별하는 대목을 불렀다.

【아니리】이렇듯 밤마다 삼경에 시작하여 오경이 될 때까지 이레 밤을 빌어갈 제, 하루는 동네 요란한 개 짖는 소리와 함께 외는 소리가 들리거늘, 심청이 자세히 들어보니, 두서너 명이 목 어울러 쌍으로 외고 나가는디,

【중모리】"우리는 남경 선인일러니, 임당수의 용왕님은 인제 수를 받는 고로, 만신 일점 흠파 없고, 효열 행실 가진 몸에, 십오 세나 십육 세나 먹은 처녀가 있으면은 중값을 주고 살 것이니, 있으면 있다고 대답을 허시오! 이이이이루워!"

【아니리】"몸 팔릴 처녀 뉘 있냐? 값은 얼마든지 주리다." 심청이 이 말을 반겨 듣고, "외고 가는 저 어른들! 이런 몸도 사시겄소?" 저 사람들 가까이 나와 성명, 나이 물은 후으, "우리들이 사가기는 십분 합당허거니와, 낭자는 무슨 일로 몸을 팔라 하나이까?" "안맹 부친 해원키로 이 몸을 팔까 하옵니다." "효성 있는 말씀이요. 그럼 값은 얼마나 드릴까요?" "더 주서도 과하옵고, 덜 주시면 낭패이오니, 백미 삼백 석만 주옵소서." 선인들이 허락허니,

심청이 안으로 들어와, "아버지! 공양미 삼백 석을 몽운사에 올렸 사오니, 아무 걱정 마옵소서." 심 봉사 깜짝 놀래, "여봐라, 청아! 아니, 니가 어떻게 쌀 삼백 석을 올렸단 말이냐?" "승상댁 마님께 서 저를 수양딸로 삼기로 허고 공양미 삼백 석을 몽운사에 올렸 사오니 아무 걱정 마옵소서." 심청 같은 효성으로 부친을 어이 속 일 리가 있으리요마는, 이난 속인 것도 또한 효성이라. 사세부득 부친을 속여 놓고, 눈물로 세월을 보낼 적으,

【진양조】 눈 어둔 백발부친 영별허고 죽을 일과 사람이 세상 에 나 십오 세에 죽을 일이 정신이 막막허여 눈물로 지내더니, "아서라. 이게 웬일이냐? 내가 하로라도 살았을 제 부친 의복을 지으리라." 춘추 의복 상침 겹것을 박어 지어 농에 넣고, 동절 의 복 솜을 두어 보에 싸서 농에 넣고, 헌 접것 누덕누비 가지가지 빨어 집고, 헌 보선 볼을 잡어 단님 접어 목 매 두고, 헌 전대 구 녁 막어 동냥헐 때 쓰시라고 실경 우에 얹어 놓고, 갓망건 다시 꾸며 쓰기 쉽게 걸어 놓고, 행선 날을 생각허니, 내일이 행선날이 로구나. 달 밝은 깊은 밤에 메 한 그릇 정히 짓고, 헌주를 병에 넣어, 나무새 한 접시로 배석 얹어 받쳐 들고, 모친 분묘 찾어가 서 계하에 진설허고, 분향사배 우는 말이, "아이고, 어머니! 어머 니, 불효여식 심청이는 부친의 원한 풀어 드릴라고 남경 장사 선 인들게 몸이 팔려 내일이 죽으러 떠나오니 망종 흠향허옵소서."

【자진모리】 사배 하직헌 연후에 집으로 돌아오니, 부친은 잠 이 들어 아무런 줄 모르는구나. 사당에 하직차로 후원으로 돌아 가서, 사당 문을 가만히 열고 통곡 사배 우는 말이, "선대조 할아 버지, 선대조 할머니! 불효여손은 오늘부터 선영 향화를 끊게 되

니 불승영모허옵니다." 사당 문 가만히 닫고 방으로 들어와서, 부친의 잠이 깰까 크게 울 수 바이없어 속으로 느껴 울며, "아이고, 아버지! 절 볼 밤이 몇 밤이며, 절 볼 날이 몇 날이요? 지가 철을 안 연후에 밥 빌기를 놓았더니, 이제는 하릴없이 동네 걸인이 될 것이니, 눈친들 오직허며, 멸시인들 오직허오리까? 아이고, 이를 어쩔끄나! 몹쓸 놈의 팔자로다."

【중모리】 "형양낙일수운기난 소통국의 모자 이별, 편삽수유소일인은 용산의 형제 이별, 서출양관무고인은 위성의 붕우 이별, 정객관산로기중의 오회월녀 부부 이별, 이런 이별 많건마는, 살어 당헌 이별이야 소식들을 날이 있고, 상봉헐 날 있것마는, 우리 부녀 이별이야 어느 때나 상면허리. 오늘밤 오경시를 함지에 머무르고, 명조에 돋는 해를 부상에다 맬 양이면, 가련허신 우리 부친을 좀 더 모셔 보련마는, 인력을 어이 허리?' 천지가 사정없어 이윽고 닭이, "꼬끼오!' 닭아, 닭아, 닭아, 우지 마라. 반야 진관의 맹상군이 아니로다. 니가 울면 날이 새고, 날이 새면 나 죽는다. 나 죽기는 섧잖으나, 의지 없는 우리 부친을 어이 잊고 가잔 말이냐?'

【아니리】 이렇듯이 설리 울 제 동방은 점점 밝아오는디, 이날인즉 행선 날이라. 선인들은 문전에 당도허여 길때를 재촉허니, 심청이 가만히 나가 선인들게 허는 말이, "오늘 응당 갈 줄 아오나, 부친을 속였으니, 부친의 진지나 망종 지어드리고 떠나는 게 어떠허오리까?' 선인들이 허락허니, 심청이 들어와서 눈물 섞어 밥을 지어 상을 들고 들어오며, "아버지! 일어나 진지 잡수세요!' 심 봉사 일어나며, "이애! 오늘 아침밥은 어찌 이리 일렀느냐? 그

런데 그, 참, 꿈도 이상허다. 아, 간밤에 꿈을 꾸니, 네가 큰 수레를 타고, 한없이 어데로 가더구나그려. 그래 내가 뛰고 궁글고 울고 야단을 허다가 꿈을 깨 가지고, 내 손수 해몽을 했지야. 수레라 허는 것은 귀헌 사람이 타는 것이요. 아마도 승상댁에서 너를 가마 태워 갈 꿈인가 보다." 심청이 더욱 기가 맥혀 아무 말 못 허고 진지상 물려 내고, 담배 붙여 올린 후에 문을 열고 나서보니, 선인들이 늘어서서 물때가 늦어간다 재촉이 성화같은지라. 아무리 생각을 허여도 부친을 영영 속일 수는 없는지라.

【자진모리】 닫은 방문 펄쩍 열고 부친 앞으로 우루루루루루루루, 부친의 목을 안고, "아이고, 아버지!" 한 번을 부르더니, 그 자리에 엎드려져서 말 못 하고 기절한다. 심 봉사 깜짝 놀래, "아이고, 이게 웬일이냐? 여봐라, 청아! 이게 웬일이여, 엥? 여, 아침 반찬이 좋더니, 뭘 먹고 체했느냐? 체헌 데는 소금이 제일이니라. 소금 좀 먹어봐라. 이게 무얼 보고 놀랬느냐? 아니, 어느 놈이 봉사 딸이라고 정개허드냐? 어찌허여 이러느냐? 아가, 갑갑허다, 말 허여라!" 심청이 정신 차려, "아이고, 아버지! 천하 몹쓸 불효 여식은 아버지를 속였나이다."

【아니리】 심 봉사 이 말 듣고, "원, 이 자식아. 네가 나를 속였으면 효성 있는 네 마음이 얼마나 큰 일을 속였으리라고. 아비 마음을 이렇게 깜짝 놀라게 한단 말이냐? 그래, 무엇이 어쨌단 말이냐? 어서 말해 보아라." "아이고, 아버지! 공양미 삼백 석이 어디 있어 바치리까? 남경 장사 선인들께 제수로 몸이 팔려, 오늘이 행선 날이오니 저를 망종 보옵소서!" 심 봉사가 천만의외 이런 눈 빠질 말을 들어노니, 정신이 아득허여 한참 말을 못 허다가 실성

발광 미치는디, "아니, 무엇이 어쩌고 어쩌야? 이것이 다 말이라고 허느냐? 허허!"

【중중모리】 "허허, 이게 웬 말이냐? 아이고, 이것이 웬 말이여! 여봐라, 청아! 네가 이것이 참말이냐? 애비더러 묻도 않고, 네가 이것이 웬일이냐? 이 자식아. 자식이 죽으면은 보든 눈도 먼다는디, 멀었던 눈을 다시 떠야. 나 눈 안 뜰란다! 철모르는 이 자식아, 애비 설움을 네 들어라. 너의 모친 너를 낳고 칠 일 만에 죽은 후의, 눈 어둔 늙은 애비가 품안에다 너를 안고 이 집 저 집 다니면서 동냥젖 얻어 먹여 이만큼이나 장성키로, 너의 모친 죽은 설움을 널로 허여 잊었더니, 네가 이것이 웬일이냐? 못 허지야! 눈을 팔아서 너를 살디, 너를 팔아서 눈을 뜬들 무얼 보랴 눈을 떠야? 나 눈 안 뜰란다!" 그때의 선인들은 물때가 늦어간다 성화같이 재촉허니, 심 봉사 이 말 듣고 밖으로 우루루루루루루루, 엎더지고 자빠지며 거둥거려 나가면서, "너희 무지한 선인놈들아! 장사도 좋거니와 사람 사다 제허는 건 어데서 보았느냐? 하나님의 어지심과 귀신의 밝은 마음 앙화가 없겠느냐? 눈먼 놈의 무남독녀 철모르는 어린 것을, 날 모르게 유인허여 값을 주고 샀단 말이냐? 돈도 쌀도 내사 싫고, 눈 뜨기도 내사 싫다. 너희 놈, 상놈들아! 옛글을 모르느냐? 칠년대한 가물 적에 사람 죽여 빌랴 허니, 탕인군 어지신 말씀 '내가 지금 비는 바는 사람을 위험이라. 사람 죽여 빌 양이면 내 몸으로 대신허리라.' 몸으로 희생되어 전조단발 신영백모 상림 뜰 빌었더니, 대우방수천리라 풍년이 들었단다. 차라리 내가 대신 가마! 동네 방장 사람들, 저런 놈들을 그저 둬?" 내리둥굴 치둥굴며, 가삼을 쾅쾅 치고, 발을 둥둥 구르면서 죽기로 작정허니, 심청

이 기가 맥혀 우는 부친을 부여안고, "아이고, 아버지! 지중헌 부녀 천륜 끊고 싶어 끊사오며, 죽고 싶어 죽사리까? 저는 이미 죽거니와 아버지는 눈을 떠 대명천지 다 보시고, 착실한 계모님 구허여 아들 낳고, 딸을 낳아서 후사를 전케 허옵소서."

애원성 짙은 소리로 꿈꾸듯이 불렀고, 원 없이 불렀다. 벼리고 벼르던 소리였다. 마음과 몸은 온통 소리에 젖었다. 그가 소리가 되고 소리는 그가 되었다. 소리 속에서 아버지를 만나고, 스승 이일주 명창과 하나가 되었다. 그야말로 무아지경, 소리가 앵긴 것이다. 그렇게 그의 시간이 흐르고, 저 아득한 곳에서 서서히 그의 시대가 한 걸음 한 걸음 다가오고 있었다. 심사위원 박동진 명창은 옛 친구의 딸에게 "그래, 핏줄은 못 속이는 벱이여. 이제는 돌아가신 아버지의 뜻을 이어나가야지."라고 하며 칭찬과 격려를 아끼지 않았다. 멀리서 주광득 명창이 빙긋이 웃고 있었다.

주운숙 명창은 전주대사습에서 장원한 후에도 주말이면 어김없이 첫차를 타고 전주에 가서 스승의 동초제 수궁가와 흥보가를 모두 받았다.

제 2 0 6 5 호

상 장

판소리 명창부문
장 원

대구시 중구 수동 84-44
주 운 숙

귀하는 제22회 전주대사습놀이 전국대회

판소리명창부문에서 가장 우수한 성적으로

입상하였으므로 이에 상장을 수여함

1996 년 6 월 20일

대통령 김 영 삼

이 문을 대통령상장부에 기입함

총무처장관 조 해 녕

제 28 호

대구광역시무형문화재보유자인정서

성   명 : 주 운 숙
생 년 월 일 : 1953. 11. 07.
주   소 : 대구광역시 남구 현충로 50(2층)

위 사람을 대구광역시무형문화재 제8호 판소리의
보유자로 인정합니다.

2017 년   1 월   31 일

대 구 광 역 시

공력으로 다져진 깊이 있는 소리

주운숙 명창은 심청가에 특장하고, 특히 심청이 부친과 이별하는 대목과 심 봉사 황성 올라가는 대목에 탁월하다. 그는 타고난 목구성과 수리성의 소유자로 통성 위주로 소리한다.

판소리는 '성음 놀음'이라고 한다. 그만큼 타고난 목이 좋아야 한다는 말이다. 쉰 목소리와 같이 거칠게 나오는 수리성이 판소리를 하는 데 적합한 성음이다. 거친 소리지만 상대적으로 맑은 소리인 천구성을 가장 좋은 성음으로 친다. 천구성은 수리성에 비해 높은 소리와 슬픈 선율의 소리를 표현하기에 알맞다. 남자 명창 중에는 이날치와 정정렬이 수리성이고,[2] 이동백과 임방울이 천구성으로 알려져 있다.[3] 통성이란 배 속에서 바로 위로 뽑아내는 목소리다.

주운숙은 목으로만 대충 소리하는 법이 없다. 잔재주를 부리지 않고 단전에 힘을 주고 우직하리만치 곧이곧대로 부른다. 그러면서도 청초하고 애원성이 있으며, 구성있고 따뜻한 소리다. 요컨대 그의 소리는 청중의 귀만 홀리는 얇고 엷은 소리가 아니라, 깊고 두터운 공력 있는 소리라서 심금을 울린다. 그래서 그의 소리는 들을수록 깊은 맛이 있고, 자주 들어도 물리지 않는다.

주운숙 명창은 발림도 일품이어서, 관객들에게 귀맛과 함께 눈맛도 선사한다. 타고난 멋에다가 일찍이 무용을 배워, 그의 발림은 멋이 있고 태가 난다. 손동작 하나, 발놀림 하나 허튼 것이 없다.

소리에 필요한, 꼭 그만큼만 한다.

주운숙의 심청가와 수궁가, 흥보가는 모두 동초제다. 김연수 명
창이 자신의 판소리관을 바탕으로 새로 정립한 것이 동초제 판소
리다. 그 소리는 오정숙을 거쳐 이일주에게 이어졌고, 주운숙은
이일주로부터 그 소리 세계를 오롯이 전수받았다. 주운숙 명창의
심청가와 춘향가는 2013년에 출반한 「호은 주운숙 동초제 심청가
」(4CD, 고수 조용복)와 올해 출반한 「호은 주운숙 명창의 만정제
춘향가」(5CD, 고수 조용안)를 통해 언제든지 만날 수 있다.

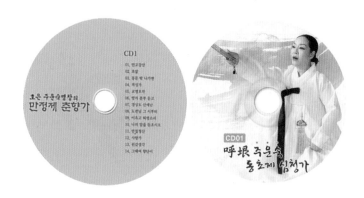

동초 김연수 명창은 1907년에 태어나서 1974년에 세상을 떠
났다. 전라남도 고흥의 전통예인 집안 출신으로 고향에서 판소
리에 입문하여 현대 판소리사에 뚜렷한 발자취를 남긴 명창이
다. 한평생을 판소리 창자, 창극 배우 및 연출가, 예술행정가로
서 당당하고도 거침없이 살았다. 1935년부터 유성준, 송만갑,

정정렬에게 판소리 다섯 바탕을 익혀 소리꾼으로서 입지를 굳힌 이래 다양한 활동을 통해 판소리 및 창극 발전에 크게 공헌했다. 동초는 1964년 12월 28일 박록주, 김여란, 박초월, 정광수, 김소희와 함께 춘향가로 중요무형문화재 제5호 판소리 춘향가 예능보유자가 되었다.

운초 오정숙 명창은 1935년에 태어나서 2008년에 세상을 떠난 소리꾼이다. 경상남도 진주 출신이지만 전라북도 전주에서 성장했다. 어릴 때 판소리에 입문하여 열네 살 때부터 여성국극단에서 활동했으며, 1962년부터 김연수 문하에서 본격적으로 동초제를 익히며 동초제의 전승과 보급에 일생을 바쳤다. 1972-1976년 사이에 춘향가, 심청가 등 판소리 다섯 바탕을 완창했으며, 1975년 제1회 전주대사습놀이대회 명창부 장원을 하고, 1977년 국립창극단에 입단하여 창극 발전에 크게 이바지했다. 1991년에 중요무형문화재 제5호 판소리 춘향가(동초제) 예능보유자가 되었다.

난석 이일주 명창은 1935년 충청남도 부여에서 태어났다. 서편제 이날치 명창의 증손녀요, 이기중 명창의 딸이다. 본명은 이옥희다. 부친에게 소리를 배운 다음 박초월과 김소희 문하에서 공부했으며, 1973년부터 오정숙의 제자가 되어 동초제를 이수했다. 1979년 제5회 전주대사습놀이대회에서 장원을 했으며, 1984년 전라북도 무형문화재 판소리 심청가(동초제) 보유자가 되었다.

주운숙 명창은 신영희 명창에게 배운 만정제 춘향가도 보유하고 있다. 신영희 명창은 1942년 전라남도 진도의 세습예인 집안에서 태어났다. 열두 살 때부터 부친 신치선에게 소리를 배운 후 안기선, 장월중선, 박봉술, 강도근, 김준섭 명창 등에게 다섯 바탕을 두루 배웠다. 서른네 살 때부터 김소희 명창 문하에서 만정제를 본격적으로 배우기 시작해 흥보가, 춘향가, 심청가를 이수했다. 2013년 중요무형문화재 제5호 판소리 춘향가(만정제) 예능보유자가 되었다.[4] 그의 소리는 통성으로 하기 때문에 남성적이다. 그는 타고난 순발력과 재치도 있으며, 작창 능력도 뛰어난 소리꾼이다.

명창으로서의 미덕

주운숙 명창은 다정다감하고 기품 있는 소리꾼으로 여러 가지 미덕을 고루 갖추고 있다.

먼저, 자연인으로서 주운숙 명창은 험난한 세파를 견디며 꿋꿋하고 올곧게 살았다. 젊은 시절 갑작스러운 남편과의 사별로 인해 어려움도 겪었지만, 무정하고 야속한 그 긴 세월을 오로지 소리와 벗하며 당당한 삶을 살았다. 물질만능주의가 기승을 부리는 세태에도 물질에 연연하지 않았다. 아무리 힘들더라도 원치 않는 자리에는 서지 않았다. '오동나무는 천 년이 되어도 항상 곡조를 간직하고 있고, 매화는 일생을 춥게 살아도 향기를 팔지 않는다.'[5]는 말과 같이 예술가로서 긍지를 가지고 자존심을 지켜왔다. 요컨대 그를 지킨 것은 판소리 명문가의 후예라는 자부심이었다. 그리고 하루를 백팔 배로 시작할 만큼 부처님의 가르침을 따르는 독실한 불자요, 노모를 오랫동안 지극정성으로 모신 효녀다. 그러니 그가 효를 주제로 하는 심청가를 좋아하고, 심청가로 인간문화재가 된 것도 우연이 아닌 성싶다.

주운숙 명창은 성품이 깨끗하고 굳은 외유내강형의 소리꾼이다. 번잡함을 싫어하여 믿고 인정할 수 있는 지기만 고르고 골라 교유했다. 쉽게 인연 맺기를 허락하지 않지만 한번 맺은 인연은 살뜰히 가꾸며 지켜오고 있다. 또한 넉넉지 않은 형편에도 불구하고 베풀기를 좋아하여 그의 도움을 받은 사람들이 적지 않다. 그리고 도움을 받으면 반드시 그 이상 갚으려고 노력하며 살아왔다. 한낱 가식도 꾸밈도 없이 한결같이 그렇게 살았다. 천성이 그러하니, 그의 삶은 검이불루 화이불치(儉而不陋 華而不侈)[6]하다. 그래서 그의 소리도 담백하고 정갈하다.

둘째, 소리꾼으로서 주운숙 명창은 누구보다도 소리를 사랑하는 사람이다. 평소에는 소탈하고 무던하지만, 무대에만 서면 머리에서부터 발끝까지 온몸에 멋이 철철 흘러넘치는 예인으로 변신한다. 그에게 소리 외에 소중한 것은 아무것도 없다. 그는 젊은 시절부터 한눈팔지 않고 소리와 함께 살았으며 지금도 소리로 살고 있다. 때로는 너무 외곬으로 고지식해 불이익을 당하기도 하지만, 그래서 스승 이일주 명창으로부터 동초제 심청가, 흥보가, 수궁가는 물론이고, 그의 예술정신도 올곧게 전수받을 수 있었다. 그는 명창의 반열에 오른 지금도 스승의 은혜를 가슴 깊이 새기며 감사하는 마음으로 살고 있다.

주운숙 명창의 소리에 대한 사랑과 욕심은 남다르다. 둘째가라면 서러워할 '소리바보'다. 예순이 넘은 나이에 서울을 오르내리며 신영희 명창으로부터 만정제 춘향가를 전수받았다. 젊은 시절에 잠깐 만난 만정제 춘향가의 그 단아함이 그의 곁을 맴돌며 놓아주지 않더니, 세월이 한참이나 흐른 뒤 늦게야 '소리연'이 제대로 닿은 것이다.

한편 주운숙 명창은 남도소리가 가진, 형언하기 어려운 한과 멋을 제자들에게 전수하기 위해 속을 태우고 있다. 소리를 위해서라면 두려울 것이 없다. 소리는 그가 감당해야 할 업인가 하면, 그를 지탱하는 힘이다.

애간장이 다 녹았지만, 2018년 제자들로 구성된 '젊은 소리패 도화'와 함께 「남도에 반하다」(1CD)를 내고, 무대에서 선보였다.[7] 모두 소리와 제자를 위한 헌신이었다.

셋째, 교육자로서 주운숙 명창은 제자들에게 소리뿐만 아니라 자신의 모든 것을 내어주고 싶어 안달하는 소리꾼이다. 그의 제자 사랑은 각별하다. 훌륭한 제자를 길러내는 보람으로 산다. 소리 때문에 제자보다 선생이 더 애가 탄다.

주운숙 명창은 1992년에 주운숙판소리연구소를 설립하여 제자를 가르치는 한편, 1996년부터 스무 해 이상 대구예술대학교와 동국대학교 경주캠퍼스, 영남대학교, 부산대학교 등 대학 강단에서 많은 제자를 지도하며 교육자로서 존경받았다. 그가 교육자로서 가진 여러 덕목 중에서 가장 돋보이고 소중한 것은 훌륭한 인품의 소유자란 점이다. 스승에게 무엇보다도 중요하게 요구되는

미덕이 인품이다. 제자들에게 항상 '소리에 앞서 사람이 되어야한다'는 점을 강조하고 있다. 정신이 올바른 예술가가 되어야 한다는 것이다. 말만 앞세우는 것이 아니라, 자신도 그렇게 살아왔고, 앞으로도 그렇게 살아가려고 다짐하고 있다. 제자들의 사표가되기에 충분한 스승이다.

지금 주운숙 명창 문하에는 장래가 촉망되는 싱싱한 재목들이스승과 혼연일체가 되어 정진하고 있다. 우소혜, 권가연, 박세미, 김연진, 김은주, 김정민, 송미령, 박성민, 정이섭, 송은재, 박미정, 김선영, 채은이, 우나영, 이용우, 김학섭, 김미정, 박희진 등이 믿음직한 차세대 소리꾼들이다. 이들은 스승의 시원한 소리그늘에 모여 삽상한 소리바람을 쐬며 명창의 길로 성큼성큼 걸어가고 있다. '운종용 풍종호라 용 가는 데 구름 가고 범 가는 데 바람가듯' 제자들이 스승의 발자취를 착실하게 따라가고 있는 것이다. 용장 밑에 약졸 없다. 앞으로 이들이 청람의 동량지재로 성장하여소리숲을 이루어 호은 소리의 미래를 짊어지고 나갈 것이고, 대구·경북지역의 판소리 나아가 우리나라 판소리의 앞날에 이바지할것이다.

판소리와 창극에 쏟은 열정

주운숙 명창은 그동안 판소리 완창발표회와 창극 공연 등을 통해 대구·경북지역의 판소리 발전에 크게 이바지했다. 그 가운데 대표적인 것을 들어보기로 한다.

주운숙 명창은 1995년 심청가 완창을 시작으로 여러 차례 완창발표회를 가졌다. 특히 전주세계소리축제의 심청가·흥보가 완창과 국립국악원의 흥보가 완창을 통해 전국적인 명성을 얻었다. 그리고 각종 무대에 초청받아 심청가, 흥보가, 수궁가, 춘향가 등을 공연함으로써 지역사회의 판소리문화 발전에 공헌한 바 적지 않다.

〈완창 무대〉

곡 목	일 시	장 소	비 고
심청가	1995. 10. 3.	대백예술극장	동초제
흥보가	1996. 10. 16.	대구문화예술극장	만정제
수궁가	2001. 12. 1.	대백예술극장	동초제
심청가	2003. 9. 29.	한국소리문화의전당	동초제
흥보가	2006. 9. 21.	한국소리문화의전당	동초제
흥보가	2007. 5. 26.	봉산문화회관	동초제
흥보가	2007. 6. 16.	국립국악원 우면당	동초제
심청가	2014. 12. 6.	꿈꾸는씨어터	동초제
춘향가	2018. 12. 15.	수성아트피아 무학홀	만정제
춘향가	2020. 12. 13	대구콘서트하우스	만정제

〈공연 무대〉

공연명	일 시	장 소
주운숙 명창의 〈심청가〉	1998. 3. 21.	경북대 국제회의장
신명 2000. 우리 가락 좋을시고	2000. 10. 11.	대구문화예술회관
신명 2002. 영혼의 가락, 삶의 소리	2002. 5. 24.	경북대 국제회의장
판 2003. 시, 그리고 우리 소리	2003. 5. 16.	경북대 국제회의장
해설이 있는 판소리	2004. 5. 21.	전주전통문화센터
주운숙 명창의 〈흥보가〉	2008. 5. 15.	금오공대 시청각실
국악을 만나다	2009. 9. 12-13.	계명아트센터
판 2010. 만판 소리꽃 피었네	2010. 5. 6.	경북대 우당기념관
판 2012. 녹음방초승화시	2012. 5. 22.	계명대 계명한학촌
신명 2012. 삶, 그리고 흥	2012. 11. 15.	금오공대 시청각실
대구시민을 위한 국악대공연	2013. 12. 6.	꿈꾸는씨어터
우리 가락 우리 마당	2015. 10. 2-4.	영주 서천둔치
나라 음악 나라 춤	2015. 10. 15.	대구문화예술회관

주운숙 명창은 창작 능력도 탁월하여 여러 편의 창극 및 창무극을 무대에 올려 창극과 창무극이 지닌 재미를 널리 알리고 있다.

공연명	일 시	장 소
〈흥보의 안동나들이〉	2001. 10. 20.	안동문화예술의전당
〈심청전〉	2004. 11. 13.	북구문화예술회관
〈심청〉	2005. 12. 27.	봉산문화회관
〈심청전〉	2006. 10. 20.	창원 성산아트홀
〈포항골에 박 터졌네〉	2008. 12. 8.	포항 효자아트홀
〈대박 났다네 구경 가세〉	2009. 8. 19.	성주 성산아트홀
〈심청면〉	2009. 12. 29.	포항 효자아트홀
〈신관사또와 기생점고〉	2010. 12. 18.	포항 시립중아아트홀
〈놀보는 풍각쟁이야〉	2011. 12. 2.	포항 문화동대잠홀
〈심봉사전〉	2020. 9. 7.	꿈꾸는씨어터
〈심봉사와 그의 여인들〉	2021. 11. 27.	대가야문화누리대공연장
〈심봉사와 그의 여인〉	2022. 9. 4.	대덕문화전당

호운 주운숙 대구광역시 무형문화재 제8호
판소리보유자 지정 축하공연

국악대공연

2017. 9. 20(수) pm 7시
봉산문화회관 가온홀

주최/주관 : 사)동초제 판소리 보존회 대구·경북 지부, 소리다온
후   원 : 영남 판소리 연구회, 통섭불교원
         팔공산은해사, 동양당한의원
관 람 료 : 전석 10,000 원
예   매 : INTERPARK 1544-1555
공연문의 : 010.6368.4430

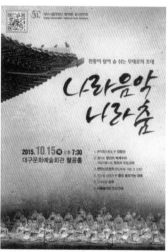

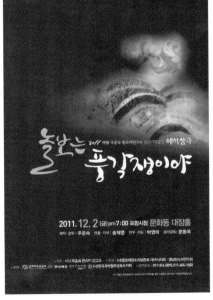

2021 문화예술 엔번프로젝트
지역 예술인 용감인 콘텐츠 창작지원사업 문화예술 창작콘텐츠 영상화 지원

창작 단막 뮤지컬창극

심봉사와 그의 여인들

그것은 운명이었다

2021년 11월 27일
대가야문화누리 대공연장

주최/주관 : 대구시 무형문화재 제8호 은 주운숙 판소리 보존회

후원 : 대구문화재단   대구광역시

총제작 .... 연출 ...... 조연출 ...... 기획 ...... 작 · 편곡 ...... 안무 ....
무대감독 ...... 음향감독 ...... 조명감독 ...... 영상감독 ...... 촬영 ....
무대디자인 ...... 의상 ...... 분장 ......

(사)주운숙판소리연구소 / 2010 송년기획 공연

고전과 현대가 어우러진 新해학 창극

2010 신관사또와
기생점고

■ 주최 : (사)주운숙판소리연구소 / (사)동초제 판소리보존회 대구광역시지회
■ 주관 : (사)동초제 판소리보존회/영남판소리연구회
■ 후원 : 문화관광부/경상북도/포항시/(사)한국국악협회 경북도지회
■ 문의 : 011-404-1682 / 011-314-0092 / http://soriteo.com
■ 이 작품은 문화관광부의 경상북도에서 제작비를 일부 지원받은 2010년도 무대공연작품입니다.

주운숙 명창은 1991년 11월 13일 서구문화회관에서 제1회 주운숙 문하생 발표회를 시작으로, 2002년 제2회(11월 16일, 대덕문화전당), 2003년 제3회(11월 28일, 대덕문화전당), 2004년 제4회(11월 13일, 북구문화예술회관) 등을 열어, 제자들이 노력한 결과를 발표함으로써 소리에 대한 자신감을 가지게 하고, 무대 경험도 쌓게 했다.

그리고 동초제 심청가 전 바탕을 지도하여 2005년 신다연의 완창발표회(11월 15일, 대구문화예술회관 소극장)를 비롯하여 김은강의 완창발표회(12월 10일, 인천 동구청소년수련관), 2006년 김다솜의 완창발표회(10월 28일, 우봉아트홀), 2008년의 임명희의 완창발표회(4월 12일, 봉산문화예술회관), 2012년 우소혜의 완창발표회(11월 3일, 포항문화예술회관) 등을 열었다.

2020년 우소혜의 〈동초제 흥보가 발표회〉(8월 31일, 꿈꾸는씨어터)와 권가연의 〈동초제 심청가 완창발표회〉(9월 26일, 대구 구암서원), 2021년 박세미의 〈동초제 심청가 완창발표회〉(10월 3일, 해운대문화회관)를 열었다.

한편 주운숙 명창의 제자들은 '젊은 소리패 도화'를 중심으로 활동하고 있어 주목된다.

다음은 '젊은 소리패 도화'가 공연한 '4인 4색'의 주요 현황이다.

일 시	장 소	비 고
2017. 9. 30.	서상돈고택	
2018. 9. 29.	구암서원	
2019. 10. 7.	꿈꾸는 씨어터	
2020. 10. 10.	예수성심시녀회 남대영기념관	
2020. 11. 11.	부산국립국악원 예지당	수요공감 젊은 소리꾼들의 판소리 눈대목. 젊은 소리패 도화의 三人四色
2021. 10. 2.	대구예술발전소 수창홀	입체창 네 마당
2021. 10. 12.	무학 숲 도서관	도서관과 함께 하는 젊은 소리패 도화의 찾아가는 문화마당

창작 판소리 뮤지컬

심봉사와 그의 여인

그것은 운명이었다.

"본 공연은 2022년 대구문화재단 전통예술실험활동 지원사업의 일원으로 기획되었습니다."

2022년 9월 4일(일) 오후 5시
대덕문화전당 대공연장

6.

주운숙 명창의 소리와 함께

주운숙 명창의 소리와 함께

긴 여정을 접을 시간이 다가오고 있다. 주운숙 명창이 즐겨 부르는 단가 사철가와 춘향가, 심청가, 흥보가, 수궁가의 중요 대목과 함께하며 행복했던 동행을 마무리한다.

사철가, 그리고 인생무상

단가는 본격적인 창에 앞서 부르는 짧은 노래다. 창자는 길고 힘든 판소리를 하기 전에 단가로 목을 풀며, 성대의 상태를 알아보고 음정의 정도를 결정한다. 한편 청중을 판소리의 세계로 끌어들여 즐거운 기분을 불러일으킴으로써 자연스럽게 소리판에 참여토록 한다. 그러니 단가는 소리판의 분위기를 고조시키는 바람잡이다.

단가는 중모리 평우조로 부르는 것이 일반적이고, 절실한 현실문제보다 인생무상이나 낙천적 풍류를 노래한다. 대표적인 것으로 진국명산, 죽장망혜, 운담풍경, 강상풍월, 장부가, 호남가, 백발가, 사철가 등이 있는데, 흔히 첫머리를 따서 그 이름으로 삼는다.

【중모리】 이 산 저 산 꽃이 피면, 산림 풍경 너른 들, 만자천홍 그림병풍, 앵가접무 좋은 풍류 세월 간 줄을 모르게 되니, 분명코 봄이로구나. 봄은 찾아왔건마는 세상사 쓸쓸허구나. 나도 어제 는 청춘일러니, 오늘 백발 한심쿠나. 내 청춘도 날 버리고 속절없이 가버렸으니, 왔다 갈 줄 아는 봄을 반겨 헌들 쓸 데 있나. 봄아, 왔다가 가려거든 가거라. 네가 가도 여름이 되면 녹음방초승화시라 옛부터 일러 있고, 여름이 가고 가을이 된들 또 한 경개 없을소냐. 한로상풍 요란해도 제 절개를 굽히잖는 황국 단풍은 어떠허며, 가을이 가고 겨울이 되면, 낙목한천 찬 바람으 백설이 펄펄 휘날리어, 월백 설백 천지백 허니 모두가 백발의 벗일레라. 봄은 갔다가 연년이 오건만, 이내 청춘은 한 번 가고 다시 올 줄을 모르네 그려. 어화, 세상 벗님네들, 인생이 비록 백 년을 산대도 인수순야 격석화요, 공수래공수거를 짐작허시는 이가 몇몇인가. 노세, 젊어 놀아. 늙어지면은 못 노느니라. 놀아도 너무 허망히 허면 늙어지면서 후회되리니, 바쁠 때 일허고, 한가헐 때 틈타서, 이렇듯 친구 벗님 모아 앉어, 한 잔 더 먹소, 덜 먹소 허여가며, 헐 일을 허면서 놀아 보세.

인용한 것은 김연수 명창이 다듬은 사철가로 동초제 소리꾼들이 즐겨 부르는 단가다. '이 산 저 산'이라고도 한다. 어제만 해도 시퍼런 청춘이었는데, '눈 한 번 깜빡이면 벌써 이만큼' 와 있고, '돌아보면 벌써 저만큼'[8] 가 있는 백발이 한심하다. 백발은 언제나 제 먼저 알고 지름길로 온다. 흰 머리카락 한둘 솎아보지만 그런다고 물러설 백발이 아니다.

한때나마 찬란했던 내 청춘도 날 버리고 속절없이 가버렸으니 세월 앞에 장사 없다. '청춘을 돌려다오 젊음을 다오'라고 아무리 애원해도 소용없는 일이다. '내 나이가 어때서'라고 우긴다고 될 일이 아니다. 몸은 이미 세월을 알고 있다. 야속한 세월과 맞짱이라도 한판 뜨고 싶은 심정이다.

어디, 그뿐이랴! 백 년을 산다고 해도 사람의 목숨은 전광석화같이 일순간에 불과하고, 빈손으로 왔다가 빈손으로 떠나는 것이 우리네 인생이다. 그러니 '노세 노세 젊어서 놀아 늙어지면은 못 노나니, 화무는 십일홍이요 달도 차면 기우나니라.'다. 이백이 읊은 저 유명한 〈춘야연도리원서〉의 "보잘것없는 인생 꿈만 같으니 즐거움이 그 얼마나 되리, 옛사람들이 촛불을 돋우고 밤새도록 즐기던 것도 다 까닭이 있도다."[1]라는 구절이 절로 떠오른다.

조상현 명창이 부른 사철가는 사설이 조금 다르다.

【중모리】이 산 저 산 꽃이 피니 분명코 봄이로구나. 봄은 찾아왔건마는 세상사 쓸쓸허드라. 나도 어제 청춘일러니 오늘 백발한심허구나. 내 청춘도 날 버리고 속절없이 가버렸으니, 왔다 갈줄 아는 봄을 반겨 헌들 쓸데가 있느냐? 봄아, 왔다가 갈려거든 가거라. 네가 가도 여름이 되면 녹음방초승화시라. 옛부터 일러있고, 여름이 가고 가을이 돌아오면 한로상풍 요란허여, 제 절개를 굽히지 않은 황국 단풍도 어떠헌고. 가을이 가고 겨울이 돌아오면, 낙목한천 찬 바람에 백설만 펄펄 휘날려 은세계 되고 보면, 월백 설백 천지백허니 모두가 백발의 벗이로구나. 무정세월은 덧없이 흘러가고, 이내 청춘도 아차 한번 늙어지면 다시 청춘은 어려워라. 어와. 세상 벗님네들, 이내 한 말 들어보소. 인간이 모두가 팔십을 산다고 해도, 병든 날과 잠든 날, 걱정 근심 다 지허면단 사십도 못 산 인생, 아차 한 번 죽어지면 북망산천의 흙이로구나. 사후에 만반진수는 불여생전일배주만도 못하느니라. 세월아, 세월아, 세월아, 가지 마라. 아까운 청춘들이 다 늙는다. 세월아, 가지 마라, 가는 세월을 어쩔그나. 늘어진 계수나무 끝끝어리다가 대랑 매달아 놓고 국곡투식허는 놈과 부모 불효허는 놈과 형제 화목 못 허는 놈, 차례로 잡아다가 저세상으로 먼저 보내 버리고, 나머지 벗님네들 서로 모아 앉어서 한 잔 더 먹소, 덜 먹게하면서, 거드렁거리고 놀아보세.

무정한 세월은 덧없이 흘러가고, 이내 청춘도 아차 한번 늙어지면 다시 청춘은 어렵다. 듣기만 해도 가슴 설레는 그 청춘이 속절없이 한발 앞서가고 있다. 누구에겐들 눈부시고 싱싱했던 푸른 날이 없었으랴, 비록 그것이 유치찬란했더라도. 세월아 가지 마라, 아까운 청춘들이 다 늙는다. 백발엔 묵은 서러움이 그렁그렁하다.

'국곡투식하는 놈과 부모 불효하는 놈과 형제 화목 못 하는 놈들 차례로 잡아다가 저세상으로 먼저 보내 버리고 나머지 벗님들 다정스레 둘러앉아 권커니 잣거니 거들먹거리며 놀아보자.'다. 그렇다. 저세상으로 먼저 보내 버리고 싶은, 술맛 떨어지게 하는 놈들이 어디 이뿐이랴. 예나 지금이나 그렇고 그런 후안무치한 자들이 널려 있다. 미운 놈들 쌔고 쌨다. 우리를 화나게 하고 슬프게 했던, 그 꼴 보기 싫은 놈들 말이다.

서러운 것은 노랫말이 쓸쓸해서가 아니다. 산다는 것 자체가 허망하고 무상하기 때문이다.

꿈이 이루어지는 새로운 세상, 춘향가

춘향가가 줄곧 문제 삼고 있는 것은 춘향의 사랑이다. 판소리에서 문제를 해결하는 방법은 독특하다. 열린 공간에서 춤판을 벌여 맺힌 것을 풀어내고, 막힌 것을 뚫어내는 것이 판소리의 해법이다. 이러한 축제 양식의 신명풀이춤에 의한 문제 해결은 일찍이 다른 장르에서 미처 겪어보지 못한 새롭고 절묘한 판소리적 전략이다.

【아니리】 어사또님이 기가 맥혀 "너 어디서
권주가 배웠느냐. 참 잘한다. 명기로다 권주가를
들어보니 새로 난 권주가로구나. 이 술 너와 둘
이 동배주 허자." 기생에게 술을 권하거니 기생
은 마다거니 밀치락 닥치락 허다 술이 자리에 쏟아졌구나. "허 점
잖은 좌석에 좋은 자리를 버렸도다." 도포 소매 술을 적셔 좌우로
냅다 뿌려 노니 좌중이 발동하여 "이런 이런, 운봉은 별것을 다
청하여 좌석이 이리 요란허오." 본관이 불쾌하여 운자를 내여 걸
인을 쫓기로 하것다. "좌중에 통할 말이 있소. 우리 근읍 관장들
이 모아 노는 이 좌석에 글이 없어 무미하니 글 한 수씩 지음이
어떻겠소." "아, 좋은 말씀이요." "만일 문자대로 못 짓는 자 있으
면 곤장 댓 대씩 때려 밖으로 내쫓읍시다." "그럽시다." "운자는
본관영감이 내시오." 본관이 운자를 내는디 기름 고 높을 고 두
운을 내놓으니 어사또 함소허며 허는 말이 "나도 부모님 덕에 천
자권이나 읽었으니 나도 글 한 수 짓겠소." 운봉이 눈치 있어 통
인을 불러 "너 저 양반께 지필묵 갖다 드려라." 지필묵 갖다 어사
또 앞에 놓으니 어사또 일필휘지하야 글 지어 운봉 주며 "과객의
글이 오죽 하오리까마는 운봉은 밖으로 나가 조용한 틈을 타서
한번 떼여 보시오." 운봉이 받어 밖에 나가 떼여 보니 글이 문장
이요 글씨 또한 명필이라. 고금을 막론하고 위정자는 이 글의 뜻
을 다시 한 번 생각할 여지가 있는 것이었다. 그 글에 허였으되.

【창조】 "금준미주는 천인혈이요 옥반가효는 만성고라, 촉루낙
시 민루낙이요 가성고처 원성고라."

【자진모리】 동헌이 들썩들썩 각 청이 뒤놓을 제 본부수리에

각창생 신율감색 착하뇌수허고, 거행 형리 성명을 보한 연후 삼행수 부르고 삼공형 불러라. 위선 고량 신칙하고 동헌에 수례차로 감색을 좌정하라. 공형을 불러 각고하기 재촉, 도서원 불러서 결총이 옳으냐. 전대 동색 불러 수미가 주리고, 군색을 불러 군목가 감허고, 육직이 불러서 큰 소를 잡히고, 공방을 불러 음식을 단속, 수로를 불러서 거행을 신칙, 사정을 불러서 옥쇠를 단속, 예방을 불러 공인을 단속, 행수를 불러 기생을 단속하라. 그저 우군우군우군 남원 성중이 뒤넘는구나. 좌상의 수령네는 혼불부신하야 서로 귀에 대고 속작속작 남원은 절단이요. 우리가 여기 있다가 초서리 맞기 정령 하니 곧 떠납시다. 운봉이 일어서며 "여보시오 본관장 나는 곧 떠나야겠소." 본관이 겁을 내여 운봉을 부여잡고 "조금만 더 지체하옵시오." "아니오. 나는 오날이 우리 장모님 기고일이라 불참허면 큰 야단이 날 것이니 곧 떠나야겠소." 곡성이 일어서며 "나도 떠나야겠소." "아니 곡성은 또 웬일이시오." "나는 초학이 들어 오늘이 직날인디 어찌 떨리든지 시방 곧 떠나야겠소." 그때의 어사또는 기지개 불끈 "에이 잘 먹었다. 여보시오 본관사또 잘 얻어먹고 잘 놀고 잘 가오마는 선뜻허니 낙흥이요." 본관이 화를 내며 "잘 가든지 마든지 허제 분주헌 통에 인사라니." "그럴 일이요. 우리 인연 있으면 또 만납시다." 어사또 일어서며 좌우를 살펴보니 청패 역졸 수십 명이 구경꾼같이 드문드문 늘어서 어사또 눈치를 살필 적의, 청패 역졸 바라보고 뜰 아래로 내려서며, 눈 한번 꿈쩍 발 한번 툭 구르고, 부채짓 까딱 허니 사면의 역졸들이 해 같은 마패를 달같이 들어 매고 달 같은 마패를 해같이 들어 매고 사면에서 우루루루루 삼문을 후닥딱!

"암행어사 출두야, 출두 출두하옵신다." 두세 번 외는 소리 하날이 답쑥 무너지고 땅이 툭 꺼지난 듯 백일 벽력 진동허고 여름날이 불이 붙어 가삼이 다 타지는구나. 각읍 수령이 겁을 내여 탕건 바람 버선발로 대숲으로 달아나며 "통인아 공사궤, 급창아 탕건 주워라." 대도 집어 내던지고 병부 입으로 물고 실근실근 달아날 제, 본관이 겁을 내여 골방으로 달아나며 통인의 목을 부여안고 "날 살려라 날 살려라 통인아 날 살려라." 혼불부신이 될 적의 역졸이 장난헌다. 이방 딱! 공방 형방 후닥딱! "아이고 아이고 아이고 나는 삼대 독신이요 살려주오. 어따 이 몹쓸 아전 놈들아 좋은 벼슬은 저희가 다 허고 천하 몹쓸 공방시켜 이 형벌이 웬일이냐." 공형 아전 관철대가 부러지고 직령동이 떠나갈 적, 관청색은 발로 채여 발목 삐고 팔 상헌 채 천둥지둥 달아날 제, 불쌍하다 관노사령 눈 빠지고 코 떨어지고 귀 떨어지고 덜미 치여 엎더지고 상투 지고 달아나며 "난리 났네." 깨지나니 북 장구요 뒹구나니 술병이라, 춤추든 기생들은 팔 벌린 채 달아나고, 관비는 밥상 잃고 물통이고 들어오며 "사또님 세수 잡수시오." 공방은 자리 잃고 명석 말아 옆에 끼고 명석인 줄을 모르고 "어따 이 제길헐 놈의 자리가 어찌 이리 이리 무거우냐." 사령은 나발 잃고 주먹 쥐고 "홍앵 홍앵" 운봉은 말을 거꾸로 타고 가며 "어따 이놈의 말이 운봉으로는 아니 가고 남원 성중으로만 부두둥 부두둥 들어가니, 암행어사가 축천축지법을 허나보다." "훤화 금허랍신다." "쉬이."

【아니리】 어사또 동헌에 좌정허시고 대안 형리 불러 각각 죄인 경중 헤아려 처결 방송허신 후 옥 죄인 춘향을 불러라 영이 나니.

【중모리】 사정이 옥쇠를 몰와들고 삼문 밖에 썩 나서며, 옥문 앞을 당도허여 용서 없이 잠긴 열쇠를 땡그렁청 열다리고 "나오너라 춘향아 수의사또 출도 후의 너를 올리라고 영 내리었으니 지체 말고 나오너라." 춘향이 기가 막혀 "아이고 여보 사정 번수 옥문 밖에나 삼문 밖에나 추포 도포 헌 파립의 과객 하나 못 보았소." "아 이사람아 이 난리 통에 누가 누군 줄 안단 말인가." "아이고 이게 웬일인고, 아이고 이게 웬일이여. 갈매기는 어디 가고 물 드는 줄을 모르고, 사공은 어디 가고 배 떠난 줄 몰랐으며, 우리 서방님은 어디 가시고 내가 죽는 줄을 모르신가." 울며불며 쩌 붙들고 삼문 앞을 당도허니 벌떼 같은 군로 사령 와르르르르 달려들어 "옥죄인 춘향 대령하였소."

【아니리】 "해칼 하여라." "해칼 하였소." "춘향 들거라. 너는 일개 천기의 자식으로 관장 발악을 허고 관장 능욕을 잘한다니 그리 허고도 네 어찌 살기를 바랄까 아뢰어라." "절행에도 상하가 있소. 명백하신 수의사또 별반 통촉하옵소서." "그러면 니가 일정한 이자비를 섬겼을까." "이부를 섬겼네다." "무엇이, 이부를 섬기고 어찌 열녀라 할꼬." "두 이자가 아니오라 오얏 이자 이부로소이다." 어사또 마음이 하도 좋아 슬쩍 한번 떠보난디, "네가 본관 수청은 거역하였지만 잠시 지나는 수의사또 수청도 못 들을까? 이 애 내 성도 이가다."

【중모리】 "여보 사또님 들조시오 여보 사또님 들조시오. 어사라 하는 벼슬은 수의를 몸에 입고 이 고을 저 고을 다니시며 죄목을 염탐하여 죽일 놈은 죽이옵고 살릴 놈은 살리옵지, 수절하는 계집에게 금남허러 내려왔소. 소녀 절행을 아뢰리다. 진국명산

만장봉이 바람이 분다고 쓰러지며, 층암절벽 석상 돌이 눈비 온다고 썩어질까, 내 아무리 죽게 된들 두 낭군이 웬 말이요. 소녀의 먹은 마음 수의사또 출도 후의 세세원정을 아뢴 후의 목숨이나 살아날까 바랬더니마는, 초록은 동색이요 가재는 게 편이요 양반은 도시일반이구려. 송장 임자가 문밖에 와있으니 어서 급히 죽여주오."

【아니리】 어사또 다시 묻지 않으시고 금낭을 어루만져 옥지환을 내어 행수기생을 주며, "네 이걸 갖다 춘향 주고 얼굴을 들어 대상을 살피래라." 춘향이가 지환을 받아 보니 서방님과 이별 시에 드렸던 지가 찌든 옥지환이라. 춘향이가 지환을 받아 들고 물끄러미 바라보더니.

【창조】 "네가 어디를 갔다가 이제야 나를 찾아왔느냐." 그 자리에 엎드려져 말 못 허고 기절허는구나. 어사또 기생들께 분부허사 춘향을 부축하야 상방에 뉘어 놓고 찬물도 떠먹이며 수족을 주무르니 춘향이 간신히 정신 차려 어사또를 바라보더니, 어제 저녁 옥문밖에 거지 되어 왔던 낭군 춘풍매복 큰 동헌에 맹호같이 좌정허신 어사 낭군이 분명쿠나. 춘향이가 어사또를 물끄러미 바라보더니 울음 반 웃음 반으로.

【중모리】 "마오 마오 그리 마오. 기처불식이란 말은 사기에도 있지마는 내게 조차 이러시오. 어제저녁 오셨을 제 날보고만 말씀허였으면 마음 놓고 잠을 자지. 지나간 밤 오늘까지 간장 탄걸 헤아리면 살아 있기 뜻밖이오. 반가워라 반가워라, 설리춘풍이 반가워라. 외로운 꽃 춘향이가 남원옥중 추절이 들어 떨어지게 되었더니, 동헌에 새봄이 들어 이화춘풍이 날 살렸네. 우리 어

머니는 어디를 가시고 이런 경사를 모르신가."

【아니리】 그때여 춘향 모친은 사위가 어사 된 줄을 알았지만 간밤에 사위를 너무 괄시한 간암이 있는지라 염치없어 못 들어가고 삼문 밖에서 그냥 보고만 있을 적의 춘향 입에서 어머니 소리가 나니, "옳다 인자 되었다." 하고 떠들고 들어오난디.

【자진모리】 "어데 가야 여기 있다. 도사령아 큰문 잡어라 어사 장모 행차허신다. 열녀 춘향 누가 낳나. 말도 마소 내가 낳네. 장비야 배 다칠라 열녀 춘향 난 배로다. 네 요놈들! 요새도 삼문간이 그렇게 억셀 테냐 에이?"

【중중모리】 "얼씨구나 좋을씨구 절씨구나 절씨구. 풍신이 저렇거든 보국충신이 안 될까. 어제저녁에 오셨을 제 어산 줄은 알었으나 남이 알까 염려가 되어 천기누설을 막느라고 너무 괄세를 허였더니 속 모르고 노여웠지 내 눈치가 뉘 눈치라고 그만헌 일 모를까. 얼씨구나 내 딸이야 우에서 부신 물이 발치까지 내린다고 내 속에서 너 낳거든 만고열녀가 아니 되겠느냐. 얼씨구나 좋을씨구 절로 늙은 고목 끝에 시절연화가 피었네. 부중생남중생녀 날로 두고 이름이로구나. 지화자 좋을씨구 남원부중 여러분들 나의 한 말을 들어보소. 아들 낳기 원치 말고 춘향 같은 딸을 낳아서 곱게 곱게 잘 길러, 서울사람이 오거들랑 묻도 말고 사위 삼소, 얼씨구 절씨구 지화자 좋네 얼씨구나 좋을씨구 수수광풍 적벽강 동남풍이 불었네. 이 궁둥이 두었다가 논을 살까 밭을 살까 흔들 대로 흔들어 보자. 얼씨구 절씨구 지화자 좋네 얼씨구나 좋을씨구."

춘향의 고난은 닫힌 공간이 아닌 동헌이라는 열린 공간의 축제적 분위기 속에서 해소된다. 암행어사 출두 소리에 허둥대는 수령들의 모습은 가소롭다. 세상은 요지경, 요지경 속이다. 눈 뜨고 못 볼 지경이다. 그야말로 목불인견이 달리 없다. 이들의 모습 어디에서 목민관다운 모습을 찾아볼 수 있는가, 눈곱만큼이라도. 웃음과 조롱의 대상일 뿐이다. 이처럼 춘향가는 왜곡된 질서나 권위, 규범을 무너뜨리고 이전에 미처 경험하지 못했던 전혀 새로운 세계를 창조하고 있다. 그곳은 춘향이 '죽을판'에서 벗어나 어떠한 간섭도 받지 않고 정인을 마음껏 사랑할 수 있는 자유가 보장된 '살판'이다. 그곳은 또한 우리에게도 건강하고 발랄한 삶을 한껏 누릴 수 있도록 활짝 열려 있다.

만정제 춘향가에서는 점잖게 개작되어 정갈하지만 조금 심심하다. 장자백 춘향가에서는 춘향이 어사 낭군을 알아보고 대상에 뛰어올라 얼싸안고 춤을 추며 가슴속에 깊이 묻어두었던 서러운 덩어리를 송두리째 토해 낸다.

【말로】 어사또 대소하시며, 싸고 샀던 옥지환을 금낭 중에 선뜻 내어 춘향 앞에 내뜨리며, "네 것인가 받아 보고 대상을 살펴보라." 춘향이 지환을 받아 보니, 저 찌던 옥지환이라. "애고, 이게 웬일인고." 대상을 살펴보니 어제저녁 왔던 낭군 어사 되야 앉았거늘 춘향이 기가 맥혀 아모 말도 못 하고 우두먼이 앉았으니 여러 기생 부액하여 대상의로 올여 논이 춘향이 조와라고

【중중모리】 우숨 반 우름 반 얼씨고나 졸씨고 지와자 졸씨고 목의 큰칼 벽겨준이 목 놀니기가 졸씨고 발의 족새 끌녀준이 거름거리도 하여 보고 손의 수갑 끌녀준이 활개 떨쳐 춤을 추세 얼씨고나 졸씨고 지와자 졸씨고 여보 사또 드러보오 그대지도 날을 속여 하로밤 석은 간장 십년감소 내 하였소 얼씨고나 졸씨고 지와자 졸씨고 이운인가 부열린가 재상되니 졸씨고 남북방 요란할 제 명장 온이 졸씨고 구년지수 장마질 제 볕을 보니 졸씨고 칠년대한 가물 적의 비가 오니 졸씨고 칠월칠석 은하수의 견우직녀 상봉한 듯 남원 옥중 추절 들어 떨어지게 되야던이 동원의 새봄 들어 이화춘풍이 날 살렸구나 얼씨고나 졸씨고 지화자 졸씨고 이별 별 자 기루던이 만날 봉 자 졸씨고 봄 춘 자 향기룬니 이름 명 자 졸씨고 옛일을 생각한이 탁군따 순님군은 당초의 궁곤하여 하빈의 그릇 굽고 역산의 밭 갈더니 요님군의 사위 되야 천자 될 줄 게 뉘 알며 위수 변으 강태공은 낚싯대 드러메고 어부 행세 하옵든이 문왕의 사위 되야 제왕 될 줄 어이 알며 홍문연 놉푼 잔치 항장의 날낸 칼이 살기가 등등턴이 번쾌의 한걸음의 패공을 살일 줄을 게 뉘랴 짐작하며 어제전역 옥문 밖으 추포 도복 헌 파립 걸객의로 왔던 낭군 어사 될 줄 어이 알꼬 얼씨고나 졸씨고 지와자 졸씨고 소매 수 자 펼펄 날여 춤출 무 자 졸씨고 여보소 고인덜 중영산 짝듸림 장왕하게 잘 쳐주소 아낙 애씨로 들어가면 언의 결열의 춤을 출가 손춤 평춤 장갱춤 검무 승무를 추어 보세 얼씨고나 졸씨고 우리 어먼니 어데 가 겨 날 일런 줄 모로난가 이런 때의 계셔씨면 모녀동락 놀아볼걸

춘향의 고난이 열린 공간의 축제적 분위기 속에서 해결되는 것은 예사롭지 않다. 힘없는 우리는 닫힌 공간에서 이루어지는 은밀한 문제 해결을 신뢰하지 않고, 모두가 참여한 열린 공간에서 이루어지는 것만 신뢰한다. 또 그렇게 되기를 고집한다. 그것은 또한 약자가 강자를 이길 수 있는 유일한 방법이기도 하다. 열린 공간에서 이루어진 해결만 유효하다는 사실은 지지고 볶고, 울고불고하는 삶의 현장에서 체득한 것이다. 그러기에 우리는 밖으로 소리가 새나가지 않고 해결해야 할 부부싸움마저도 '동네 사람들, 이내 말 좀 들어보소.'라며 제삼자를 불러들여 시시비비를 가리려하지 않았던가.

월매의 등장은 우리에게 소리판에 동참할 수 있는 길을 열어준다. 월매의 허벅진 엉덩이춤은 신명이 오를 때 추는 신명풀이춤이며, 그것은 바로 한을 풀어내는 무당의 신들린 춤과 다를 바 없다. 춘향의 승리를 바라보는 것으로 만족했던 우리는 월매가 벌이는 춤판에 뛰어들어 그녀와 더불어 엉덩이춤을 허벌나게 추며 춘향의 승리를 확인하고 환호한다. 개인적 신명이 월매의 등장으로 집단적 신명으로 전환된 것이다. 심청가의 맹인잔치가 그렇고 흥보가의 박타령도 그러하다. 모든 봉사가 눈을 떠 덩실덩실 춤추고, 박 속에서 쏟아진 은금보화에 흥보네가 신바람춤을 출 때 우리의 한은 봄눈 녹듯이 녹아내린다. 판소리는 이렇듯 막힘과 맺힘을 시원하게 뚫고 풀어주는 연금술사다.

심청가, 아! 황홀한 눈뜸이여

심 봉사와 심청이 겪어야 했던 고난은 심 봉사의 실명에서 비롯된 것이다. 따라서 그 고난은 심 봉사가 득명해야만 해결될 수 있다.

【아니리】 심 봉사 안씨 맹인과 주점에서 쉬다가 걸음을 바삐 걸어 궁궐을 찾어갈 제, 그때여 황후께서는 날마다 오는 소경 거주 성명을 받어 보되, 부친 성명은 없는지라.

【진양조】 심 황후 기가 맥혀 혼자말로 탄식헌다. "이 잔치를 배설키는 부친을 위험인디, 어이 이리 못 오신고? 내가 정녕 죽은 줄을 알으시고 애통허시다 굿기셨나? 부처님의 영험으로 완연히 눈을 떠서 소경 축에 빠지셨나? 당년 칠십 노환으로 병환이 들어서 못 오신가? 오시다 도중에서 무슨 낭패를 당허신가? 잔치 오늘이 망종인디 어찌 이리 못 오신그나?" 혼자 자진 복통으 울음을 운다.

【아니리】 이렇듯 애탄을 허실 적으, 이날도 대궐 문을 훨쩍 열어 재쳐 놓고 내관은 지필 들고 오는 소경 거주 성명이며, 연세 직업 자녀 유무와 가세 빈부 유무식을 낱낱이 기록허어 황후 전에 올렸것다. 황후 받어 보실 적에,

【자진모리】 각기 직업이 다르구나. 경을 읽고 사는 봉사, 신수 재수 혼인궁합 사주 해몽 실물 실인 점을 쳐 사는 봉사, 계집에게 얻어먹고 내주장으로 사는 봉사, 무남독녀 외딸에게 의지허고 사

는 봉사, 아들이 효성 있어 혼정신정 편한 봉사, 집집에 개 짖키고 걸식으로 사는 봉사, 목만 쉬지 않는다면 대목장에는 수가 난다 풍각쟁이로 사는 봉사, 자식이 앉은뱅이라 지가 빌어다 멕인 봉사, 그중에 어떤 봉사 도화동 심학규디, 연세는 육십오 세, 직업은 밥만 먹고 다만 잠자는 것뿐이요, 아들은 못 나 보고 딸만 하나 낳았다가 제수로 팔아먹고, 출천대효 딸자식이 마지막 떠날 적에 앞 못 보신 늙은 부친 말년 신세 의탁허라고 주고 간 전곡으로 가세는 유여터니, 뺑덕이라는 계집년이 모도 다 털어먹고, 유무식 기록에는 이십 안맹허였기로 사서삼경 다 읽었다, 뚜렷이 기록이 되었구나.

【아니리】 심 황후 낱낱이 읽어가실 적으 심학규라는 성명을 보았구나. 오죽이나 반갑고 그 얼마나 기뻤으리요마는, 그러나 흔적 아니 허시고 내관을 불러 분부허시되, "이중에 심 맹인을 별전 안으로 모셔 오라!" 내관이 명을 듣고 나가, "심학규 씨! 심 맹인은 나오시오! 심 맹인!" 심 봉사 듣더니, "심 맹인이고 무엇이고 배가 고파 죽겠구만! 그, 어서 술이나 한 잔 주제." "글쎄, 술도 주고, 밥도 주고, 돈도, 집도 주고 헐 터이니, 얼른 이리 나오시오." "거 실없이 여러 가지 것 준다. 그런디 어찌 꼭 날 그리 찾으시오." "글쎄, 상을 줄지, 벌을 줄지 모르나, 우에서 심 맹인을 불러 오라 허셨으니, 어서 들어갑시다." 심 봉사 깜짝 놀래, "나 이럴 줄 알았어. 상을 줄지, 벌을 줄지? 놈 용케 죽을 데 잘 찾아 왔다. 내가 딸 팔아 먹은 죄가 있는디, 날 잡아 죽일라고 이 잔치를 배설헌 잔치로구나. 내가 더 살어 무엇허리! 어서 들어갑시다." 주렴 밖에 당도허여, "심 맹인 대령이요!" 황후 자세히 살펴보시니,

백수 풍신 늙은 형용 슬픈 근심 가득 찬 게 분명한 부친이라. 황후께서 체중허시고, 아무리 침중허신들 부녀 천륜 어찌허리?

【자진모리】심 황후 거동 보아라. 산호 주렴을 걷쳐버리고 우르르르 달려나와, 부친의 목을 안고, "아이고, 아버지!" 한 번을 부르더니 다시는 말 못 허는구나. 심 봉사 부지불각 이 말을 들어노니, 황후인지, 궁녀인지, 굿 보는 사람인지 누군 줄 모르는지라. 먼눈을 희번쩍 희번쩍 번쩍거리며, "아이고, 아버지라니? 뉘가 날더러 아버지래여, 에잉? 나는 아들도 없고, 딸도 없소. 무남독녀 외딸 하나 물에 빠져 죽은 지가 우금 수삼 년이 되었는디, 아버지라니 웬 말이요?" 황후 옥루 만면허여, "아이고, 아버지! 여태 눈을 못 뜨셨소? 임당수에 빠져 죽은 불효 여식 청이가 살아서 여기 왔소." 심 봉사 이 말 듣고, "엥, 이게 웬 소리여? 이것이 웬 말이여? 심청이라니? 죽어서 혼이 왔느냐? 내가 죽어 수궁을 들어왔느냐? 내가 지금 꿈을 꾸느냐? 이것이 웬 말이요? 죽고 없는 내 딸 심청, 여기가 어디라고 살아오다니 웬 말이냐? 내 딸이면 어디 보자. 아이고 눈이 있어야 보제! 이런 놈의 팔자 좀 보소. 죽었던 딸자식이 살아서 왔다 해도 눈 없어 내 못 보니, 이런 놈의 팔자가 어데가 또 있으리. 아이고, 답답허여라!" 이때여 용궁 시녀 용왕의 분부신지, 심 봉사 어둔 눈에다 무슨 약을 뿌렸구나. 뜻밖에 청학 백학이 황극전에 왕래허고 오색 채운이 두루더니, 심 봉사 눈을 뜨는디, "아이고, 어찌 이리 눈가시 근질근질 허고 섬섬허냐? 아이고, 이놈의 눈 좀 떠서 내 딸 좀 보자! 악!"

【아니리】"아니, 여가 어디여?" 심 봉사 눈 뜬 바람에 만좌 맹인과 각처에 있는 천하 맹인들이 모다 일시에 눈을 뜨는디,

【자진모리】 만좌 맹인이 눈을 뜬다. 만좌 맹인이 눈을 뜰 제, 전라도 순창 담양 새 갈모 떼는 소리로 '짝 짝 짝 짝' 허더니마는 모두 눈을 떠버리는디, 석 달 열흘 큰 잔치에 먼저 와서 참여하고 내려간 맹인들은 저희 집에서 눈을 뜨고, 병들어 사경되어 부득이 못 온 맹인들도 집에서 눈을 뜨고, 미처 당도 못 한 맹인들은 도중에 오다 눈을 뜨고, 천하 맹인이 일시에 모다 눈을 뜨는디,

【휘모리】 가다 뜨고, 오다 뜨고, 서서 뜨고, 앉어 뜨고, 실없이 뜨고, 어이없이 뜨고, 화내다 뜨고, 성내다가 뜨고, 울다 뜨고, 웃다 뜨고, 힘써 뜨고, 애써 뜨고, 떠 보느라고 뜨고, 시원히 뜨고, 일허다 뜨고, 앉아 노다 뜨고, 자다 깨다 뜨고, 졸다 번뜻 뜨고, 눈을 끔적거려보다 뜨고, 눈을 부벼보다가도 뜨고, 지어비금주수라도 눈먼 김생은 일시에 모다 눈을 떠서 광명천지가 되었는디, 그 뒤부터는 심청가 이 대목 소리허는 것만 들어보아도 명씨 배겨 백태 끼고, 다래끼 석 서는디, 핏대 서고, 눈꼽 끼고, 원시 근시 궂인눈도 모두 다 시원허게 낫는다고 허드라.

【아니리】 심 생원도 그제사 정신을 차려, "내가 이것 암만해도 꿈을 꾸는 것 아닌가여?" 황후 부친을 붙들고, "아버님! 제가 죽었던 청이옵니다. 살어서 황송하옵게도 황후가 됐답니다." 심 생원 깜짝 놀래, "에잉? 아이고, 황후마마! 군신지의가 지중허온디 황송무비허옵니다. 어서 전상으로 납시옵소서." 심 생원 말소리 들어보고 전후 모습을 잠깐 보더니마는,

【중모리】 "옳지, 인제 알겠구나. 내가 인제야 알겠구나. 내가 눈이 어두워서 내 딸을 보지 못했으나, 인제 보니 알겠구나. 갑자 사월 초파일야 꿈속에 보던 얼굴 분명한 내 딸이라. 죽은 딸을

다시 보니 인도환생을 허였는가? 내가 죽어서 수궁을 들어왔느냐? 이것이 꿈이냐? 이것 생시인가? 꿈과 생시 분별을 못 허겄네. 얼씨구나 좋을시고, 절씨구나 좋을시구. 아까까지 내가 맹인이라 지팽이를 짚고 다녔으나, 이제부터 새 세상이 되니 지팽이도 작별허자. 너도 날 만나서 그새 고생 많이 허였다. 너도 니 갈 데로 잘 가거라." 피르르르르 내던지고, "지화자 좋을시구."

【중중모리】"얼씨구나 절씨구, 절씨구나 절씨구, 얼씨구 절씨구 지화자 좋네. 얼씨구나 절씨구. 어둡던 눈을 뜨고 보니 황성 궁궐이 장엄허고, 궁 안을 살펴보니, 창해 만 리 먼먼 길 임당수 죽은 몸이 환세상해 황후 되기 천천만만 뜻밖이라. 얼씨구나 절씨구. 어둠침침 빈방 안의 불 켠 듯이 반갑고, 산양수 큰 싸움에 자룡 본 듯이 반갑네. 흥진비래 고진감래를 날로 두고 이름인가? 부중생남중생녀 날로 두고 이름이로구나. 얼씨구나 절씨구." 여러 봉사들도 눈을 뜨고, 춤을 추며 송덕이라. "이 덕이 뉘 덕이냐? 황후 폐하의 성덕이라. 일월이 밝어 중화허니 요순천지가 되었네. 태고 적 시절이래도 봉사 눈 떳단 말 첨 들었네. 얼씨구나 절씨구. 덕겸삼황의 공과오제 황제 폐하도 만만세. 태임 태사 같은 여중요순 황후 폐하도 만만세. 천천만만세 성수무량허옵소서. 얼씨구나 절씨구. 심 생원은 천신이 도와서 어둔 눈을 다시 뜬 연후에, 죽었던 따님을 만나 보신 것도 고금에 처음 난 일이요, 우리 맹인들도 잔치에 왔다 열좌 맹인이 눈을 떴으니, 춤 출 무 자가 장관이로다. 얼씨구나 절씨구, 얼씨구 절씨구 지화자 좋네. 얼씨구나 절씨구."

【아니리】이렇게 여러 맹인들도 눈을 뜨고 심 생원도 함께 춤

을 추고 노는디, 그중에 눈 못 뜬 맹인 하나가 아무 물색도 모르고 함부로 뛰고 놀다가, 여러 맹인 눈 떴단 말을 듣더니마는 한편에 펄썩 주저앉어 울고 있거늘, 심 황후 보시고 분부허시되, "다른 봉사는 다 눈을 떴는디, 저 봉사는 무슨 죄가 지중허여 홀로 눈을 못 떴는지 사실을 아뢰어라!" 눈 못 뜬 봉사는 다른 봉사가 아니라 뺑덕이네와 밤중에 도망간 황 봉사인디, 황 봉사 복지허여 아뢰는디,

【중모리】 "예, 소맹이 아뢰리다. 예, 예, 예, 예, 예! 소맹이 아뢰리다. 소맹의 죄상을 아뢰리다. 심 부원군 행차시으, 뺑덕어미라 하는 여인을 앞세우고 오시다가 주막에서 유숙을 허시는디, 밤중에 유인허여 함께 도망을 허였더니, 그날 밤 오경시으 심 부원군 울음소리 구천에 사무쳐서, 명천이 죄를 주신 바라. 눈도 뜨지 못했으니, 이런 천하 몹쓸 놈을 살려두어 무엇허오리까? 비수검 드는 칼로 당장으 목숨을 끊어 주오."

심청가를 내내 붙들고 있던 심 봉사와 심청의 고난은 심 봉사가 눈을 뜸으로써 일시에 해소된다. 심 봉사의 원과 한이 절절했던 만큼 그것을 이루고 풀기 위해서는 그만한 대가를 치러야 했다. 심 봉사는 아내와 딸을 잃는 아픔을 겪었고, 뺑덕이네에게 버림받았으며, 지팡이에 몸을 맡긴 채 캄캄한 황성길을 더듬더듬 올라가야 하는 고초도 겪었다. 마침내 굳게 닫힌 눈이 번쩍 뜨인다. 그러나 판소리는 광명천지를 심 봉사의 몫으로만 돌리지 않는다. 만좌의 맹인들이 '짝 짝' 전라도 순창 담양 새 갈모 떼는 소리로, 자진

모리로 눈을 뜬다. 더러는 가다가 뜨고 오다가 뜨고, 더러는 이러다가 저러다가 번뜻번뜻 뜬다. 새로운 세계가 열리는 순간이다. 이것이 판소리의 비법이다.

어느새 차분한 중모리 가락으로 돌아가 있다. 흥분을 가라앉히고 찬찬히 뜯어보아야 세상을 제대로 볼 수 있기 때문이리라. 그리하여 갑자 사월 초파일 꿈속에서 보았던 딸을 만나는 황홀한 순간과 마주한다. 옳지 이젠 알겠구나, 내 딸이 분명하다.

어쩌면 심 봉사를 괴롭힌 것은 어두운 눈이 아니라, 없으면 큰일 날 줄로 알고 붙안고 살았던 지팡이였는지도 모른다. 지팡이는 그를 가두고 있던 미망의 그물이었다. 지팡이를 내던지고 나서야 비로소 심 봉사의 세상이 활짝 열릴 수 있다. 하여, 나도 오늘부터 새 세상이 되었다고 선언하며 너 갈 데로 가거라며 지팡이를 피르르르 내던진다.

심 봉사가 눈 뜨는 바람에 모든 봉사는 물론 눈먼 날짐승과 길짐승들도 눈을 떠 광명천지가 되었다. 어둠이 걷히고 바야흐로 밝은 세상이 도래한 것이다. 그것은 바로 우리가 꿈꾸던 새로운 세계 곧 대동세계다. 새 세상은 더디 오지만 이렇게 갑자기 열린다.

어느 시대를 막론하고 시대마다 시대적 아픔이 있고, 개인 또한 저마다의 아픔과 상처를 안고 살아간다. 알고 보면 우리를 얽매고 있는 것은 심 봉사의 지팡이처럼 하찮은 것이 대부분이다. 잠깐이라도 별것 아닌 것 밀쳐두고 심청가와 함께해 보자. 그리하면 우리도 심 봉사 눈 뜨듯이 판소리에 눈을 뜰 것이고, 우리의 아픔도 위로받을 수 있을 터이다.

웃음으로 눈물 닦기, 흥보가

모든 판소리가 그러하듯이 흥보가도 눈물과 웃음으로 범벅되어 있다. 추석을 앞둔 흥보 아내는 가난을 원망하며 신세타령을 하고, 민망한 흥보는 박을 타서 박속은 끓여 먹고 바가지는 팔다가 양식 팔아 어린 자식을 구완하자고 달랜다. 그런데 뜻밖에 쌀 벼락, 돈벼락이 떨어진다.

【아니리】 흥보 마누라는 졸리고 앉았다가 설움이 북받치어 신세 자탄으로 울음을 우는디 흥보는 이렇게 가난하게는 살아도 자식은 부자였다. 흥보 열일곱째 아들놈이 유혈이 낭자해 가지고 울고 들어오며, "어머니! 나 송편 세 개만 해주시오." "아, 이놈아! 어째서 하필 떡을 세 개만 해 달라느냐?" "동리로 놀러 갔더니 애들이 송편을 먹기에 내가 좀 달랬더니, 가래속으로 기어 나오면 송편을 주마기에 송편 얻어먹을 욕심으로,"

【중모리】 "엎져 기어 나갈 적의, 뒤엣 놈 떨어져 앞에 와 서고, 그 뒤엣 놈 떨어져 앞에 와서고, 다음 담 놈 떨어져 앞에 와 서서, 한정 없이 기어가자 허니, 무릎이 모다 헤어지고 유혈이 낭자허였기로 내가 욕설을 좀 허였더니, 송편일랑 고사하고 뺨만 죽게

때려주니, 송편 세 개만 허여 주면, 한 개는 입에 물고 두 개는 양손에 갈라 쥐고 조롱허여 가면서 먹을라요." 흥보 마누라 기가 맥혀 목이 메어 허는 말이, "내 자식아. 무엇허러 나갔드냐? 천하 몹쓸 애들이지. 못 먹이는 이 어미는 일촌간장이 다 녹는디, 굶어 죽게 생긴 자식을 그리 몹시 허드란 말이냐? 우지 마라. 우지 마라. 불쌍헌 내 새끼야, 우지를 마라."

【아니리】 이렇듯 울고 있을 적에 그때여 흥보는 동네로 놀러 갔다가 친구 덕분에 술이 얼근히 취해 갖고, 흥보가 집안에 들어와 보니 자기 마누라가 울겄다. "여보 마누라 이게 웬일이요. 마누라가 울어서 우리 집안 식구가 배가 부를 지경이면 권속대로 늘어앉어 한평생 허고라도 울어보지마는, 남 보기 챙피만 허고, 동네 사람들이 보면 어찌 흥볼 울음을 운단 말이요? 울지 말고 우리는 있는 박이니 박이나 타서 박속은 끓어 먹고 바가지는 부잣집에 팔아다가 어린 자식들을 데리고 목숨 보명 살아갑시다." 흥보 내외 박을 한 통 따다 놓고 자식들을 앉혀놓고 톱 빌려다가 박을 탈 제

【진양조】 "시르렁 실근 톱질이야. 에이여루 톱질이구나 몹쓸 놈의 팔자로다. 원수놈의 가난이로구나. 어떤 사람 팔자 좋아 일대영화 부귀헌디, 이놈의 팔자는 어이허여 박을 타서 먹고 사느냐? 에이여루 당거 주소. 이 박을 타거들랑 아무 것도 나오지를 말고 밥 한 통만 나오너라. 평생의 밥이 포한이로구나. 시르렁 시르렁 당거 주소, 톱질이야. 으허으으흐으 시르렁 실근 당거 주소, 톱질이야. 여보소, 마누라! 톱소리를 맞어 주소." "톱소리를 내가 맞자 해도 배가 고파서 못 맞겄소." "배가 정 고프거든 허리띠를

졸라매고, 에이여루 당거 주소. 시르르르르 시르르르르렁 시르렁 시르렁 실근 시르렁 실근 당기어라 톱질이야. 큰자식은 저리 가고, 작은 자식은 이리 오너라. 우리가 이 박을 타서 박속일랑 끓여 먹고 바가지는 부자집에가 팔어다가 목숨보명 허어 볼거나. 에이여루 톱질이로구나."

【휘모리】 "시르렁 실근 당기어라. 시르렁 실근 시르렁 실근. 실근 실근 실근 실근 실근 툭 탁."

【아니리】 박을 딱 타 놓니 박속이 텡 비었거늘, "흥보 기가 맥혀 "흥. 복 없는 놈은 계란도 유골이라더니, 어떤 놈이 박속은 쏵 긁어다 먹고 남의 조상궤 훔쳐다 넣어놨구나." 흥보 마누라 보더니, "아이고, 영감. 궤 뚜껑 위에가 무슨 글씨가 씌어 있소." 흥보 보더니, "응. 박흥보 씨 개탁이라. 날 보고 열어보라는 말인디." "그러면 한번 열어보시오." "그럼 그래 볼까." 한 궤를 가만히 열고 보니 쌀이 하나 수북이 들고, 또 한 궤를 딱 열고 본게 돈이 하나 가득 들었는디. 궤 뚜껑 속에다가 '이 쌀은 평생을 두고 꺼내 먹어도 굴지 않는 취지무궁지미라.' 씌었으며, 또 돈 궤에도 '이 돈은 백 년을 두고 꺼내써도 굴지 않는 용지불갈 지전이라.' 하였거늘, 흥보가 좋아라고 궤 두 짝을 떨어 붓기 시작을 허는디.

【휘모리】 흥보가 좋아라고, 흥보가 좋아라고, 궤 두 짝을 떨어 붓고 닫쳐놨다 열고 보면, 도로 하나 그뜩 허고, 돈과 쌀을 떨어 붓고 닫쳐놨다 열고 보면, 도로 하나 그뜩 허고, 툭툭 떨고 돌아섰다, 열고 보면 도로 하나 그뜩 허고, 떨어 붓고 나면 도로 수북, 떨어 붓고 나면 도로 그뜩. "아이고, 좋아 죽겄다. 일 년 삼백육십오 일을 그저 꾸역꾸역 나오느라."

【아니리】 어찌 떨어 붓어 났던지 쌀이 일 만 구 만 석이요 돈이 일 만 구 만 냥이나 되던가 보더라. 흥보가 좋아라고 "여보, 마누라. 우리가 쌀 본 짐에 밥 좀 해서 먹고 궤짝을 떨어 붓든지, 박을 타던지 해봅시다." 흥보가 밥을 지어 자식들도 먹고, 마누라도 먹었것다. 흥보가 밥을 먹을라다가 밥 보고 인사를, 인사를 허는디, 노담부터 나오던 것이었다. "밥 님, 너 참 본 지 오래다. 네 소행을 생각허면 대면도 허기 싫지마는, 그래도 그럴 수가 없어 대면은 허거니와, 원 세상에 사람을 그렇게 괄시헌단 말이냐? 에이 손. 섭섭타 섭섭혀!"

【자진모리】 "세상인심 간사허여 추세를 헌다 헌들, 너같이 심헐소냐. 세도집 부잣집만 기어코 찾아가서 먹다 먹다 못다 먹으면, 도야지, 개를 주고, 떼거위, 학두루미와 심지어 오리 떼를 모두 다 먹이고도, 그래도 많이 남아서 쉬네 썩네 허지 않더냐? 날과 무슨 원수 되어 사흘 나흘 예사 굶어 뱃가죽이 등에 붙고, 갈빗대가 따로 나서, 두 눈이 캄캄허고, 두 귀가 먹먹허여, 누웠다 일어나면 정신이 아찔아찔, 앉었다 일어서면 두 다리가 벌렁벌렁, 말라 죽게 되였으되 찾는 일 전혀 없고, 냄새도 안 맡으니, 그럴 수가 있단 말이냐. 에라, 이 괘씸한 손, 그런 법이 없느니라." 한참 이리 준책터니 도로 슬쩍 달래는듸, "흐흐흐, 내가 이리 했다 해서 노여워 아니 오랴느냐 어여뻐 헌 말이지, 미워 헌 말 아니로다. 친구가 조만 없어 정지후박에 매였으니, 하상견지만만 야요 떨어져 살지 말자. 아껴아껴 내 밥이야. 옥을 준들 널 바꾸며, 금을 준들 바꿀소냐. 아껴 아껴 내 밥이야. 제발 덕분에 다정히 살자." 새 정이 붙게 허느라 이런 야단이 없었구나.

【아니리】 이렇듯 한참 농담을 허더니마는 홍보가 밥을 먹는디, 홍보 집에 숟가락은 본래 없거니와, 하도 좋아서 손으로 밥을 뭉쳐 공중에다 던져 놓고, 죽방울 받듯 입으로 밥을 받어 먹는디, 입으로 받어만 놓으면, 턱도 별로 놀리 잖고 어깨 주춤, 눈만 끔찍 허면 목구멍으로 바로 넘어 닥치든 것이였다.

【휘모리】 홍보가 좋아라고, 홍보가 좋아라고, 밥을 먹는다. 밥을 뭉쳐 공중에다 던져 놓고 받어 먹고, 밥을 뭉쳐 공중에다 던져 놓고 받어 먹고, 던져 놓고 받어 먹고, 던져 놓고 받어 먹고, 던져 놓고 받어 먹고, 던져 놓고 받어 먹고. 배가 점점 불러오니, 손이 차차 늘어진다. 던져 놓고 받어 먹고, 던져 놓고 받어 먹고, 던져 놓고 받어 먹고, 던져 놓고 받어 먹고, 던져 놓고 받어 먹고, 던져 놓고 받어 먹고.

【아니리】 홍보가 밥을 먹다 죽는구나. 어찌 먹었던지, 눈언덕이 푹 꺼지고, 코가 뽀쪽허고, 아래턱이 축 늘어지고, 배꼽이 요강 꼭지 나오듯 쑥 솟아 나오고, 고개가 뒤로 발딱 자드라져, "아이고, 이제 하릴없이 나 죽는다. 아이고 배고픈 것보담 훨씬 더 더 못 살겄다. 아이고, 부자들이 배불러서 어떻게 사는고." 홍보 마누라 달려들어, "아이고, 이게 웬일이요. 언제는 우리가 굶어 죽게 생겼더니마는, 이제는 내가 밥에 치여 과부가 아아 아아 되네. 아이고, 이 자식들아, 너의 아버지 돌아가신다. 어서 와서 발상들 허여라." 이 대문에 이리 했다고 하나 이는 잠시 웃자는 성악가의 재담이었지 그랬을 리가 있으리오. 여러 날 굶은 속에 밥을 먹어서는 안 된다 허고, 죽을 누그럼허게 쑤어 한 그릇씩 마시고 나더니, 홍보도 생기가 돌아 돈 한 꿰미 들고 노는듸 가관이던

것이었다.

【중중모리】 흥보가 좋아라 돈을 들고 노는디, "얼씨구나 좋을
시고. 절씨구나 좋을시고. 돈 봐라. 돈 좋다. 돈 돈 돈 봐라. 살았
네. 살았네. 박흥보가 살았네. 이놈아 돈아! 아나 돈아. 어데를 갔
다가 이제 오느냐. 얼씨구나, 돈 봐라. 못난 사람도 잘난 돈, 잘난
사람은 더 잘난 돈, 생살지권을 가진 돈, 부귀공명이 붙은 돈, 맹
상군의 수레바퀴같이 둥글둥글 도는 돈. 돈 돈 돈 돈 돈 돈 돈
봐. 여보아라 큰자식아. 건너 말을 건너가서 너의 백부님을 모셔
오느라. 경사를 보아도 우리 형제 보자. 이런 경사가 또 있나. 엊
그저까지 박흥보가 문전걸식을 일삼더니, 오늘날 부자가 되어 석
숭이를 부러허며, 도주공을 내가 부러헐까. 불쌍허고 가긍한 사
람들아 박흥보를 찾어 오소. 나도 오늘부터 기민을 줄라네. 이런
경사가 또 있나. 얼씨구나 절씨구나 좋네 어얼씨구 절씨구."

흥보 부부가 정신없이 쌀과 돈을 부어내는, 흥보가 중에서 가장
흥을 돋우는 박타령의 일부다. 진드기처럼 달라붙어 몸서리나게
했던 흥보네의 가난은 휘모리장단을 타고, 휠휠 그렇게 물러간다.
박 타는 대목은 헌종시대에 주상환 명창과 동년배인 서편제 문
석준 명창이 뛰어났다. 그는 '부어내고 닫아 놓고 돌아섰다 도로
돌아서서 도로 궤를 열고 보니 쌀도 도로 하나 가득 돈도 하나 도
로 가득' 몇 번을 중복하는데 다른 광대들과 달리할 뿐 아니라 병
아리 새끼같이 중첩하기 쉽고 발음하기 어려운 것을 분명하고 유
창하게 몇 번이든지 중복하여 장단의 차착 없이 하는 것은 타인의

미치지 못하는 특조였다. 후인으로는 전도성 명창만 방창했다고 한다.[2]

명고수 송영주에 의하면 실제로 전도성 명창은 쌀과 돈을 이십여 분 동안 기진맥진할 정도로 되어냈다고 한다.

내가 제일 많이 접해온 명창으로는 전도성인디, 그는 창도 기맥히게 잘 했지만 이면을 그려내는 솜씨가 일품이었어. 칠월 열엿새 날이 우리 할아버지 생신이디, 그날이면 그 양반이 빼놓지 않고 우리 집에 오셔서 날 샐 때까지, 밤새도록 소리를 했어. 한번은 흥보가를 허는디, '쌀과 돈이 많이 나온다' 허는 대목인디, 요새는 그저 잠깐 '돌아섰다 돌아보면 도로 하나 가득허고 돌아섰다 돌아보면 돈과 쌀이 도로 가뜩'하여 몇 번 되아내다 보면, 한 2, 3분 되아내다 보면 돈이 얼마고 쌀이 얼마였더라고 아니리로 말허는디, 그 양반은 달랐어요. 전도성 명창은 한 1미터 80가량의 키였는디, 그 양반 소리를 헐 때면, 한산세모시 두루마기를 입었는디, 이 대목을 헐 때는 팔을 딱 걷어올리고 들어부어 내는디, 영락없이 궤 속에서 돈과 쌀을 되아내는 형용이여. 그런디, 한 20분 되아내. 자식은 많고 형님에게 쫓겨나서 그렇게 굶주렸던 흥부 내외가 돈과 쌀을 만났으니 참, 팔이 부러질 정도로 몸이 움직일 수 있는 한도까지는 되아낸다는 그런 느낌이제. 휘모리로 되아내는디, 갓이 뒤꼭지에 가 늘어붙고 속적삼 밖으로 구루매기까지 땀이 철떡철떡 젖어 있고, 목이 탁 쉬어서 소리가 안 나오고, 기진맥진헐 정도까지 되어내다가 주어앉은 데서 끝이 나는 거여.[3]

자식은 많고 형님에게 쫓겨나서 그렇게 굶주렸던 흥보 부부가 갑작스레 쌀과 돈을 만났으니 난리가 났다. 얼마나 오래간만에 알현하는 돈과 쌀이던가. 신바람이 나 야단이 법석법석할 밖에. 그러니 흥보 부부가 팔이 빠질 정도로 죽어라고 되어내야 이면에 맞다. 팔이 문제가 아니다. 그런데 요즈음은 너무 짧게 해서 여간 아쉽지 않다. 흥보네의 지독한 가난은 그렇게 짧게, 아니리로 '어찌 떨어 붓어 놨던지 쌀이 일 만 구 만 석이요 돈이 일 만 구 만 냥이나 되던가 보더라'라는 정도로 물러갈 어수룩한 놈이 절대 아니다.

휘모리는 자진모리와 함께 판소리의 장단 중에서 가장 빠른 것으로 생성과 비약을 가져오는 장단이다. 거친 호흡을 내뿜으며 한바탕 회오리바람을 일으키고 나면 어느새 새로운 세계가 창조되어 있다. 세상에 굿도 굿도 그런 굿이 없다.

밥을 뭉쳐 공중에다 던져 놓고, 죽방울 받듯 입으로 밥을 받아먹는 모습이 우습다. 배고픈 것보다 배부른 것이 더 못 살겠고, 부자들은 배불러서 어떻게 사느냐는 엉뚱한 푸념은 더욱 우습다. 마음을 속이고 달래는 웃음이다. 그 웃음은 허허로운 것이니 진정 웃을 일만은 아니다. 웃음으로 눈물 닦기다. "어쩌다가 한바탕 턱 빠지게 웃는다. 그리고는 아픔을 그 웃음에 묻는다."[4]는 바로 그 웃음이다. 웃프다. 오늘의 오만을 경계하는 쓰디쓴 웃음이기도 하다. 어쩌면 그 웃음은 어지럽고 쫓기듯이 살아가고 있는 우리에게 비록 찢어지게 가난했지만 훈훈한 정이 있던 지난 시절을 떠올리게 할지도 모른다. 판소리의 웃음은 이처럼 천의 얼굴을 하고 있다.

수궁가, 토형! 세상이 왜 이래

수궁가는 동물의 세계를 통해 인간들의 병든 세태를 신랄하게 풍자하고 있다. 병든 용왕을 살리기 위해 토끼의 간을 구하러 갈 신하를 정하는 어족회의에서 높은 벼슬아치들은 갖가지 이유를 들며 모두 빠지고, 결국 벼슬은 낮지만 충성스럽고 조금은 우직한 별주부가 사지의 길에 나서야 하는 모습은 인간의 비열함을 적나라하게 풍자하고 있다. 상좌를 차지하기 위해 온갖 거짓을 끌어다 붙이는 날짐승이나 길짐승의 상좌 다툼도 인간들의 저열한 권력 다툼과 조금도 다를 바 없다.

토끼가 사는 팔난 세상 또한 우리가 살고 있는 곳과 다르지 않다.

【중중모리】 "일개 한퇴 그대 신세 삼촌 구추를 다 지내고, 대한 엄동 설한풍 만학으 눈 쌓이고, 천봉으 바람이 칠 제, 화초목실이 없어지고, 앵무 원앙이 끊쳤난디, 어둑한 바우 밑에 고픈

배 틀어잡고 발바닥만 할짝할짝 더진 듯이 앉은 거동, 진나라 함곡관의 초회왕의 신세런가? 북해상 대고중의 소중랑의 고생인

가? 거의 주려서 죽을 토끼 삼동 고생을 계우 지나, 벽도홍행의 춘이월에 주린 구복을 채우랴고, 심산궁곡 찾고 찾아 이리저리 기대갈 적, 골골이 묻은 것이 목다래 엄찰개요, 봉봉이 섰는 게 매 받은 응주로다. 목다래 채거드면 결항치사 대랑대랑 제수 고기가 될 것이요, 청천에 떴는 게, 퇴끼 대구리 덮치려고 욱크리고 드는 수리 지싫으로 휘어들고, 몰이꾼 사냥개 엄산골로 기어들어서 퍼굿퍼굿 뛰어갈 적으, 퇴끼 놀래 호도독독, 수월자 '매 놓아라!' 해동청 보라매 짓두루미 빼지새 공작우 마루 도리당사 저 꿀치 방울을 떨쳐, 쭉지 치고 수루루루루루, 그대 귓전 양 발로 당그랗게 집어다, 꼬부랑한 주둥이로 양미간 골치대목을 콱 콱콱!" "어, 그분 방정맞은 소리 말래도 허는고." "그러면 어디로 갈까?" "그러면 뉘가 게 있가디요? 산 중둥으로 돌 제." "중둥으로 가는 토끼, 송하에 숨은 것이 오는 토끼를 놓으랴허고 불 채리는 도포수라. 풀감투 푸삼 입고, 상사방물에 왜물 조총 화약 덮사실을 얼른 넣어, 반달 같은 방아쇠, 고초 같은 불을 엱어, 한 눈 째그리고 반만 일어서며, 닫는 토끼 징구리 보고, 꾸르르르르 쾅!" "어, 그분 방정맞인 소리 말래도 점점 허는고. 그러면 뉘가 게 있가디요? 훤헌 들로 내리지." "들로 내리면, 초동목수 아이들이 몽둥이 드러메고, 없는 개 호구리며 워리 두둑 쫓는 양 선술 먹은 초군이요, 그대 간장 생각허니 백등칠일궁곤 한태조 간장, 적벽강상화 진중 조맹덕 정신이라. 거의 주려 죽을 토끼 청암절벽 석간 틈기운 없이 올라갈 적, 저룬 꼬리 샅에 쩌 이리 깡짱, 저리 깡짱, 깡짱접동 뛰놀 제 콧궁기 씬 내 나고, 목궁기 톱질허며, 밑궁기 조총 노니 그 아니 팔난? 팔난 세상 내사 싫어. 조삼모사 자네 신세 한가허다고 뉘 이르며, 무슨 정으로 유산? 무슨 정에 완월? 아까 안기생 적송자 종아리 때렸단 그런 거짓뿌렁이를 뉘 앞에다가 내았습나? 우리 수궁 가거드면 태평행락헐 터기으 모셔 가자고 허였더니, 화망살이 사주팔자 못 간다 허시오니, 범려 편지 안 믿다가 월나라 종의 죽음, 괴철의 말 아니 듣다 종신 원혼 한신 죽음, 선생 신세 생각허니 불쌍허기 짝이 없소."

【아니리】 토끼가 가만히 듣다가 허는 말이, "대체 별주부 관상 잘허시오. 내 팔자가 영락없이 그렇소. 그래 수궁을 들어가면 화망살기를 면하겠소?" "아, 그 알기 쉬운 오행 이치 거, 수극화를 모르시오?" "그는 그렇다 치드래도, 타국에서 왔다 허고 천대를 허거드면 원통한 일이 아니겠소?" "원, 어찌 그리 무식하오? 동해 사람 여상이는 문왕 따라 주나라에 가서 태공 벼슬까지 허였으며, 우나라 백리해는 진나라에 들어가서 정승까지 되었으니 무슨 천대를 받았겠소?" "그러허면 대관절 수궁 흥미는 어떠하오?" "우리 수궁 흥미야 퇴생원이 들으면 대번 환장헐 것이오." "거 좀 이르시오. 들어봅시다." "그럼 한번 들어나 보시오."

【진양조】 "우리 수궁 별천지라. 천양지간으 해내최대 허고, 만물지중의 신위최령이라. 무변대해으 천여 간 집을 짓고, 유리 지둥, 호박 주초, 주란화각이 반공으 솟았는디, 우리 수궁 즉위허사 만족이 귀시허고, 백성이 앙덕이라. 왕모 금병 천일주와 천빈옥반 담은 안주, 불로초 불사약을 싫도록 먹은 후으, 취흥이 도도허여 미색 기악 갖인 풍류를 대홍선에다 가득 실코 자언거수승거산이라. 요지로 돌아드니, 칠 백 리 군산은 물속으 벌여 있고, 삼천 사장 해당화는 약수으 붉었넌디, 해내태평 월청명 추강상으 어적

소리를 화답허며, 경수 위수 낙수 회수 양진 포진으 팽예 소상 혹 거흑래 왕래헐 적, 적벽강 소자첨과 채석강 태백 흥미 예 와서 알 았으면 이 세상으 왜 있으며, 채약허던 진시황과 구선하든 한 무 젠들 이런 재미를 알았으면, 이 세상으 있을쏜가? 원컨대 퇴 생원 도 나를 따라 수궁을 가면, 훨씬 벗인 저 풍골으 좋은 벼슬을 헐 것이요, 미색 기악을 밤낮으로 다리고 만세동락을 헐 터이나, 올 테면 오고, 말 테면 마오."

토끼와 같은 약자가 세상을 살면서 겪는 온갖 고난이 팔난이다. 우리는 이 풍진 세상을 살면서 그중 한두 가지는 이미 겪었거나, 지금 겪고 있을지도 모른다. 그래서 우리네 가슴은 바람든 무처럼 아픔으로 숭숭하다.

아! 토형, 세상이 왜 이래, 왜 이렇게 힘들어.
아! 토형, 토끼형, 팔자는 또 왜 이래.
아! 토형, 아프다 세상이, 눈물 많은 나에게.
아! 토형, 헤어형, 세월은 또 왜 저래.

그래서, 토끼가 그러했듯이 우리도 다른 세상을 동경하게 되고 상상한 세상으로 떠나보기도 하지만, 그곳에서의 삶 또한 다르지 않다. 토끼가 벼슬하며 행복하게 살고자 했던 세상도 알고 보니 목숨이 위태로운 사지였듯이 우리에게 간단한 곳은 그 어디에도 없다.

【아니리】 용왕이 가만히 들어본즉, 토끼를 잘못 건드렸다가는 수궁 만조백관이 모다 일시에 함몰을 당할 모양이라, 용왕이 대경허여, "네 다시 퇴 선생을 해치는 자는 정배를 보내리라." 별주부 하릴없어, "자, 퇴 선생. 왕명이 지중하니 이제는 하릴없소. 내 등에 업히시오." 토끼를 업고 다시 세상을 찾아 나올 적에,

【진양조(세마치)】 "가자. 가자. 어서 가자. 이수를 건너 백로주를 어서 가자." 토끼 이젠 살었으니, 기왕 온 김에 구경이나 착실히 허여 산중 여러 동류들께 자랑이나 허자 허고, 주부다려 허는 말이, "올 때에는 총총허여 어덴 줄 몰랐으나, 오날은 그리 말고 만경창파 좋은 경을 낱낱이 일러주면, 주부도 먹고 오래 살게 좋은 간을 한 보 주리." 주부가 좋아라고 사면 경치를 이르는구나. "저 건너 보이는 집은 봉거대공강자류라, 저게 금릉 봉황대요, 우편에 높은 누각은 석인기승황학거라, 연파강상 황학루듸, 그 너머로 앵무주요." 소상강을 돌아들며, "저 건너 좌편으로 운무 자욱한 높은 산과 은은히 보이는 집은 이십오현탄야월에 이비 한이 맺혀 있는 창오산 황릉묘요, 낙하고목제비허니 따욱이 우는 등왕각이며, 저것은 창파연월야에 범상국 지나가든 호상정이라 허나이다."

【중중모리】 백로주 바삐 지내 적벽강을 다다르니, 소자첨 범중류로다. 동산강 달 떠와 두우간 배회허여 백로횡강 좋을시고. 소지로화월일선 초강 어부 비인 배. 기경선자 간 연후 공명월지 단단이라. 자래 등에다 저 달을 실어라. 우리 고향을 어서 가. 환산농명월 원해근산 좋을시구. 한 곳을 돌아드니, 어조허든 강태공 위수로 돌아들고, 은린옥척뿐이라. 벽해수변을 다달아 깡짱

뛰여 내려 모르난 체로 가는구나.

수궁은 살 만한 세상이고 높은 벼슬도 할 수 있다는 별주부의 꼬임에 따라나섰다가 죽을 고비를 넘긴 토끼가 의기양양하게 세상으로 돌아오는 대목이다. 토끼는 한잔 술에 호기를 부리다가 큰 일 날 뻔했다. 정말이지 골로 갈 뻔했다. 토끼는 우여곡절 끝에 위기를 벗어나 고향으로 살아 돌아온다. 예로부터 벼슬길에 나서 승승장구하다가 한순간에 나락으로 떨어져 멸문지화를 입은 경우는 흔한 일이 아니던가.

삶이 고단할 때 우리는 토끼처럼 이상세계를 꿈꾸며 그곳에서 살고 싶어 한다. 때로는 용감하게 고향을 나서고, 조국을 떠나보기도 한다. 허나, 세상살이가 고단하지 않은 곳이 어디 있으랴. 타향도 정이 들면 고향이라는 말은 향수를 달래려고 술에 취해 하는 말일 뿐이다. 눈물 많은 우리에게 타향살이란 결코 만만치 않다.

그리하여 우리는 다시 내가 살던 고향을 그리워하며 귀향을 꿈꾸고, 더러는 그 꿈을 실현하기도 한다. 때로는 낙향을 귀향으로 애써 포장하거나 우기기도 하지만 말이다. 고향은 잘난 이든 못난 이든 가리지 않고 받아들이고 품어준다. 그렇다, 고향은 어머니 가슴처럼 언제나 한없이 넓고 포근하다. 그러기에 타향살이에 지친 이들은 귀거래를 입버릇으로 하지 않았던가.

살 만한 천국이 따로 있는 것이 아니다. 우리가 살고 있는 '지금,

여기'가 천국이다. 천국은 마음 밖에 있는 것이 아니라 마음속에 있다. 미운 정 고운 정 다 든 혈육과 벗이 있고, 때로는 이들 때문에 속상하고 이들과 등지기도 하지만, 그래도 살 비비며 아웅다웅 살아가는 우리 세상이 행복하다. 살 만한 세상은 우리가 만들고 가꾸는 것이다. 그렇다, 행복은 농사짓듯 짓는 것이고, 그 크기는 우리 가슴의 넓이와 깊이에 달려있다. 이것이 토끼가 수궁에서 죽을 위기를 겪으면서 얻은 값진 깨달음이고, 그의 귀향이 우리에게 주는 소중한 메시지다.

주운숙 명창 연보

연도	나이	활동 사항
1953	1세	• 음력 11월 7일 전라북도 남원에서 주광득 명창의 막내딸로 태어남
1967	15세	• 구례 토지동국민학교 졸업
1968	16세	• 상경하여 김득수가 운영하는 학원에서 무용과 가야금을 배움
1971	19세	• 권명화와 박인희에게 살풀이, 오북, 승무 등을 배움
1985	33세	• 이명희판소리연구소에서 소리를 시작함
1989	37세	• 제16회 모양성제 전국판소리대회 일반부 장원(문화공보부장관상, 12월 3일)
1990	38세	• 제2회 전국판소리경연대회 판소리 명인부 최우수상(10월 13일)
1991	39세	• 제17회 전주대사습놀이 전국대회 판소리 명창부 차하(6월 17일)
1992	40세	• 제10회 남도문화제 특장 부문 대상(문화부장관상, 11월 18일)
1993	41세	• 주운숙판소리연구소 개소 • 이일주 명창 문하에 입문
1994	42세	• 이일주 명창 문하에서 동초제 심청가, 흥보가, 수궁가 전수 (~2001년)
1995	43세	• 제65회 남원춘향제의 전국판소리명창대회(제22회) 명창부 준우승 (5월 8일) • 제21회 전주대사습놀이 전국대회 판소리 명창부 참방(6월 2일) • 〈주운숙 심청가 완창발표회〉(10월 3일, 대백예술극장)
1996	44세	• 제22회 전주대사습놀이 판소리 명창부문 장원(대통령상, 6월 20일) • 〈주운숙 명창의 흥보가 완창발표회〉(10월 16일, 대구문화예술회관) • 대구예술대학교 국악과 출강(~2006년)
1997	45세	• 동국대학교 및 대학원 국악과 출강(~2019년) • 영남대학교 국악과 출강 • 〈주운숙 명창의 동초제 심청가〉(2월 21일, 황금관광호텔)
1998	46세	• 〈주운숙 명창의 심청가〉(3월 21일, 경북대 국제회의장) • 〈주운숙 명창의 판소리〉(11월 3일, 금오공대 시청각실)
1999	47세	• 〈주운숙 흥보가 완창발표회〉(10월 16일, 대구문화예술회관 소극장) • (사)백제남도소리고법진흥회 대구광역시 지회장(~2009년)
2000	48세	• 〈신명 2000, 우리 가락 좋을시고〉(심청가, 10월 11일, 대구문화예술회관) • 동국대학교 불교문화대학원 문화예술지도자과정 입학(2002년 2월 18일 수료)

2001	49세	• 퇴계 탄신 500주년 기념공연 〈창극, 흥보의 안동 나들이〉(10월 20일, 안동문화예술의전당) • 〈주운숙 명창의 동초제 수궁가 완창발표회〉(12월 1일, 대백예술극장)
2002	50세	• 〈신명 2002, 영혼의 가락 삶의 소리〉(5월 24일, 경북대 국제회의장) • 부산대학교 국악과 출강(~2019년)
2003	51세	• 전주세계소리축제 초청 〈득음의 길, 심청가 완창발표회〉(9월 29일, 한국소리문화의전당)
2004	52세	• 〈해설이 있는 판소리, 주운숙과 함께하는 심청가〉(5월 21일, 전주전통문화센터)
2005	53세	• 〈국창 정정렬 추모비 제막식 및 제막공연〉(9월 7일, 솜리예술문화회관) • 〈창무극 심청〉(12월 27일, 봉산문화회관)
2006	54세	• 전주세계소리축제 초청 〈판소리 다섯바탕, 흥보가 완창발표회〉(9월 21일, 한국소리문화의전당) • 〈소리와 극이 어우러진 창극 심청전〉(10월 20일, 창원 성산아트홀)
2007	55세	• 〈호은 주운숙 명창 동초제 흥보가 완창발표회〉(5월 26일, 봉산문화회관) • 〈2007 판소리 한마당, 주운숙의 흥보가〉(6월 16일, 국립국악원 우면당)
2008	56세	• 〈판 2008, 봄날 물든 사랑〉(5월 15일, 경북대 우당교육관) • 〈해학 창극, 포항골에 박 터졌네〉(12월 8일, 효자아트홀)
2009	57세	• 〈대박났다네 구경가세〉(8월 19일, 성주 성산아트홀) • 〈소리극 심청뎐〉(12월 29일, 효자아트홀) • 명인·명창 초청전 〈국악을 만나다〉(9월 12-13일, 계명아트센터) • (사)동초제 판소리 보존회 대구광역시 지회장(~현재)
2010	58세	• 〈판 2010, 만판 소리꽃 피었네〉(5월 6일, 경북대학교 우당기념관) • 〈명창의 판소리 다섯마당, 지음〉(심청가, 6월 12일, 포항시립미술관 중앙아트홀) • 〈신해학 창극, 2010 신관사또와 기생점고〉(12월 18일, 포항시립중앙아트홀)
2011	59세	• 〈해학 창극, 놀보는 풍각쟁이야〉(12월 2일, 포항 문화동 대잠홀)
2012	60세	• 〈판 2012, 녹음방초승화시〉(5월 22일, 계명대 계명한학촌) • 〈신명 2012, 삶, 그리고 흥〉(11월 15일, 금오공대 시청각실)
2013	61세	• 〈우리 가락 우리 마당〉(5월 24일-10월 4일, 경산시 물소리공연장) • 〈대구시민을 위한 국악대공연〉(12월 6일, 꿈꾸는씨어터) • 〈호은 주운숙 동초제 심청가〉 음반(4CD) 출반

2014	62세	• 심청가 완창 〈효심에 눈 뜨다〉(12월 6일, 꿈꾸는씨어터)
2015	63세	• 〈나라 음악 나라 춤〉(10월 15일, 대구문화예술회관 팔공홀) • 제16회 공주 박동진 판소리 명창 · 명고대회 심사위원(7월 17일) • 제23회 임방울국악제 전국대회 심사위원(9월 12일) • 국악대공연(9월 20일, 봉산문화회관 가은홀)
2016	64세	• 신영희 명창 문하에서 만정제 춘향가 전수(~2017년)
2017	65세	• 대구광역시 무형문화재 제8호 판소리(심청가) 보유자로 인정됨(1월 31일)
2018	66세	• 남도민요 음반 발매 기념공연 〈남도에 반하다〉(6월 9일, 봉산문화회관) • 〈주운숙 명창의 만정제 춘향가—첫 번째 이야기〉(12월 15일, 수성아트피아 무학홀) • 전주대사습놀이 보존회 이사(~현재)
2019	67세	• 제45회 전주대사습놀이 판소리 명창부 심사위원(6월 10일) • 〈흥보가 좋~다!〉(9월 2일, 꿈꾸는시어터)
2020	68세	• 〈창극, 심봉사전〉(9월 7일, 꿈꾸는씨어터) • 〈주운숙 명창의 만정제 춘향가—두 번째 이야기〉(12월 13일, 대구콘서트하우스 챔버홀)
2021	69세	• 뮤지컬 창극 〈심봉사와 그의 여인들〉(11월 27일, 대가야문화누리대공연장)
2022	70세	• 제22회 공주 박동진 판소리 명창 · 명고대회 심사위원(7월 15-16일) • 〈호은 주운숙 만정제 춘향가〉 음반(5CD) 출반(8월) • 〈심봉사와 그의 여인, 그것은 운명이었다〉(9월 4일, 대덕문화전당)

미주

1. 소리 핏줄, 판소리 명문가

1. 박황, 『민속예술론』, 한일문화보급회, 1980, 107쪽.
2. 서진경, 「동편제 〈흥보가〉 박록주와 박송희 명창의 예술활동과 전승음악의 특징 비교 연구」, 동국대학교 석사학위논문, 2018, 36-37쪽.
3. 이러한 점은 송순섭 명창의 다음 말에 잘 드러나 있다. "우리 선생님한테 그래도 다른 사람들은 배와 봤자 거의가 적벽가밖에 못 배웠잖아요. 그런디 나만이 흥보가, 수궁가를 더해 가지고 세 바탕을 배웠어. 나도 인제 오 바탕을 다 배웠으면 좋겠는디 그 세 바탕밖에 못 배운 것이 또 그것도 있지만은 내 자신이 또 많이 배울라고 안 했어요. 왜? 날 보고는 세상 사람들이 다 '소리가 안 된다. 저거 멋이 없어.' 또 비가비라 멋이 없다는 거요. 그런디 많이씩 배워 가지고 더구나 소화 못 시키면 되겠는가.", 노재명, 『동편제 심청가 흔적을 찾아서』, 스코어, 2021, 122쪽.
4. 주영숙(1948~2021)은 부포, 설장구 명인으로 어릴 때부터 남원농악단 등 여러 단체에서 활동하며 이름을 날렸다. 늦은 나이에 판소리에 입문하여 박계향과 이일주, 주운숙에게 소리공부를 했다. 2002년 5월 9일 남원에서 열린 제72회 춘향제의 제29회 전국국악명창대회에서 심청가 가운데 심 봉사 황성 올라가는 대목으로 대통령상을 수상했다.

2. 전기팔명창에 꼽힌 벌목정정 주덕기

1. 정노식, 『조선창극사』, 조선일보사출판부, 1940.
2. 사단법인 전주대사습놀이보존회, 『전주대사습사』, 탐진, 1992, 67-68쪽.

3. 동서양을 막론하고 숫자 12를 '가장 완벽한 숫자'로 여긴다. 우리나라에서도 판소리 12마당, 농악 12차, 굿 12거리 등에서 알 수 있듯이 숫자 12는 중요한 상징적 의미를 지닌다. 우리나라에서는 숫자 8에는 큰 의미를 두지 않는데, 중국인들은 숫자 중에서 8을 가장 선호한다. 그것은 중국어로 '六'의 발음인 'bā'가 '發財'(부자가 되다), '發達'(발달하다)의 '發(fā)'와 발음이 비슷하기 때문이다. 박종한, 「숫자에 담긴 중국문화와 그 활용」, 『중국문화연구』 2, 중국문화연구학회, 2003, 151쪽.

4. 〈광대가〉, 강한영, 『신재효판소리사설집(전)』, 민중서관, 1974, 669-670쪽.

5. 김연수, 『창본 춘향가』, 국악예술학교출판부, 1967, 327쪽. 한편 박헌봉은 전기팔명창으로 권삼득, 송흥록, 황해천, 염계달, 모흥갑, 고수관, 김계철, 신만엽을 꼽았다. 박헌봉, 『창악대강』, 국악예술학교출판부, 1966, 615-616쪽.

6. 정노식, 『조선창극사』, 조선일보사출판부, 1940, 36-37쪽.

7. 정노식, 『조선창극사』, 조선일보사출판부, 1940, 35-37쪽. 伐木丁丁은 『詩經』 「伐木」의 "伐木丁丁, 鳥鳴嚶嚶. 出自幽谷, 遷于喬木.(나무 베는 도끼질 쩡쩡 울리고, 꾀꼬리 우는 소리 숲에서 들리네. 깊은 계곡에서 꾀꼬리 나와, 높은 나무로 날아가누나.)"에 등장하는 구절로 산속에서 나무를 벨 때 쩡 하며 울리는 소리를 말한다.

8. 강한영, 『판소리』, 세종대왕기념사업회, 2000, 188쪽.

9. 박황, 『판소리소사』, 신구문화사, 1974, 68-69쪽.

10. 정노식, 『조선창극사』, 조선일보사출판부, 1940, 35-36쪽.

11. 박황, 『민속예술론』, 한일문화보급회, 1980, 102-103쪽.

12. 정노식, 『조선창극사』, 조선일보사출판부, 1940, 70쪽.

13 "우리나라 명충 광딕 조고로 만컨이와 긔왕은 물론ᄒ고 근릭 명창 누기 누기 명성이 ᄌᄌ하야 ᄉ람마다 칭찬하니 니러흔 명충딜을 문쟝으로 비길진딕 숑선달 흥녹이난 타성쥬옥(唾成珠玉) 박약무인(傍若無人)

화란츈셩(花爛春城) 만화방충(萬化方暢) 시즁쳔즈(詩中天子) 니틱빅(李太白) 모동지 흥갑이ᄂᆞᆫ 관슨월싴(關山月色) 쵸목츙셩(草木風聲) 쳥쳔만니(靑天萬里) 학으 우름 시즁셩인(詩中聖人) 두즈미(杜子美) 권싱원 슨인 씨 난 쳔칭졀벽 불ᄭᅵᆫ 쇼스 만즁폭포 월렁쿨쒈 문긔팔딕(文起八代) 한퇴지(韓退之) 신션달 만엽이난 구쳔은하 썰러진다 명월빅노 말근 기운 취과 양쥬(醉過楊州) 두목지(杜牧之) 황동지 희쳥이난 젹막공슨 발근 달에 다 정하게 웅챵쟈화(雄唱雌和) 두우졔월(杜宇暗月) 밍동야(孟東野) 고동지 슈 관이난 동아부즈(同我婦子) 엽피남묘(饁彼南畝) 은근문답ᄒᆞᆫ는 거동 권과 농샹(勤課農桑) 빅낙쳔(白樂天) 김션달 게철리난 담탐한 슌현영기 명낭한 슌하영즈(山河影子) 쳔운영월(川雲嶺月) 구양슈(歐陽修) 숑낭쳥 광녹이난 망々한 쟝쳔벽회 걸일 씌가 업썻스니 말니풍범 왕마힐(王摩詰) 쥬낭쳥 덕기난 둔갑즁신 무수변화 녹낙ᄒᆞ는 그 슈단니 신츌귀몰 쇼동파(蘇東坡) 이러한 광딕더리 다 각기 쇼쟝으로 쳔명을 ᄒᆞ엿시나 각싴구비 명충 관딕 어듸가 어더보리", 강한영, 『신재효판소리사설집(전)』, 민중서관, 1974, 669-670쪽.

14 정노식, 『조선창극사』, 조선일보사출판부, 1940, 20쪽, 25쪽.

15 정노식, 『조선창극사』, 조선일보사출판부, 1940, 20쪽, 28쪽.

16 나는 임인년 가을에 우진원과 함께 호남의 순창에 내려갔다가, 주덕기와 손을 잡고 운봉의 송흥록을 방문했다. 그때 신만엽, 김계철, 송계학 등 일대의 명창들이 마침 그 집에 있다가, 나를 보고 반갑게 맞아주었다. 서로 함께 머무르며 수십 일을 질탕하게 보낸 후에 다시 남원으로 향했다. 안민영, 『금옥총부』, 141번 시조.

17 "오늘 밤 風雨를 / 그 丁寧 아랏던덜 / 딕 사립짝을 곱 거러 단단 믹엿슬거슬 비바람의 불니여 왜각지걱하난 소리여 항연아 오ᄂᆞᆫ 양하야 窓 밀고 나셔 보니 / 月沈沈 / 雨絲絲한데 風習習 人寂寂을 하더라. 余奉朱德基 留利川時 與閭家少婦 有桑中之約 而達霄苦待(내가 주덕기를 데리고 이천에 머무를 때, 여염집 젊은 아낙네와 밀회 약속이 있어 밤이

새도록 몹시 기다렸다.)", 안민영, 『금옥총부』, 180번 시조.

18 "명챵 광뒤 각기 쇼즁 ᄂᆞ는 북 드려노코 일등 고슈 숨ᄉ 인을 팔 가라 쳐 ᄂᆞ갈 졔 우츈뒤 화쵸틱령 셔덕염의 풍월셩과 최셕황의 니포쳬 권오셩의 원담쇼리 하언담의 옥당쇼리 숀등명니 짓거리며 방덕희 우레목통 김흔득의 너울가지 김셩옥의 진양죠며 고슈관의 안일니며 죠관국의 흔거셩과 됴포옥의 고등셰목 권숨득의 즁모리며 황희쳥의 ᄌᆞ웅셩과 님만엽의 싀쇼리며 모흥갑의 아귀셩 김졔철니 긔화요쵸 신만엽의 목지죠며 쥬덕긔 가진 쇼리 숑항록 즁항셩과 숑계학니 옥규셩을 차례로 시염홀 졔 숑흥녹의 그동 보쇼 쇼연 힝낙 몹쓸 고싱 빅슈은 난발ᄒᆞ고 희쇼은 극셩흔듸 긔질은 츰약ᄒᆞ냐 긔운은 읍실망졍 노즁곡귀셩이다 단즁셩 노푼 쇼리 쳥쳔빅일니 진동흔다 명챵쇼리 모도 듯고 십여 일 강슌의셔 슬미즁니 ᄂᆞ게 놀고 각기 쳐ᄒᆞ흥올 젹의"(제18장 앞·뒤면). 김진영 외, 『실창판소리사설집』, 박이정, 2004, 330쪽.

19 "일등 명긔 명챵 다 불너 황극젼의 젼좌ᄒᆞ시고 만조빅관을 모와 질기실ᄉᆞ 일등명챵 권삼득 숑흥녹 모흥갑 쥬덕긔 박만슌 이날치 다 각기 장기덕로 흥을 다하여 논일 젹긔", 〈심쳥젼〉(戊戌 仲秋完西新刊), 41장 뒤.

20 이보형 외, 「판소리 인간문화재 증언자료, 판소리 명창 박동진」, 『판소리연구』 2, 판소리학회, 1991, 227-228쪽.

21 정노식, 『조선창극사』, 조선일보사출판부, 1940, 30-31쪽.

22 박헌봉, 「남기고 싶은 이야기들 (251), 명창 주변 ②」, 『중앙일보』, 1971. 9. 8.

23 나관중, 황병국 옮김, 『원본 삼국지』 3, 범우사, 2000, 36-39쪽.

24 김진영 외, 『적벽가 전집 (1)』, 박이정, 1998, 368-370쪽.

25 정노식, 『조선창극사』, 조선일보사출판부, 1940, 56-57쪽. 『전주대사습사』에는 박만순이 1830년 전라북도 정읍(당시는 고부군 고부면 수금리)에서 태어났으며, 1898년 68세를 일기로 세상을 떠난 것으로 되어 있다. 사단법인 전주대사습놀이보존회, 『전주대사습사』, 탐진, 1992,

77쪽, 83쪽.

26 정노식, 『조선창극사』, 조선일보사출판부, 1940, 21-22쪽. 안민영이 칠원에 있던 송흥록의 집에 찾아갔을 때 맹렬과 함께 살고 있었다. "함께 칠원 삼십 리의 송흥록의 집에 이르니, 맹렬이가 역시 집에 있다가 나를 보고 기뻐하였다. 사오일 간 질탕하게 지내다가 헤어졌는데, 이때에 과연 이별이 어려움을 알았다.(而同到漆原三十里宋興綠家, 則猛烈亦在家, 見我欣然, 四五日迭宕而 别, 此時果知離別之難也.)", 안민영, 『금옥총부』, "靑春豪華日에 … 半 나마 검운 털이 마즈 셰여 허노라"(127번 시조) 부기.

27 "宋蟋蟀, 漢城歌者也. 善歌, 尤善歌蟋蟀曲, 以是名蟋蟀. 蟋蟀自少學爲歌, 旣得其聲. 往急瀑洪舂砯薄之所, 日唱歌. 歲餘惟有歌聲, 不聞瀑流聲. 又往于北岳巓, 倚縹緲, 懭惚而歌. 始璺析不可壹, 歲餘飄風不能散其聲. 自是, 蟋蟀歌于房, 聲在梁, 歌于軒, 聲在門, 歌于航, 聲在檣, 歌于溪山, 聲在雲間. 桓如鼓鉦, 皦如珠瓔, 嫋如烟輕, 逗如雲横, 璅如時鶯, 振如龍鳴, 宜於琴, 宜於笙, 宜於簫, 宜於箏, 極其妙而盡之. 乃斂衣整冠, 歌于衆人之席, 聽者皆側耳向空, 不知歌者之爲誰也.", 〈歌者宋蟋蟀傳〉. 이우성・임형택 편역, 『이조한문단편집 4(원문)』, 창비, 2018, 308쪽.

28 〈황계사〉는 12가사의 하나인데, 임을 간절히 기다리는 내용으로 노랫말은 다음과 같다. "일조낭군 이별 후에 소식조차 돈절하다 지화자 좋을씨고 / 좋을 좋을 좋은 경이 얼씨고 좋다 경이로다 지화자 좋을씨고 / 한 곳을 들어가니 육관대사 성진이는 팔선녀 다리고 희롱한다 얼씨고 좋다 경이로다 지화자 좋을씨고 / 황혼 저문 날 기약 두고 어디를 가고서 날 아니 찾나 지화자 좋을씨고 / 병풍에 그린 황계 두 나래를 둥덩치며 사오경 일 점에 날새이라고 꼬끼요 울거든 오랴시나 지화자 좋을씨고 / 달은 밝고 조요한데 임 생각이 새로워라 지화자 좋을씨고 / 너는 죽어 황하수되고 나는 죽어 돛대선 되어 광풍이 건듯 불 제마다 어화나 둥덩실 떠놀아 보자 지화자 좋을씨고 / 저 달아 보느냐 임 계신데 명기를 빌려라 나도 보자 지화자 좋을씨고", 이창배 편저, 『가요집성

』, 홍인문화사, 1983, 27-28쪽.

29 귓도리 져 귓도리 에엿부다 져 귓도리 / 어인 귓도리 지는 둘 새는 밤의 긴 소리 쟈른 소리 절절이 슬픈 소리 제 혼자 우러 녜어 사창 여원 줌을 슬드리도 씨오는고야 / 두어라 제 비록 미물이나 무인동방 에 내 뜻 알 리는 저뿐인가 ᄒ노라

30 세 자매가 각각 명창을 한 명씩 낳았는데, 맏이는 이날치 명창을 낳았고, 둘째는 김창환 명창을, 막내는 박기홍 명창을 낳았다. 「寒燈夜話, 노래 뒤에 숨은 설음 (2), 國唱 歌手의 古今錄」, 『매일신보』, 1930. 11. 24.

31 정노식, 『조선창극사』, 조선일보사출판부, 1940, 162-164쪽. 『전주대사 습사』에는 박기홍이 1848년 나주에서 출생하여 진주에서 성장하고, 1925년 77세를 일기로 대구에서 타계했으며, 그의 부친은 정춘풍의 고수인 것으로 되어 있다. 사단법인 전주대사습놀이보존회, 『전주대사 습사』, 탐진, 1992, 111쪽, 120쪽. 한편 『日東타임쓰』(일동타임쓰사, 제 1권 제3호)의 이덕창이 쓴 「명창론(하)」에 "지금은 고인이 되얏지만 최근에 거의 됴선소리를 긋막다 십히 한 중고됴의 대가로 일홈을 일세 썰치든 국창 박긔홍 군도 죽을 째까지…"에서 박기홍이 1926년 6월 이전에 작고했음을 알 수 있다. 배연형, 「판소리 중고제 자료의 재검토 」, 『판소리연구』 49, 판소리학회, 2020, 12쪽, 재인용.

32 김기형, 『박동진 명창 판소리 완창 사설집』, 문화관광부 · 충청남도 공 주시, 2007, 177쪽.

33 박귀희, 『순풍에 돛 달아라 갈 길 바빠 돌아간다』, 새소리, 1994, 56쪽.

34 "【아니리】 … 너의 설움두 설거니와 내 설음을 들어보아라. 【자진중중모 리】 나는 나는 나는 난, 나는 부모님 덕택으로 열일곱의 장개들어 열여 덟에 상체됐구나. … 【아니리】 한참 이리 할 적에 군사 한 놈이 썩 나서 며, 【자진모리 설렁제】 이눔 저눔 말 들어라. 너의 울 제 좀놈이라. 위국자불고가 옛글에 하여 있고 …", 〈Polydor 19268-B 조조 군사 설음 타령〉.

35 〈Polydor 19269-A・B 적벽강 화전〉.

36 "당시 명충 누구련고 모흥갑이 적벽가며 송홍녹이 귀곡성과 듀덕긔 심청가를 흐충 이리 논일 져괴". 김진영 외, 『춘향전 전집 (4)』, 박이정, 1997, 139쪽.

37 정노식, 『조선창극사』, 조선일보사출판부, 1940, 29-30쪽.

38 〈Okeh 1950(K444) 남도잡가 팔도명창(상) 이화중선〉.

3. 독보적인 심청가 소리꾼 주상환

1 사단법인 전주대사습놀이보존회, 『전주대사습사』, 탐진, 1992, 69쪽.

2 정노식, 『조선창극사』, 조선일보사출판부, 1940, 51-54쪽.

3 『매일신보』에 1912년 3월 17일부터 4월 26일까지 총 33회 연재했다.

4 〈한애순 심청가〉, 판소리학회 감수, 『판소리 다섯 마당』, 한국브리태니커회사, 1982, 93-94쪽.

5 "거려천지 우리 힝낙 광디 힝세 죠흘씨고 그러ᄒ나 광디 힝세 어렵고 쏘 어렵다 광디라 ᄒᄂ 거시 졔일은 인물치례 둘직는 사셜치례 그 직ᄎ 득음이요 그 직ᄎ 너름식라 너름식라 ᄒᄂ 거시 귀셩 씨고 밉시 잇고 경각의 쳔퇴만ᄉ 위션위귀 쳔변만화 좌상의 풍유호걸 귀경ᄒ는 노쇼남녀 울게 ᄒ고 웃게 ᄒ는 이 귀셩 이 밉시가 엇지 아니 어려우며 득음이라 ᄒ난 거슨 오음을 분별ᄒ고 육율을 변화ᄒ야 오중에서 나는 쇼리 농낙ᄒ여 ᄌ아닐 졔 그도 쏘흔 어렵구나 스셜이라 ᄒ는 거신 져금미옥 죠흔 말노 분명ᄒ고 완연ᄒ게 쇠쇠이 금승첨화 칠보단중 미부인이 병풍 뒤의 나셔난 듯 삼오야 발근 달이 구름 박긔 나오난 듯 쇠눈 쓰고 웃게 ᄒ기 디단니 어렵구나 인물은 쳔싱이라 변통할 슈 업건이와 원쇠흔 이 쇽판니 쇼리ᄒ는 법예로다", 강한영, 『신재효 판소리사설집(전)』, 민중서관, 1974, 669쪽.

6 정노식, 『조선창극사』, 조선일보사출판부, 1940, 59쪽.

7 사단법인 전주대사습놀이보존회, 『전주대사습사』, 탐진, 1992, 84쪽,
   115-116쪽.

8 판소리에서의 발림은 판소리공연에서 예술적 표현을 위해 사용되는 연
   극적인 몸짓을 지칭하는 용어로, 너름새는 그런 발림들이 유기적으로
   연결되어 어떤 의미 단위를 이룩하는 유기적인 전체를 지칭하는 좀 더
   큰 단위의 용어로 구분하기도 한다.

9 정노식, 『조선창극사』, 조선일보사출판부, 1940, 147-148쪽. 박동진은
   "발림은 김 의관같이 잘허시는 분이 없었습니다. 풍채도 좋으신 양반이
   …. 그래 그 양반 아들 김봉희라고 있었어요. 그 양반이 또 더 잘했거든
   요."라고 했다. 이보형 외, 「판소리 인간문화재 증언자료, 판소리 명창
   박동진」, 『판소리연구』 2, 판소리학회, 1991, 229쪽.

10 정노식, 『조선창극사』, 조선일보사출판부, 1940, 206쪽.

11 정노식, 『조선창극사』, 조선일보사출판부, 1940, 10쪽.

12 더늘 도 ; 賭『新增類合』. 우리 흔 판 두어 지며 이긔믈 더느미 엇더ᄒ뇨-
   『譯語類解』. 우리 무서슬 더ᄂ료-『朴通事諺解』. 우리 먼 솔 노하 두고
   ᄡᅩ아 흔 양 던져-『飜譯老乞大』.

13 "劇伎湖南産最多, 自云吾輩亦觀科. 前科司馬後龍虎, 大比到頭休錯過. 金
   榜少年選絶伎, 呈身競似聞齋僧. 分曹逐隊登場地, 別別調爭試一能.", 구사
   회 외, 『송만재의 관우희 연구』, 보고사, 2013, 79-80쪽.

14 김진영 외, 『춘향전 전집 (4)』, 박이정, 1997, 239-241쪽.

15 全篇 진양조 서름제, 金昌煥·全道成 倣唱. 정노식, 『조선창극사』, 조선
   일보사출판부, 1940, 72-74쪽.

16 장자가 꿈에 호랑나비가 되어 훨훨 날아다니다가 깨서는, 자기가 꿈에
   호랑나비가 되었던 것인지 호랑나비가 꿈에 장자가 되었는지 모르겠다
   고 한 이야기가 있다. 『莊子』「齊物論」.

17 수원 기생으로 알려진 명옥도 임 그리움을 "꿈에 뵈는 임이 신의 없다

하건마는 / 탐탐이 그리울 제 꿈 아니면 어이 보리 / 저 임아 꿈이라 말고 자로자로 뵈시소"라고 절절히 토로했다.

18 "연무꼭지 연당 안에 연밥 따는 저 처자야 / 연밥일랑 내 따주께 내 품 안에 잠들어라 / 잠들기는 어렵잖소 연밥 따기 늦어가오", 정읍지방 의 민요.

4. 다재다능한 예인 주광득

1 그동안 주광덕(朱光德)으로 잘못 알려져 왔는데, 호적과 당시 신문자료에 따라 주광득으로 바로잡는다.
2 안숙선, 「만정 김소희 선생과 판소리」, 『동리연구』 3, 동리연구회, 1996, 59쪽. 필자는 2015년 1월 15일 명고수 주봉신(1934~2016. 12. 30.)과 전화로 확인했는데, '주덕기-(?)-주경래-주광득'이라고 하였다.
3 주운숙판소리연구소(대구광역시 남구 현충로50)에서 주덕기 가문에 대 해 수시로 조사했다.
4 「오호, 송만갑 애도」, 『삼천리』, 1939년 4월호, 삼천리사, 158쪽.
5 정노식, 『조선창극사』, 조선일보사출판부, 1940, 183-186쪽.
6 박석기(朴錫基, 1899~1952)는 전라남도 옥과 출신으로, 동경제국대학을 졸업한 후 전통예술에 뜻을 두고 거문고산조의 창시자인 백낙준에게 거문고풍류와 거문고산조를 배웠다. 담양 지실에 초당을 짓고 명인 명창 들을 초빙하여 교육함으로써 전통음악 전승, 발전에 크게 이바지했다.
7 안기옥(安基玉, 1894~1974)은 전라남도 나주 출신으로, 가야금산조의 창 시자 김창조의 제자로서 가야금 명인으로 일가를 이루었다. 1946년에 월북하여 평양음악대학 민족음악학부 학부장 등을 지냈으며, 수많은 창 작과 저술 활동을 했다.
8 정병헌, 『판소리와 사람들』, 역락, 2018, 127-139쪽. 이명진, 「광주지역

판소리 전승과 문화 연구」, 전남대학교 박사학위논문, 2019.

9 문화재연구소, 「판소리 유파」, 문화재관리국, 1992, 42쪽.

10 강도근(姜道根, 1918~1996)은 전라북도 남원의 전통예인 집안 출신으로, 본명은 강맹근이다. 그는 줄타기 명인 강원종의 아들이자, 대금산조 명인 강백천의 사촌 동생, 판소리 명창 안숙선의 외삼촌이다. 16세 때부터 김정문에게 흥보가 전 바탕과 심청가와 적벽가 일부를 배웠다. 김정문 사후 상경하여 조선성악연구회에서 춘향가 일부를 익혔으며, 그후 박만조, 유성준, 이진영, 임방울 등으로부터 수궁가 등 여러 소리를 배웠다. 오랫동안 고향 남원의 판소리를 지켰으며, 1988년 중요무형문화재 판소리 흥보가 보유자가 되었다. 문화재연구소, 「판소리 유파」, 문화재관리국, 1992, 132-136쪽. 전경욱 편저, 『한국전통연희사전』, 민속원, 2014, 57-58쪽.

11 김영운(1917~1972)은 전라북도 남원 출신으로, 본명은 김기순이며, 김정문 명창의 조카다. 김정문에게 소리를 배워 남원과 운봉 일대에서는 제법 알아주던 소리꾼인데, 장기는 김정문에게 배운 흥보가였다. 그는 강도근과 처남 매부지간으로, 김정문 사후에 남원국악원에서 소리를 가르쳤는데, 안숙선도 어릴 때 그에게 배웠다. 김기형, 「판소리 명창 김정문의 생애와 소리의 특징」, 『구비문학연구』 3, 한국구비문학회, 1996.

12 이보형, 「판소리 제(派)에 대한 연구」, 『한국음악학논문집』, 한국정신문화연구원, 1982, 71쪽.

13 김기형, 「판소리 명창 김정문의 생애와 소리의 특징」, 『구비문학연구』 3, 한국구비문학회, 1996.

14 주운숙 명창이 서울에 살 때 외삼촌인 박황(누나가 주광득의 부인)이 집에 종종 다녀갔다고 한다. 朴晃(1919~?)은 전라남도 광주 출신의 판소리 연구가다. 그는 16세(1935) 때 동양극장에서 〈춘향전〉을 보고 판소리에 빠지기 시작했다고 한다. 일본에서 대학을 졸업하고 1946년부

터 7년간 광주사범학교에서 교편을 잡았다. 그 후 동생 박후성이 창극 단체를 운영하자 그를 돕기 위해 학교를 그만두고 창극계에 투신하여, 국극협단 등에 관여하며 판소리와 창극 작품 활동에 전념했다. 그동안 창작판소리로 〈열사가〉, 〈충무공 이순신 장군〉, 〈안중근 의사〉, 〈유관순 열사〉 등 7편을 창작했고, 창극 대본으로 〈대춘향전〉, 〈사도세자〉, 〈대흥보전〉, 〈대심청전〉 등 16편이 있다. 저서로는 『판소리소사』(신구문화사』(1974), 『창극사 연구』(백록출판사, 1976), 『민속예술론』(한일문화보급회, 1980), 『판소리 이백년사』(사사연, 1987) 등이 있다. 『동아일보』, 1987. 4. 24.; 박황, 『판소리 이백년사』, 사사연, 1987, 244쪽.

15 『매일신보』, 1940. 12. 20., 12. 24. 이 기사에는 이화중선·김록주·김소희 등이 찬조 출연하며, 화랑창극단 결성시 주요 멤버는 '기획부에 박진, 문예부에 김광우, 무용에 한성준, 연기부 중 남자부에 조상선, 박동실, 이기권 외, 여자부에 김여란, 조소옥, 김순희 외'로 되어 있다. 〈봉덕사의 신종〉은 흔히 〈봉덕사의 종소리〉로 알려져 있다.

16 『매일신보』, 1940. 12. 24.

17 박황, 『판소리 이백년사』, 사사연, 1987, 222쪽. 박황은 화랑창극단이 1939년 가을에 창립한 것이라고 했는데, 1940년 가을의 착오로 보인다. 박황, 『창극사 연구』(백록출판사, 1976, 121쪽)에는 단원에 임소향의 이름이 보인다.

18 '광주성악연구회'는 편의상의 명칭이고, 정식 명칭은 '조선고전음악연구회'인 것이다.

19 박황, 『판소리 이백년사』, 사사연, 1987, 272쪽. 그러나 그 후에도 조선고전음악연구회의 공연이 있는 것으로 보아 일시적인 해산이었던 것으로 짐작된다.

20 원안 국악원문화국, 각색 김무하, 연출 안종화·이서향, 고증 국악원연구부, 장치 원우전·김운선, 아악 지도 장인식, 창악 지도 이동백·박(동)실, 무용 지도 이주환·조상선으로 되어 있다. 『서울신문』, 1946.

1. 6. 『동아일보』, 1946. 1. 11. 『서울신문』, 1946. 1. 17.

21 〈논개〉 스타프-원작 고훈, 작곡 박동실, 관현악 지휘 안기옥, 무용 지휘
조상선, 연출 안영일, 장치 김일영, 고증 심의실이었다. 『중앙신문』,
1945. 12. 8. 한편 『예술문화』 창간호(1945. 12. 1.) 광고에 "朝鮮音樂硏
究會 -조선고전음악연구- 제2회 공연 창극 〈義妓 論介傳〉 3막 6장"이
있다. 안광희, 『한국현대연극사자료집 (1)』, 한국문화사, 2006, 156쪽.

22 이때 연극 〈춘향전〉도 함께 상연했다. 『영남일보』, 1945. 12. 16.

23 『광주민보』, 1946. 6. 19. 그런데 1946년 6월 16일 자 『광주민보』의
광고에는 출연자가 '김소희, 박농선, 김록주, 공기남, 박후성, 성원목,
김득수, 박동실, 장춘홍, 김봉수, 주광득, 성부근, 박봉학, 이중남, 송(*)
한, 주일남, 조순애, 윤송파'로 다소 다르다.

24 『동아일보』, 1948. 5. 20. 『한성일보』, 1948. 5. 23. 『민중일보』, 1948.
5. 25. 그런데 박황은 이와 조금 다르게 설명하고 있다. 박후성이 국극
협회를 재건하기 위해 광주에서 신진을 대거 기용하여 진용을 강화하
고 단체명을 '국극협단'으로 바꾸었고, 박후성, 성원목, 조몽실, 조동선,
김채봉, 주광득, 김득수, 양상식, 김막동, 신봉학, 서정길, 한일섭, 정달
용, 허희, 박초향, 김덕희, 강산홍, 박홍도, 박채선, 남연화, 박신숙,
오정숙, 성창순, 박봉선 등이 단원이라고 했다. 그리고 춘향전, 흥보전,
심청전 등 3대 고전으로 근 두 달 동안의 준비 연습을 마치고 같은
해 9월 부산을 기점으로 하여 새 출발 했는데, 가는 장소마다 극장은
문전성시를 이루었다고 했다. 박황, 『판소리 이백년사』, 사사연, 1987,
280-281쪽.

25 현재 확인된 것으로는 1948년 6월 17-23일 대구극장(『영남일보』, 1948.
6. 17.), 1948년 7월 26-29일 군산극장(『군산신문』, 1948. 7. 27.), 1949
년 1월 29일부터 부민관(『부산신문』, 1949. 2. 1.), 1949년 3월 7-8일
항구극장(『민주중보』, 1949. 3. 8.) 등이다.

26 김아부 작, 김욱 연출, 김정환 장치의 〈일목장군〉은 1940년 7월 26일부

터 30일까지 동양극장에서 상연했는데, 28일 오후 8시 10분부터 전국에 라디오로 중계방송이 예정되어 있었다. 『매일신보』, 1940. 7. 26. 그 후 1940년 10월 12일부터 11월 5일까지 남선순연을 했는데, 그 일정은 '이리(10월 12-13일), 광주(14-16일), 송정리(17일), 전주(18-19일), 논산(20일), 부산(22-23일), 진주(24-25일), 사천(26일), 삼천포(27일), 통영(28-29일), 마산(30일), 부산(31-11월 1일), 대구(2-5일)'였다. 『매일신보』, 1944. 10. 12. 박귀희, 『순풍에 돛 달아라 갈 길 바빠 돌아간다』, 새소리, 1994, 81-84쪽; 박황, 『창극사 연구』, 백록출판사, 1976, 167-168쪽.

27 박황, 『창극사 연구』, 백록출판사, 1976, 125-126쪽.

28 『부산신문』, 1949. 2. 1.

29 『동아일보』, 1949. 4. 30. 『경향신문』, 1949. 5. 1.

30 1. 창악부-〈춘향전〉·〈심청전〉·〈흥보전〉, 2. 국악부-가야금산조·키타산조, 3. 창극조부 일동, 4. 무용부-화랑무·신라무·민속무, 5. 특별찬조 출연-줄타기 왕 김영철 등 남녀창극계 최고봉 30여 명이 출연했다. 『대구시보』, 1949. 1. 9.

31 『부산신문』, 1949. 2. 1. 다만 출연자 명단에 주광득의 이름이 보이지 않아 주광득의 출연 여부를 확인하기 어렵다.

32 『동광신문』, 1950. 5. 16.

33 이때 박영진 導演의 〈哀怨經〉과 〈復讐三尺劍〉도 상연했다. 『남선경제신문』, 1950. 6. 10.

34 이때 〈장화홍련전〉과 〈원한의 복수〉도 상연했다. 『자유민보』, 1950. 6. 23.

35 박황, 『창극사 연구』, 백록출판사, 1976, 170-171쪽.

36 박황, 『창극사 연구』, 백록출판사, 1976, 174-175쪽, 179쪽, 182쪽.

37 박황, 『창극사 연구』, 백록출판사, 1976, 179-182쪽.

38 박황, 『창극사 연구』, 백록출판사, 1976, 174-175쪽.

39 순천시사편찬위원회, 『순천시사, 문화·예술편』, 순천시, 1997, 758쪽.

정혜정, 「순천지역 판소리 전승 양상 연구」, 전남대학교 박사학위논문, 2019, 72-73쪽.

40 원래 국극사는 1945년 10월에 조직한 대한국악원 산하에 직속 단체로 창단되었으며, 1946년 1월 11일부터 〈대춘향전〉을 국제극장에서 상연했다. 그 후 국극사는 〈신판 심청전〉, 〈대춘향전〉, 〈장화홍련전〉, 〈만리장성〉 등을 상연했다. 김민수, 「1940년대 판소리와 창극 연구」(한국학중앙연구원 한국학대학원 박사학위논문, 2012, 150쪽)에는 1945년 11월 5일 창단했다고 했다.

41 박황, 『창극사 연구』, 백록출판사, 1976, 214쪽.

42 〈만리장성〉은 중국 진시황 시대에 만리장성을 축성할 때의 슬픈 이면사를 창극화한 것으로, 1950년 5월 12일부터 19일까지 국립극장에서 상연한 바 있다. 작 김일민, 연출 박춘명, 음악·안무 조상선, 장치 채남인, 조명 최진, 출연 오태석·정남희·조상선·백점봉·임종성·신숙·임소향·양진옥 외 50명이었다. 『동아일보』, 1950. 5. 11. 『경향신문』, 1950. 5. 14.

43 『동아일보』, 1953. 1. 31.

44 박황, 『창극사 연구』, 백록출판사, 1976, 175-178쪽.

45 박황, 『창극사 연구』, 백록출판사, 1976, 178-179쪽.

46 『敦煌曲子詞集』, 〈擣練子〉.

47 "有女同車, 顔如舜華. 將翺將翔, 佩玉瓊琚. 彼美孟姜, 洵美且都.(여자가 수레를 함께 타니, 얼굴이 무궁화 꽃 같도다. 장차 장차 고상하나니, 패옥이 경거로다. 저 아름다운 맹강이여, 진실로 아름답고 또 한아하도다.)", "有女同行, 顔如舜英. 將翺將翔, 佩玉將將. 彼美孟姜, 德音不忘.(여자가 함께 길을 걸어가니, 얼굴이 무궁화 꽃 같도다. 장차 고상하나니, 패옥 소리가 장장히 울리도다. 저 아름다운 맹강이여, 덕음을 잊지 못하리로다.)", 『詩經』「國風, 鄭」의 〈有女同車〉.

48 박황, 『창극사 연구』, 백록출판사, 1976, 193-197쪽.

49. 박황, 『창극사 연구』, 백록출판사, 1976, 236쪽.

50. 『경향신문』, 1953. 9. 10.

51. 『대구일보』, 1953. 11. 25.

52. 정혜정, 「순천지역 판소리 전승 양상 연구」, 전남대학교 박사학위논문, 2019, 69쪽.

53. 남원국악원은 1953년 10월 20일 창립했는데, 원장 이일우, 총무 박춘광, 간사 전앵무 외 1명, 평의원 양영주 외 7명이었다. 창립기념으로 〈대춘향전〉을 비롯한 제전이 10월 23-24일 양일간 남원극장에서 열려 대성황을 이루었다. 『경향신문』, 1953. 11.

54. 최동현, 『판소리 이야기』, 인동, 1999, 289-291쪽, 한국학중앙연구원, 「한국향토문화전자대전」(http://www.grandculture.net).

55. 전경욱 편저, 『한국전통연희사전』, 민속원, 2014, 924쪽.

56. 문화재연구소, 「판소리 유파」, 문화재관리국, 1992, 121쪽.

57. 문화재연구소, 「판소리 유파」, 문화재관리국, 1992, 65쪽, 「나의 젊음, 나의 사랑-명창 안숙선 ②」, 『경향신문』, 1996. 3. 11. 전경욱 편저, 『한국전통연희사전』, 민속원, 2014, 672-673쪽.

58. 「나의 젊음, 나의 사랑-명창 안숙선 ②」, 『경향신문』, 1996. 3. 11.

5. 대구광역시 인간문화재 주운숙

1. 김득수(金得洙, 1917~1990, 본명 金永洙)는 전라남도 진도군 진도면에서 태어나 20세기에 활동한 명고수다. 세습예인 집안 출신으로, 진도 북춤의 중시조로 알려진 김행원(별명은 김오바)의 아들이자, 진도 씻김굿 악사 박진섭의 숙부다. 김명환(金命煥, 1913~1989), 김동준(金東俊, 1928~1990)과 함께 당대 최고의 판소리 고수로 명성이 있었으며, 1985년에 중요무형문화재(현 국가무형문화재) 제5호 판소리 고법 보유자로 인정

되었다. 전경욱 편저, 『한국전통연희사전』, 민속원, 2014, 200쪽.

2. 정노식, 『조선창극사』, 조선일보사출판부, 1940, 69쪽, 218쪽.

3. 최동현, 『판소리란 무엇인가』, 에디터, 1994, 72쪽.

4. 「무형문화재 보전 및 진흥에 관한 법률」(시행 2018. 6. 13., [법률 제 15173호, 2017. 12. 12., 일부개정)에 의해 중요무형문화재의 명칭이 국가 무형문화재로 바뀌었다.

5. "桐千年老恒藏曲, 梅一生寒不賣香." 이어지는 구절은 "月到千虧餘本質, 柳經百別又新枝.(달은 천 번을 이지러져도 그 본질이 남아 있고, 버드나 무는 백 번 꺾여도 새 가지가 올라온다.)"다.

6. 『삼국사기』「백제본기」 온조왕 15년에 "春正月, 作新宮室, 儉而不陋, 華而不侈.(정월에 새 궁실을 지었는데, 검소하되 누추하지 아니하고, 화 려하되 사치스럽지 아니하였다.)"가 있다. 김부식 지음·이병도 역주, 『삼국사기 하』, 을유문화사, 2000, 14쪽, 25쪽.

7. 〈보렴〉, 〈동백타령〉, 〈신 사철가〉, 〈상주모심기〉, 〈동해바다〉, 〈까투리 타령〉, 〈새타령〉, 〈인당수 뱃노래〉, 〈둥당개타령〉, 〈성주풀이〉, 〈남원 산성〉, 〈진도아리랑〉 등을 수록했고, 2018년 6월 9일 봉산문화회관에서 같은 타이틀로 공연했다.

8. 나훈아의 〈맞짱〉에서 가져왔다.

6. 주운숙 명창의 소리와 함께

1. 浮生若夢爲歡幾何. 古人秉燭夜遊良有以也.

2. 정노식, 『조선창극사』, 조선일보사출판부, 1940, 54쪽.

3. 유영대, 『심청전 연구』, 문학아카데미, 1989, 45-46쪽, 주) 29.

4. 나훈아의 〈테스형〉의 한 구절.

참고문헌

「대한민국신문아카이브」(https://www.nl.go.kr/newspaper); 『경향신문』, 『동광신문』, 『남선경제신문』, 『영남일보』, 『동아일보』, 『한성일보』, 『민중일보』, 『광주민보』, 『부산신문』, 『군산신문』, 『민주중보』, 『자유민보』, 『대구일보』, 『대구시보』 등.

강한영, 『신재효판소리사설집(전)』, 민중서관, 1974.
강한영, 『판소리』, 세종대왕기념사업회, 2000.
구사회 외, 『송만재의 관우희 연구』, 보고사, 2013.
김기형, 「판소리 명창 김정문의 생애와 소리의 특징」, 『구비문학연구』 3, 한국구비문학회, 1996.
김기형, 『박동진 명창 판소리 완창 사설집』, 문화관광부·충청남도 공주시, 2007.
김민수, 「1940년대 판소리와 창극 연구」, 한국학중앙연구원 한국학대학원 박사학위논문, 2012.
김부식 지음·이병도 역주, 『삼국사기 하』, 을유문화사, 2000.
김연수, 『창본 춘향가』, 국악예술학교출판부, 1967.
김진영 외, 『춘향전 전집 (2)』, 박이정, 1997.
김진영 외, 『춘향전 전집 (3)』, 박이정, 1997.
김진영 외, 『춘향전 전집 (4)』, 박이정, 1997.
김진영 외, 『적벽가 전집 (1)』, 박이정, 1998.
김진영 외, 『실창판소리사설집』, 박이정, 2004.
나관중, 황병국 옮김, 『원본 삼국지』 3, 범우사, 2000.
노재명, 『동편제 심청가 흔적을 찾아서』, 스코어, 2021.
문화재연구소, 「판소리 유파」, 문화재관리국, 1992.
박귀희, 『순풍에 돛 달아라 갈 길 바빠 돌아간다』, 새소리, 1994.
박헌봉, 『창악대강』, 국악예술학교출판부, 1966.
박종한, 「숫자에 담긴 중국문화와 그 활용」, 『중국문화연구』 2, 중국문화연구학회, 2003.

박　황, 『판소리소사』, 신구문화사, 1974.

박　황, 『창극사 연구』, 백록출판사, 1976.

박　황, 『민속예술론』, 한일문화보급회, 1980.

박　황, 『판소리 이백년사』, 사사연, 1987.

사단법인 전주대사습놀이보존회, 『전주대사습사』, 탐진, 1992.

서진경, 「동편제 〈흥보가〉 박록주와 박송희 명창의 예술활동과 전승음악의 특징 비교 연구」, 동국대학교 석사학위논문, 2018.

순천시사편찬위원회, 『순천시사(문화·예술편)』, 순천시, 1997.

안광희, 『한국현대연극사자료집』(1), 한국문화사, 2006.

안숙선, 「만정 김소희 선생과 판소리」, 『동리연구』 3, 동리연구회, 1996.

안민영 원저, 김신중 역주, 『역주 금옥총부』, 박이정, 2003.

유영대, 『심청전 연구』, 문학아카데미, 1989.

이명진, 「광주지역 판소리 전승과 문화 연구」, 전남대학교 박사학위논문, 2019.

이보형, 「판소리 제(派)에 대한 연구」, 『한국음악학논문집』, 한국정신문화연구원, 1982.

이보형 외, 「판소리 인간문화재 증언자료, 판소리 명창 박동진」, 『판소리연구』 2, 판소리학회, 1991.

전경욱 편저, 『한국전통연희사전』, 민속원, 2014.

정노식, 『조선창극사』, 조선일보사출판부, 1940.

정범태, 『명인 명창』, 깊은샘, 2002.

정병헌, 『판소리와 사람들』, 역락, 2018.

정혜정, 「순천지역 판소리 전승 양상 연구」, 전남대학교 박사학위논문, 2019.

최동현, 『판소리란 무엇인가』, 에디터, 1994.

최동현, 『판소리 이야기』, 인동, 1999.

최동현, 『명창 이야기』, 신아출판사, 2011.

판소리학회 감수, 『판소리 다섯 마당』, 한국브리태니커회사, 1982.

주운숙 명창의 심청가

【아니리】송나라 원풍 말년에 황주 도화동 사는 한 소경이 있으되, 성은 심이요, 이름은 학규라. 누대 잠영지족으로 문명이 자자터니, 가운이 영체허여 이십에 안맹허니, 낙수청운에 발자취 끊어지고, 금장자수에 공명이 비었으니, 향곡에 곤헌 신세 강근한 친척 없고, 겸하여 안맹허니 뉘가 대접허랴마는, 그 아내 곽씨부인 가군을 위하여 몸을 바려 품을 팔 제,

【자진머리】삯바느질 관대 도복 향의 창의 직령이며, 섭수 쾌자 중치막과 남녀 의복의 잔누비질, 행침질 꺽음질과 외올 떠기 꽤땀이며, 고두누비 솔올리기 망건 꾸미기 갓끈 접기 배자 토수 버선 행전 포대 허리띠 단님 줌치 쌈지 엽낭에 필낭 휘양 볼지 복건 풍채이며, 천의 주의 가진 금침 벼개모에 쌍원앙 수놓기와 화관 원삼 장옷, 문무백관의 빛난 흉배 외학 쌍학의 범 그리기, 명모 악수 제복이며, 질삼을 논지허면 궁초 공단 수주 선주 낙릉 갑사에 운문 토주 갑주 분주 표주 명주 생초 통경의 조포 북포 황저포 춘포 문포 제추리며, 삼베 백저 극상세목 삯을 받고 맡어 짜기. 청황 적백 침향 회색 각색으로 염색허기. 초상난 집 상복 제복, 혼대사에 음식 숙정, 가진 증편 중계 약과 백산 과절에 다식 전 냉면 화채에 신설로, 각각

찬수 약주 빚기, 수팔년 봉오림과 배상허기에 고임질을, 일 년 삼백육십 일을 하루 반 때 노지 않고, 품팔아 모일 적에, 푼을 모아 돈이 되고, 돈 모아 양을 짓고, 양을 모아서 관돈 되면, 착실헌 곳 빚을 주어, 일수 체계 장리변으로 실수 없이 받어들여, 춘추시향의 봉제사와 앞 못 보는 가장 공경 시종이 여일허니, 상하촌 사람들이 곽씨부인 어진 마음 뉘 아니 칭찬허리.

【아니리】 이렇듯 지성으로 공대를 허건마는, 하루는 심 봉사 우연히 설음이 발하여 신세자탄 하는 말이, "우리 연당 사십에 슬하 일점혈육이 없어 선영 향화를 끊게 되니, 그 아니 원통허오? 옛글을 보더라도, 공자님 어머니는 이구산에 치성 허여 공자님을 낳으셨다니, 마누라도 지성으로 공이나 좀 드려보오." 마음이 희락허여, 그날 밤에 어찌 되었던지 그달부터 태기 있을 적에, 곽씨부인 착한 마음 십삭을 꼭 이렇게 채우던 것이었다.

【중중머리】 석부정부좌 할부정불식 이불청음성 목불시악색 입불피허며 와불칙허여, 십 삭이 점점 찬 연후에, 하루는 해복 기미가 있는가 보더라. "아이고 배야! 아이고 허리야!" 심 봉사 거동을 보소. 일변은 반갑고, 일변은 겁을 내여, 밖으로 우루루 나가면서, "아이고, 뒷집 귀덕어머니! 우리 마누라 해복 기미 있소. 어서 좀 와 보시요!" 귀덕어머니가 들어온다. 귀덕어머니가 들어오며, "아이고, 봉사님! 어서 들어가십시다." 짚자리를 들여 깔고, 정화수를 새 소반에 받쳐놓고, 좌불안석 급헌 마음 순산허기를 기다릴 제, 향취가 진동허며, 오색 안개

두르더니, 혼미 중에 탄생허니 선인 옥녀 딸이라.

【아니리】 심 봉사 그제야 숨을 푹 내쉬며, "후유! 그것 차라리 내가 낳고 말제, 그 어디 보겄다고?" 귀덕어머니는 아이 받어 쌈 갈라 뉘여놓고, 첫국밥 지으러 나갔겄다. 심 봉사 만심환희허든 차에, 곽씨부인 정신차려 "순산은 허였으나, 남녀간의 무엇이오?" 심 봉사 대소허며, "기가 막힐 노릇이오. 부인들 욕심이란 저렇단 말이여. 아, 그렇게 욕을 보고도. 그도 그럴 터였다. 그러나 귀덕어머니가 무얼 낳았단 말도 않고 나갔으니, 내가 알 수가 있는가? 에라, 내 손으로 만져볼 수밖에 수가 없겄다." 심 봉사 갓난아해를 아래턱 밑에서 내리 더듬는디, 이런 가관이 없제. "가만 있자. 이건 명뼈고, 이건 배꼽이고, 인제 이 밑에 가서 일이 있는디. 앗차, 내 손이 아무 거침새 없이 미끈허고 지내간 것이, 아마도 마누라 같은 사람 낳았나 보오."

【자진머리】 곽씨부인 섭섭허여, "만득으로 낳은 자식 딸이라니 원통허오." 심 봉사 이 말 듣고, "마누라, 그 말 마오. 첫째, 순산허였으니 천천만만 다행이요, 딸자식이 아들만은 못허다 허였으나, 아들도 잘못 두면 욕급선영허는 것이요, 딸이라도 잘만 두면 못된 아들 바꾸리까? 우리 딸 고이 길러 예절 먼저 가르치고, 침선 방적 다 시키어, 요조숙녀 좋은 배필 군자호구 잘 가리여, 금슬우지 즐거움과 종사우 진진허면 외손봉사 못 허리까? 그런 말을 허지 마오."

【아니리】 그때으 귀덕어머니는 첫국밥 얼른 지어 삼신상에

받쳐놓고, "여보시오, 봉사님. 삼신님 앞에 좀 빌어보시오."
"아, 그, 내가 어떻게 빈다요. 귀덕어머니가 좀 빌어주시오."
"아이고, 난 모르겄소. 봉사님이 빌어보시오." "그럼, 내가 빌어볼까?" 심 봉사 의관을 정제허고 두 손 합장 비는디, 눈 뜬 사람 같고보면 명과 복을 많이 태어 주시라고 공손히 빌 것마는, 봉사라 맹성이 있어 뚝성으로 비는디, 남 듣기에는 삼신님네와 꼭 쌈허듯 빌던 것이었다.

【자진중머리】 "삼십삼천 도솔천 삼신 제왕님네, 화의동심 허여 다 굽어보옵소서! 사십 후에 점지헌 딸 한 달 두 달 이슬 맺어, 석 달에 피어리고, 넉 달에 인형 삼겨, 다섯 달에 오포 받고, 여섯 달에 육정 나, 일곱 달에 칠구 삼겨, 여덟 달에 사만팔천 털이 나고, 아홉 달에 구규 열려, 열 달에 금강문 하달문 고이 열어 순산허여 주옵시니, 삼신님 넓으신 덕 백골난망 잊으리까? 다만 독녀 딸이오나, 동방삭의 명을 주고, 태임의 덕행이며, 대순 증자 효행이며, 기량의 처 절행이며, 반희의 재질이며, 석숭의 복을 주어, 외 붙듯 달 붙듯 잔병 없이 잘 가꾸어, 일취월장허게 허옵소서!"

【아니리】 빌기를 다 하더니, 더운 국밥 떠다 놓고 산모를 먹인 후에, 심 봉사 기쁜 마음에 갓난아해를 뉘여놓고 옆에 앉어 어루는디, 꼭 눈으로 보나 다름없이 어루던 것이었다.

【중중머리】 "두웅둥, 내 딸이야. 어허 두웅둥, 내 딸이야. 둥두웅 두우웅두웅 어허 두웅두웅, 내 딸이야. 금자동아, 옥자동, 주류천하무쌍동. 금을 준들 너를 사며, 옥 준들 너를 살까?

둥둥 두우웅두웅 어허 두웅두웅, 내 딸이야. 니가 어디서 삼겼나? 니가 어디서 삼겨 와? 하늘에서 떨어졌나? 땅에서 불끈 솟았나? 하운이 다기봉터니 구름 속에 싸여 와? 포진강 숙향이 니가 되어서 환생? 은하수 직녀성이 니가 되어서 내려 와? 남전북답을 장만헌들 든든허기가 너 같으며, 산호 진주를 얻은들 반갑기 너 같을거나? 어허 두웅둥, 내 딸이야. 둥두웅 두우웅두웅 어허 두웅두웅, 내 딸이야."

【자진머리】"둥둥둥, 내 딸. 어허 둥둥 내 딸. 천정이 광활헌 것이나, 눈썹이 기름헌 것이나, 눈까풀이 삼십풀진 것이나, 양미 펑퍼지름 헌 것이나, 귓밥이 축 처진 것이나, 콧날이 우뚝헌 것이나, 입술이 앵도같이 붉은 거나, 아래턱 도리박금헌 것이나, 어찌 그리도 잔상잔상 너의 어무니만 닮았느냐? 둥둥 두우웅두웅, 어허 두웅두웅, 내 딸이야."

【아니리】이렇듯이 즐길 적으, 그때여 곽씨부인은 해복헌 초칠일이 다 못 되어, 찬물에 빨래허기, 조석취반 허느라고 외풍을 과히 쐬여 산후별증이 나는디, 만신이 두루 붓고 호흡 천촉허여, 식음을 전폐허고 정신없이 앓는구나. "아이구, 배야! 아이구, 허리야! 아이고, 가군님! 만신이 아퍼, 아마도 나는 못 살겠소!" 심 봉사 겁을 내여 문의허여 약도 쓰고, 백 가지로 서둘러도 사병에 무약이라. 죽기로 난 병이니 일분 효차 있으리요? 병세 점점 위중허니, 곽씨부인 또한 살지 못헐 줄 짐작허고, 눈물을 지으며 유언을 허는디,

【진양조】가군의 손길을 부여잡고, '후유' 한숨을 길게 쉬

며, "아이고, 여보, 가군님! 내 평생 먹은 마음, 앞 못 보신 가장 일신 해로백년 봉양타가 불행 망세 당허오면, 초종장사현 연후에 뒤를 쫓아 죽겠더니, 천명이 그뿐인지, 인연이 끊쳤는지 하릴없이 죽게 되니, 내가 아차 죽게 되면, 사고무친 혈혈단신 의지헐 곳 바이 없어 지팽이를 찾어 짚고, 때를 찾어 다니다가 돌에 채여 넘어지나, 구렁에도 떨어져서 신세자탄 우는 모양을 나 죽은 혼백인들 차마 어찌 듣고 보며, 명산대찰 신공 드려 사십 후에 낳은 자식 젖 한 번도 못 먹이고, 얼굴도 채 못 보고 원통히 죽게 되니, 멀고 먼 황천길을 앞이 막혀 어이 가리? 천행으로 이 자식이 죽지 않고 자라나서 제 발로 걷거들랑, 앞세우고 길을 물어 내 무덤을 찾어와서, '아가, 이 무덤이 너의 모친 분묘로다.' 가르쳐 모녀 상봉을 시켜주고, 천명을 못 어기어 앞 못 보신 가장에게 어린 자식 끼쳐두고, 영결허고 죽어가니, 가군의 귀허신 몸 애통허여 상케 말고 천만 보중허옵소서. 차생의 미진 한을 후생에나 다시 만나 이별 없이 사사이다." 잡었던 손길을 시름없이 놓더니마는, 한숨 쉬고 돌아누워 어린아해를 끌어다가 혀도 차고, 얼굴도 문지르며, "천지도 무심코 귀신도 야속허다. 네가 진즉 생겼거나, 내가 좀 더 살거나, 너 낳자 나 죽으니, 죽난 어미 산 자식이 생사간에 무삼 죄냐? 내 젖 망종 많이 먹고 후사를 전허여라."

【중머리】 "아차, 내가 잊었네다. 이 자식 이름일랑 청이라고 불러주오. 저 주라고 지은 굴레 오색 비단 금자 박어 진주 느린 부전 달어 신행함에 두었으니, 그것도 씌워주고, 내가 쪘

던 옥지환이 제 손에 적삽기로 경대 안에 두었으니, 심청이 자라거든 날 본 듯이 찌워주오. 헐 말이 무궁허나 숨이 가뻐 못허겄소." 이렇듯이 유언을 허더니 자는 듯이 숨이 지는구나.

【아니리】 그때의 심 봉사는 마누라가 죽은지 산지 아무 물색 모르고, 눈물만 이리 씻고, 저리 씻으면서, "여보, 마누라. 병든다고 다 죽을 리 있소. 그럴 리 없지요. 내 또 의가에 가 약 지어 올 것이니, 부디 안심허시오." 급급히 약을 지어가지고 와 얼른 달여 짜 들고 들어오며, "여보, 마누라. 일어나 약 자시오. 이 약 자시면 즉효한답디다. 마누라! 마누라!" 천만 번 불러본들, 한번 죽은 사람이 대답헐 리가 있으리요? 홀연히 무서운 기운이 돌며 찬 바람이 나는지라, 약 그릇 내려놓고 산모를 만져보니, 수족은 뻣뻣하고, 아래턱은 축 늘어지고, 콧궁기 찬 김이 나는지라. 심 봉사 그제야 마누라 죽은 줄을 알었구나. "아이고, 갔구나! 저것 두고 날 버리고 갔네!"

【중중머리】 심 봉사 기가 맥혀 떴다 절컥 주저앉으며, "아이고, 마누라! 허허, 우리 마누라 죽었네! 참으로 죽었는가?" 내리둥굴 치둥굴며 목제비질을 절컥. 가삼을 쾅쾅 치고, 발을 둥둥 구르면서, "아이고, 마누라! 내 평생의 정한 뜻이 사즉동혈허잤더니, 황천이 어디라고 날 버리고, 저것 두고 죽단 말이 웬 말인가? 내가 죽고 그대가 살어야 저 자식을 길러낼 걸. 그대 죽고 내가 산들 저 자식을 어찌 키잔 말이요? 아이고, 마누라! 동지섣달 찬 바람에 무얼 입혀 길러내며, 해 지고 달 없을 제, 어둠침침 빈방 안으 젖 달라 우는 자식을 뉘 젖 먹여 길러

낼꼬? 마누라! 날 버리고 어디 가오? 삼천벽도 요지연의 서왕모를 보러 간가? 황릉묘 이비 함께 회포말을 하러가? 월궁 항아 짝이 되야 도약허러 올라간가? 호사정 호천허든 사씨부인을 보러 간가? 나는 뉘를 따러갈꼬? 아이고, 마누라! 인제 가면 언제 와요? 올 날이나 일러주오. 청춘작반호환양의 봄을 따라 오랴냐? 청천유월래기시에 달을 띠고 오랴냐? 꽃도 졌다 다시 피고, 달도 졌다가 돋건마는, 마누라 가신 길은 가면 다시 못 오는가?" 밖으로 우루루루루루 마당에 가 꺼꾸러지며, "하이고, 동네 사람들! 속담에 계집 추는 놈 미친 놈이라 하였으나, 현철하고 얌전한 우리 곽씨가 죽었소!" 방으로 다시 들어가 마누라 목을 덜컥 안고, 코를 빨고 흔들며, "아이고, 마누라! 마누라가 이리 될 줄 알았으면, 약방에도 가지 말고, 마누라 곁에 앉어 극락세계로 가라고 염불이나 외워줄 걸. 약능활인이라더니 약이 도로 모두 원수로다. 아이고, 마누라!"

【아니리】 동네 사람들이 노소 없이 모여 앉어 낙누허며 허는 말이, "현철하신 곽씨부인 재질도 기이허고, 행실도 얌전터니 불쌍히 죽었으니, 우리 동네 백여 호에 십시일반 수렴 놓아 감장허여 주면 어떻겄소?" 그 말이 옳다 허고 공론이 여출일구허여, 불쌍헌 곽씨 시체 의금관곽 정히 허여, 소방산 대뜰 우에 결관허여 내여놓고, 명정 공포 삽선 등물 좌우로 갈라 세우고 발인제를 지내는데, "영이기가 왕즉유택 재진견례 영결종천!" 발인제를 지낸 후으 열두 낭군이 좌우로 늘어서 상여를 매고 나가는디, 사람 죽어 나가는디 무슨 신명으로 소리를 허

리요마는, 역자이가라, 망노를 허랴 허고 상여소리를 허며 나가든 것이었다. "관음보살."

【중머리】 "땡그랑 땡그랑 땡그랑 땡그랑." "어허넘차 너와너. 어너 어허 넘차, 어이 가리, 넘차 너화너." "북망산천이 어데맨고? 건네 안산이 북망이로다." "어너 어허 넘차, 어이 가리, 넘차 너화너." "황천수가 머다더니 앞 냇물이 황천수로다." "어너 어허 넘차. 어이 가리, 넘차 너화너." "사람이 세상을 공수래공수거니, 세상사가 모두 다 뜬구름이라." "어너 어허 넘차, 어이 가리, 넘차 너화너." "칭경넌출 너울너울, 수양버들 정자 우에 꾀꼬리 소리가 더욱 섧네." 이때 심 봉사 거동 보소. 어린 아해 강보에 싸서 귀덕어멈께 맡겨두고, 한 손에 지팽이를 들고, 상여 뒷채 검쳐잡고 출척 없는 울음으로 그저, "아이고 아이고 아이고. 아이고, 여보, 마누라! 날 버리고 어디 가오? 나도 가세. 나도 가세. 멀고 먼 황천길을 나도 같이 따러가세." 엎더지고 자빠지며 천방지축으로 따러간다. "어너 어너 어너 어허 넘차. 어이 가리, 넘차 너화너."

【중중머리】 "어너 어허 넘차, 어이 가리, 넘차 너화너. 어너 어허 넘차, 어이 가리, 넘차 너화너." "불사약이 없었으니, 이 세상에 나온 사람들 장생불사를 뉘 헐쏜가?" "어허 넘차 너화너. 어너 어허 넘차, 어이 가리, 넘차 너화너." "여보소, 상두꾼 말을 듣소. 자네도 죽으면 이 길이요, 나도 죽으면 이 길이로구나." "어허 넘차 너화너, 어너 어허 넘차, 어이 가리, 넘차 너화너." "앞에 맨 놈 옹놀쇠야, 오금을 너무 꺽지 마라. 시체 영

혼이 요동을 헌다." "어허 넘차 너화너. 어 너어 너어너 어허 넘차, 어이 가리, 넘차 너화너." "관음보살, 관음보살."

【아니리】 향양지지 가리어서 고이 안장헌 연후에, 평토제를 지낼 적에, 심 봉사 서러운 심정으로 제문을 지어 읽는디, 봉사가 어찌허여 제문을 지어 읽을 수 있으리요마는, 심 봉사는 이십에 안맹허였기로, 본래 글이 문장이라 제문을 지어 읽던 것이었다. "차호부인, 차호부인, 요차요조숙녀혜요, 행불구혜고인이라. 기백년지해로터니 홀연몰혜언귀요? 유치자이영서혜여, 이걸 어이 길러내며, 귀불귀혜천대혜여, 어느 때나 오랴는가? 탁송추이위가혜여, 자는 듯이 누웠으니, 상음용이적막혜여, 보고 듣기 어려워라. 누삼삼이칠금혜여, 진한 눈물 피가 되고, 격유현이로수혜여, 차생에난 하릴없네."

【진양조】 "주과포혜박전이나 많이 먹고 돌아가오." 무덤을 검쳐 안고 치둥굴 내리둥굴며, 가삼 쾅쾅, 목제비질을 덜컥. "아이고, 마누라! 마누라 아니면은 얼어서도 죽을 테요, 굶어서도 죽을 테니, 차라리 내가 지금 죽어 둘이 함께 묻혀보세. 마누라! 날 버리고 어디 가오? 앞 못 보는 내게다가 어린 자식 기쳐두고, 황천이 어데라고 그리 쉽게 가랴는가? 그리 쉽게 가랴거든 당초에 나지를 말었거나, 왔다 가면 함께나 가지, 무삼 원수로 혼자만 가오? 마누라는 나를 잊고 북망산을 찾아가서 송죽으로 울을 삼고, 두견이 벗이 되어 자는 듯이 누웠으니, 내 신세를 어쩌라고? 노이무처환부러니 사궁 중에 첫머리요. 아들 없고, 앞 못 보니, 몇 가지 궁이 되드란 말이요?" 곧 쓴

묘를 도로 파면서 함께 죽기로 작정을 한다.

【아니리】동네 사람들이 심 봉사를 붙들고 위로허여 허는 말이, "여보시오, 봉사님. 사자는 불가부생이라, 봉사님이 아무리 애통해 허신들 한번 돌아가신 곽씨부인이 다시 살아올 리 있겠소? 산 자식을 생각허여 고분지통을 진정허오." 심 봉사 이 말을 듣더니, "고맙소. 고맙소. 은혜 백골난망이요." 심 봉사 하릴없이 집으로 들어갈 제,

【중머리】역군들께 쩌붙들려 울며불며 들어간다. 집이라고 들어오니 부엌은 적막하고, 방안은 텡 비었구나. 심 봉사 실성 발광 미치는데, 얼싸덜싸 춤도 추고, '허허' 웃어도 보고, 지팽이 걸터짚고 더듬더듬 더듬거려 이웃집을 찾아가서, "여보시오, 부인님네! 우리 마누라 여기 안 왔소?" 아무 대답이 없으니 집으로 돌아와서 부엌을 굽어보며, "여보, 마누라! 마누라, 마누라! 여기 있소, 엥?" 아무리 불러도 대답이 없는지라 방으로 들어가서 쑥내 향내 피워놓고, 더진 듯이 홀로 앉어 통곡으로 우는 말이, "아이고, 마누라! 날 버리고 어디 갔소? 혈혈단신 이내 몸이 뉘게다 의탁을 허잔 말이요?" 이리 앉어 울음을 울 제, 불쌍헌 심청이는 배가 고파 울음을 운다. 심 봉사 기가 맥혀 우는 아해를 안고 앉어, "아가! 우지 마라, 내 새끼야. 너도 너의 모친이 죽은 줄을 알고 우느냐? 배가 고파 울음을 우느냐? 너의 모친 먼 데 갔다. 낙양동촌 이화정의 숙낭자를 보러 갔다. 죽상지루 오신 혼백 이비부인 보러 갔다. 가는 날은 있다마는, 오마는 기약은 없었구나. 아가, 아가, 우지 마라." 아

무리 달래어도 아해는 그저, "응아, 응아!" 심 봉사 목이 메여, "우지 마라, 내 새끼야. 배가 고파 운다마는 강목수생이로구나. 마른 나무 물이 나겠느냐? 내가 젖을 두고 안 주느냐? 아가, 배고프냐? 배가 고픈들 이 눈먼 애비가 무슨 수가 있겠느냐? 내 새끼야, 우지 마라." 아무리 달래어도 아해는 그저 무치듯이, "응아 응아!" 심 봉사 화가 나서 안았던 아해를 방바닥에다 미닥치며, "죽어라! 죽어라! 썩 죽어라! 이놈으 새끼야, 썩 죽어라! 네 팔자가 얼마나 좋으면 초칠 안에 어미를 잡아먹고 이 고생이여? 죽어!" 아해는 질색허여 그저, "응아 응아 응아!" 심 봉사 참서름이 터져 나오는디, 아해를 다시 안고, "아가! 우지 마라, 내 새끼야. 너 죽어도 나 못 살고, 나 죽어도 너 못 살리라. 니 울음 한 마디면 일촌간장이 다 녹는다. 불쌍헌 내 새끼야, 우지를 마라. 어서어서 날이 새면 젖을 얻어 먹여주마. 제발덕분의 우지를 마라."

【아니리】 그날 밤을 새노라니 어둔 눈은 더욱 침침허고, 아해는 점점 기진헐 제, 동방이 희번히 밝아오니, 우물가에 물 긷는 소리가 들리거늘, 심 봉사 좋아라고, "옳제. 인제 날이 밝었구나. 이제 우리 두 부녀는 살었다."

【중중머리】 우물가 두레박 소리 얼른 듣고 나설 제, 한 품에 아해 안고, 한 손에 지팽이 걷더짚고 더듬더듬 더듬더듬 더듬거리고 나간다. 우물가 찾아가서, "여보시오, 부인님네. 뉘신지는 모르오나, 초칠 안에 어미를 잃고 젖을 주려 죽게 되니, 이 애 젖 조금 먹여 주오." 우물가 오신 부인 철석인들 아

니 주며, 도척인들 아니 주랴? 젖을 많이 먹여 주며, "여보시오, 봉사님예. 이 집에도 아해가 있고, 저 집에도 아해가 있으니, 어려이 생각 말고, 내일도 안고 오시고, 모레도 안고 오시면, 내 자식 못 맥인들 차마 그 애를 굶기리까?" 심 봉사 좋아라, "어허, 감사허오. 수복강녕허옵소서." 젖을 얻어 먹이랴 이 집 저 집을 다닐 적에, 그때여 심 봉사가 젖동냥에 이골이 나서, 삼베 질쌈허노라 '허허 하하하' 웃음소리 얼른 듣고 찾어가, "이 애 젖 좀 먹여 주오." 오뉴월 뙤약볕에 김매고 쉬는 부인 더듬더듬 찾어가, "이 애 젖 좀 먹여 주오." 백석청탄 시냇물에 빨래허는 부인들께 더듬더듬 찾어가, "여보시오, 부인님네. 댁의 귀헌 아해 먹고 남은 젖 있거들랑, 이 애 젖 조금 먹여 주오." 젖 없는 부인들은 돈돈씩 채워주고, 돈 없는 부인들은 쌀되씩 떠주며 맘쌀이나 허랴 허니, 심 봉사 좋아라, "허허, 감사허오. 은혜 백골난망이요." 젖을 많이 먹여 안고 집으로 돌아올 제, 언덕 밑에 쭈구려 앉어 아이를 어룬다. "둥둥, 내 딸이야! 어허 둥둥, 내 딸이야. 어허 내 딸 배불렀다! 흐흐. 아, 이제 배가 뺑뺑허구나. 아, 거 날마다 이렇게 배가 불렀으면 오죽이나 좋겠느냐, 엥? 어허 둥둥, 내 딸이야. 이 덕이 뉘 덕이냐? 동네 부인의 덕이라. 어려서 고생을 허면 부귀다남을 헌다더라. 너도 어서어서 자라나, 너의 모친 본을 받어 현철허고 얌전허여 아비 귀염을 내보여라. 둥둥 두우웅둥 어허 둥둥, 내 딸이야."

【자진머리】 "둥둥둥 내 딸. 어허 둥둥, 내 딸. 내 새끼지야,

내 새끼. 어허 둥둥, 내 딸. 눈 비 산천에 꽃봉이, 새벽바람에 연초록, 얼음궁기 수달이로구나. 둥둥둥 내 딸. 댕기 끝에는 진주씨, 옷고름에는 밀화불수, 언덕 밑에 귀남이 왔느냐? 설설 이 기어라, 둥둥둥, 내 딸. 쥐암쥐암, 잘캉잘캉, 엄마, 아빠, 도리도리, 어허 둥둥, 내 딸. 아나, 아르르르르파. 아, 요것이 벌써 나를 보고 빵긋빵긋 웃는단 말이여. 아, 거 웃는 니 모습이 영락없이 너의 어무니다. 둥둥둥, 내 딸. 어허 둥둥, 내 딸. 서울 가, 서울 가, 밤 한 줌 사다가 살강 밑에 넣어놨더니마는, 머리 감은 새앙쥐가 들락날락 다 까먹고 밤 하나 남은 것을 참지름에 달달 볶아 너허고 나허고 둘이 먹자. 어허 둥둥, 내 딸. 둥둥 두우웅두웅, 어허 둥둥 내 딸이야.”

【아니리】 아해 안고 돌아와 포단 덮어 뉘어놓고, 아해 자는 틈을 타서 동냥차로 나가는데,

【자진중머리】 삼베 전대 두 동 지어 왼 어깨 들어메고 동냥차로 나간다. 한 편에는 쌀을 받고, 한 편에 나락 동냥 어린아해 맘죽차로 감을 사고 홍합 사 왼 어깨 들어메고 허유허유 돌아온다. 그때의 심청이는 하날의 도움이라 잔병 없이 자라날 제, 세월이 여류허여 육칠 세가 되어가니, 부친의 지팽이 잡고 앞길을 인도허기, 모친의 기제사와 부친의 봉양사를 의법이 허여가니, 무정세월이 이 아니냐.

【아니리】 하루는 심청이 부친전 여짜오되, “아버지, 오늘부터 아무 데도 가시지 마시고 집에 가만히 계옵시면, 제가 나가 밥을 빌어 조석공양허겠네다.” 심 봉사 깜짝 놀래, “아가, 네

이것이 웬 말이냐? 내 아무리 곤궁헌들 예절조차 모를쏘냐? 네 나이 칠세이기로 인제는 너를 들어앉히고 나 혼자 밥을 빌랴는데, 나는 들어앉고 너 혼자 밥을 빌다니? 아서라. 그런 말 두 번 다시 허지 마라."

【중머리】 "아버지, 들조시오. 자로는 현인으로 백 리에 부미허고, 순우의 딸 제영이는 낙양 옥에 갇힌 아비 몸을 팔어 속죄허고, 말 못 허는 가마귀도 공림 저문 날에 반포를 헐 줄 아니, 하물며 사람치고 미물만 못 허리까. 칠세 여식 내외허자 앞 못 보신 아버지가 밥을 빌러 다니시면, 남이 욕도 헐 것이요, 바람 불고, 날 치운디 천방지축 다니시다 병환이 나실까 염려오니, 그런 말씀을 마옵소서."

【아니리】 심 봉사 이 말 듣고, "기특다, 내 딸이야. 니 그런 말을 다 어디서 배웠느냐? 니 인정이 그럴진대, 한두 집만 잠깐 다녀오도록 허여라." "예."

【중머리】 심청이 거동 보아라. 밥을 빌러 나갈 적에, 헌 베 중으 다님 매고, 청목 휘양 눌러 쓰고, 말만 남은 헌 초마의 깃 없는 헌 저고리, 바가지를 옆에 끼고 서리 아침 치운 날에 바람 맞은 병신처럼 옆걸음쳐 건너가, 부엌 문전 당도허여 애긍히 비는 말이, "여보시오, 부인님네. 불쌍허신 우리 부친 구원헐 길 바이없어 밥을 빌러 왔사오니, 한 술씩 덜 잡숫고 십시일반 주옵시면 부친봉양을 허겠내다." 듣고 보는 부인들이 뉘 아니 슬퍼하리. 그릇밥, 김치, 장을 애끼잖고 후이 주며, 혹은 먹고 가라 하니, 심청이 엿자오되, "기진허신 우리 부친 나

오기만 기다리시니, 저 혼자 어이 먹사리까? 어서 집으로 돌아가서 부친 모시고 먹겠내다." 이렇듯 얻은 밥이 한두 집에 족한지라. 밥을 얻어 손에 들고 집으로 돌아올 제, 심청이 나갈 제는 원산에 해가 아니 비쳤더니, 벌써 해가 둥실 떠 그새 반일이나 되었구나.

【자진머리】 심청이 거동 보아라. 문전에 들어서며, "아이고, 아버지! 많이 기다리셨죠? 자연 지체되었내다. 춥긴들 오직허며, 시장긴들 않소리까?' 심 봉사 반겨라고 펄쩍 뛰어 내달으며, "하이고, 내 새끼야. 칩다. 어서 들어오너라. 손 시리다, 불 쬐어라!" 심청의 손을 안어 입에 넣고 후후 불며, "후우, 쯧쯧쯧. 내 새끼야. 발인들 오직 시리겠느냐?' 발도 어루만지면서 눈물짓고 허는 말이, "애닯도다, 너의 모친. 무상헌 이내 팔자 널로 허여 밥을 비니, 이 밥 먹고 살겠느냐? 모진 목숨이 죽지도 못허고, 자식 고생을 이리 시키는구나." 심청이 장한 효성 부친을 위로허며 , "아버지, 설워 마옵시고 진지나 잡수시오. 부모를 봉양허고, 자식에게 효 받기는 인사에 당연이오니, 너무 걱정 마옵시고 진지나 잡수시오. 이것은 흰 밥이요, 이것은 팥밥이요, 미역튀각 갈치자반, 어머니 친구라고 아버지 갖다 드리라기에 가지고 왔사오니 시장찮게 잡수시오."

【아니리】 이렇듯 부친을 위로허여 진지를 잡숫게 헌 연후에, 날마다 얻은 밥이 합쳐놓으니 오색이라. 흰밥 콩밥 팥밥이며, 보리 기장 수수밥이 갖가지로 다 있으니, 심 봉사 집은 항상 정월 보름 닥쳤던 것이었다. 그렁저렁 세월을 보내는디, 심

청이 나이 십오 세가 되어가니, 얼굴이 점점 일색이요, 효행이 출천이라. 이러한 소문이 원근에 낭자터니, 하루는 무릉촌 장 승상댁 부인께서 이 소문을 들으시고 시비를 보내어 심청을 청허였거늘, 심청이 부친전 여쭌 후에 승상댁을 건너갈 제,

【진양조】 심청이 거동 보아라. 시비 따러 건너간다. 이 모롱을 지나고, 저 고개를 넘어서서, 승상댁을 당도허여 대문간을 들어서니 좌편은 청송이요, 우편은 녹죽이라. 정하의 있는 반송 광풍이 건듯 불면 노룡이 굼니난 듯, 중문 안을 들어서니, 가세도 웅장허고, 문창도 찬란헌디, 반백이 넘은 부인 의상이 단정허고, 피부가 풍미허여 복기가 많은지라. 심청을 반겨맞어, "아가, 니가 심청이냐? 듣던 말과 과연 같구나." 좌를 주어 앉힌 후의 자서히 살펴보니, 별로 단장 없을망정 국색일시 분명쿠나.

【중중머리】 "염용허고 앉인 거동 백석청탄 맑은 물 목욕허고 앉은 제비가 사람을 보고 날랴는 듯, 황홀한 그 얼굴은 천심의 돋은 달이 수면에 비치는 듯, 추파를 흘려 떠니 새벽빛 맑은 하늘 경경한 샛별이라. 팔자청산 가는 눈썹은 초생편월의 정신이라. 양협의 고운 빛은 부용화 새로 핀 듯, 입을 열어 웃는 양은 모란화 한 송이가 하로밤 비 기운에 피고저 벌이는 듯, 호치 열어 말을 허니 농산 앵무로다. 전신을 살펴보니 응당히 선녀라. 월궁에 노던 선녀 도화동에 적하허여 벗 하나를 잃었도다. 무릉에 내가 있고 도화동에 니가 나니 무릉에 봄이 들어 도화동이 개화로다. 아가, 내 말 들어봐라. 승상 일찍 기

세허시고, 아들이 삼 형제라. 황성 가서 미혼허고, 어린 자식 말벗 없어 적적한 빈방 안에 대허나니 촛불이요, 보는 것이 고서로다. 너의 신세 생각허니, 양반의 후예로서 저렇듯 곤궁허니, 나의 수양딸이되면 여공도 숭상허고, 문자도 교습허여 기출같이 성취시켜, 말년 자미를 볼까 허니, 너의 뜻이 어떠허냐?"

【평중머리】 심청이 듣더니 여짜오되, "소녀 팔자 기박허여 낳은 지 칠일 만에 모친 세상 버리시고, 눈 어두신 아버지가 품안의 저를 안고 이 집 저 집 다니면서 동냥젖 얻어 먹여 게우게우 길러내여 이만큼이나 자랐으나, 먼 데 가신 어머니는 얼굴도 모르옵고, 궁천지통 맺힌 원한 끊일 날이 없삽더니, 오늘날 마님께서 미천함을 세지 않고 딸 삼으려 허옵시니, 모친을 모시온 듯 감격허고 황송허오나, 마님 말씀 좇사오면 소녀 몸은 영귀허나 안맹허신 우리 부친 조석공양 사철 의복 게 뉘라서 받드리까? 지중허신 부모 은덕 사람마다 있겄마는 소녀 더욱 유별허여 부친을 저를 아들 겸 믿사옵고, 저는 부친을 모친 겸 믿사와 시측을 일시라도 떠날 길이 없삽내다." 두 눈에 눈물이 펑펑 돌며 목이 매여 말 못 헌다.

【아니리】 부인 또한 측은허여, "네 말이 당연허다. 출천지 효녀로다. 모로헌 내의 뜻이 미처 생각 못했구나." 그렁저렁 날 저무니 심청이 여짜오되, "마님의 높으신 덕을 입사와 종일토록 모셨으니 영광이 많사오나, 일력이 다허오니 그만 물러가겠나이다." 하직허고 돌아올 제,

【진양조】 그때으 심 봉사는 적적한 빈방 안에 더진 듯이 홀로 앉어 딸 오기만 기다릴 제, 배는 고파 등으가 붙고, 방은 치워 한기 드는디, 먼 데 절 쇠북을 치니, 날 저문 줄 짐작허고 혼잣말로 탄식헌다. "우리 딸 청이는 응당 수이 오련마는, 어이 이리 못 오는그나? 아이고, 이것이 웬 일인가? 부인에게 붙들렸느냐? 길에 오다가 욕을 보느냐? 풍설이 자자허니 몸이 치워 못 오는가?" 새만 푸루루루루 날아가도 심청인가 불러보고, 낙엽만 퍼썩 흐날려도, "아가! 청이 오느냐? 아가! 청아!" 아무리 불러봐도 적막공산의 인적이 없어지니, "허허,내가 속았구나! 아이고, 이 일을 어찌를 헐거나? 내가 분명히 속았네 그리여."

【자진머리】 심 봉사 거동 보소. 속에 울화가 펄쩍 나서, 닫은 방문을 후닥딱! 지팽이 것터집고, 더듬더듬 더듬더듬 더듬 더듬이 나가는디, 그때으 심 봉사는 딸의 덕에 몇 달을 가만히 앉어 먹어노니 도랑출입이 서툴구나. 더듬더듬더듬 더듬더듬 더듬이 나가면서, "아이고, 청아! 어찌허여 못 오느냐? 에잉? 이게 어쩐 일인고?" 그저 더듬더듬더듬 더듬 더듬이 나간다. 급히 다리를 건너다 한 발 자칫 미끄러져 질 넘은 개천물에 밀친 듯이 "풍!" "어푸! 어푸! 아이고, 사람 죽네!" 나오라면 미끄러져 무진무진 들어가고, 나오라면 미끄러져 풍 빠져 들어가니, 심 봉사 겁을 내여 두 눈을 휘번쩍 휘번쩍 번쩍거리며, "아푸, 아이고, 도화동 심학규 죽네! 사람 좀 살리소!" 아무리 소리를 지른들, 일모도궁허여 인적이 끊겼으니, 뉘라 건져 주

겠느냐?

【아니리】 이때 마침 몽운사 화주승이 절을 중창허랴 허고, 권선문 드러메고 시주 집 다니다가, 그렁저렁 날 저물어 절을 찾어 올라갈 제, 올라가다가 심 봉사 물에 빠져 죽게 된 것을 보고 건져 살렸다고 해야 이면이 적당헐 터인디, 물에 빠져 죽게 된 사람을 두고 무슨 소리를 허고 있으리요마는, 우리 성악가가 허자 허니 이야기를 좀 더 재미있게 헐 양으로 잠깐 중타령이란 소리가 있던 것이었다.

【엇머리】 중 올라간다. 중 하나 올라간다. 저 중의 거동 보아라. 저 중의 호사 봐. 세구라죽 감투 호흡뻑 눌러쓰고, 백저포 장삼으 진홍띠 띠고, 백팔염주 목에 걸고, 단주 팔에 걸고, 구리 백통 반은장도 고름에 느지시 차고, 용두 새긴 구절죽장 쇠고리 많이 달아 처절철 철철 처절철 툭턱 짚고. 흔들흔들 흐늘거리고 올라갈 제, 원산은 암암허고 설월이 돋아오는디, 먹물 알풋이 들인 백저포 장삼은 바람결에 펄렁펄렁. 염불허며 올라간다, 염불허며 올라가. 중이라 허는 게 절에 들어도 염불이요, 속가에 나와도 염불. 염불허며 올라갈 제, 목탁을 '또드락 딱' 치며, "나무아미타불 관세음보살. 아아아아아. 상래소수공덕해 회향삼처실원만. 나무아미타불 관세음보살." 염불하며 올라갈 제, 한 곳을 당도허니 어떠한 사람인지 개천 물에 떨어져, "아푸! 아푸!"

【자진엇머리】 저 중의 급한 마음, 저 중의 급한 마음 굴갓 장삼 휠휠 벗어 되는 대로 내던지고, 행전 대님 끄르고, 버선

을 얼른 벗고, 고두누비 바지가래 따달딸딸딸 따달딸 딸딸 걷
어 자개미 떡 붙치고, 소매를 훨씬 걷고, 물논에 백로격으로
징검 징검 징검거리고 들어가, 심 봉사 꼬드래상투를 에후리
쳐 담쑥 쥐고, 에뚜리미쳐

【아니리】건져 놓고 살펴보니 전에 보던 심 봉사라. 심 봉
사 정신 차려, "거 늬가 날 살렸소? 날 살린 게 거 뉘기요?"
"예, 소승은 몽운사 화주승이옵더니, 시주 집 내려왔다 절을
찾아가는 길에 다행히도 봉사님을 구원허였나이다." "그렇지!
활인지불이라더니, 죽을 사람 살렸으니 은혜 백골난망이로구
면." "그것을 무슨 은혜라고야 허오리까마는, 우리 절 부처님
이 영험이 많사와 빌면 아니 되는 일이 없고, 고하면 응하오
니, 공양미 삼백 석만 불전에다 시주하면 삼 년 내로 눈을 꼭
뜨시리다." 심 봉사가 이 말 듣고 어찌 마음이 기쁘던지, 후사
는 생각지 않고, "여보소, 대사. 대사 말이 정녕코 그럴진대 공
양미 삼백 석을 시주 책에 적어 가소." 중은 권선책에 기제허
고 올라갔것다. 심 봉사는 중을 보내놓고 혼자 앉어 곰곰 생각
터니, "이놈이 환장헌 놈 아닌가, 여? 아니 어쩔라고 이렇게 미
쳐 쌀 삼백 석, 쌀 삼백 석."

【중머리】"허허, 내가 미쳤구나. 정녕 내가 사 들렸네. 깊은
개천 물에 빠져 혼미정신 넋을 잃고 엉겁결에 이러는가? 무남
독녀 외딸을 보내어 밥을 빌어 먹는 놈이 쌀 삼백 석을 어이
허리? 가산을 팔자 헌들 단돈 열 냥을 뉘랴 주며, 내 몸을 팔자
헌들 앞 못 보는 이 병신을 단돈 서 푼을 뉘랴 주리? 부처님을

속이면은 앉은뱅이가 된다는디, 앞 못 보는 이 병신이 앉은뱅이까지 되고드면 꼼짝달싹 못 허고 죽겄구나. 수중고혼이 될지라도 차라리 그대로 죽을 것을, 우연한 중을 만나 도리여 걱정이 생겼구나. 저기 가는 대사! 쌀 없다. 권선에 삼백 석 에우고 가소! 아이고, 아이고, 내 신세야. 내 딸이 이 말을 듣고 보면 복통자진을 헐 것이니, 이놈으 노릇을 어쩔끄나?'

【자진머리】 심청이 바삐 와서 저거 부친 모양 보고 깜짝 놀래 발 구르며, "아이고, 아버지. 이게 웬일이세요? 저를 찾아 나오시다 이런 욕을 보셨는가? 이웃집 가시다가 이런 변을 당허셨나? 춥긴들 오직허며, 분허시긴들 오직허오리까? 아버지! 승상댁 마님께서 굳이 잡고 만류허여 어언간 더디었소." 승상댁 시비 불러 부엌에 불 지피고, 초마자락 끌어다가 눈물 씻어드리면서, "아버지! 설어 마옵시고, 진지나 잡수시오."

【아니리】 심 봉사 공연헌 일 저질러 놓고 손수 왜 내든 것이었다. "워라, 워라! 진지고 뭣이고, 나 아부지 아니다!" 심청이 부친을 위로허며, "아버지! 아버지는 저 하나만 믿사옵고, 소녀는 아버지만 믿사와 대소사를 의논터니, 오늘날 저 알아 쓸데없다 허시니, 제 마음이 섧사이다. 아버지." 심 봉사 그동안 있던 일을 저저히 말을 허니, 심청이 장한 효성 이 말씀을 반겨 듣고 부친을 위로헐 제,

【평중머리】 심청이 부친께 여짜오되, "아버지, 잠깐 들조시오. 왕상은 고빙허여 얼음 궁기 잉어 얻고, 맹종은 읍죽허여 눈 속에 죽순 얻어 사친성효 허여 있고, 곽거라는 옛사람도 부

모 반찬을 허여노면 제 자식이 먹는다고 산 자식을 묻으랄 제, 땅을 파다 금을 얻어 부모 봉양을 허였으니, 사친지효도가 옛사람만 못 허여도, 지성이면 감천이오니 너무 근심을 마옵소서."

【아니리】 만단으로 위로헌 후, 그날부터 목욕재계 정히 허고 황토 펴고, 금줄 치고 지극정성을 드리는디,

【진양조】 후원의 단을 묻고 북두칠성 자야반에 촛불을 돋오 키고, 새 사발에 정화수를 떠서 새 소반에 받쳐놓더니 분향 사배로 비는 말이, "비나이다. 비나이다. 하느님 전에 비나이다. 천지지신, 일월성신 화의동심허옵소서. 하나님의 일월 두 심이 사람의 안목이온바, 일월이 떨어지면 무슨 분별을 허오리까? 무자생 소경 아비 이십에 안맹허여 시물을 못 허오니, 아비의 허물은 심청 몸으로 대신허고, 아비의 어둔 눈을 밝게 점지허옵소서. 공양미 삼백 석을 불전에다 시주허면 아비 눈을 뜬다 허오나, 가세가 청한허여 몸밖에 없사오니, 명천이 감동허사 내일이라도 이 몸을 사 갈 사람을 지시허여 주옵소서."

【아니리】 이렇듯 밤마다 삼경에 시작허여 오경이 될 때까지 이레 밤을 빌어갈 제, 하루는 동네 요란한 개 짖는 소리와 함께 외는 소리가 들리거늘, 심청이 자세히 들어보니, 두서너 명이 목 어울러 쌍으로 외고 나가는디,

【중머리】 "우리는 남경 선인일러니, 임당수 용왕님은 인제 수를 받는 고로, 만신 일점 흠파 없고, 효열 행실 가진 몸에, 십오 세나 십육 세나 먹은 처녀가 있으면은 중값을 주고 살

것이니, 있으면 있다고 대답을 허시오! 이이루워!"

【아니리】 "몸 팔릴 처녀 뉘 있습나? 값은 얼마든지 주리다."
심청이 이 말을 반겨 듣고, "외고 가는 저 어른들! 이런 몸도
사시겠소?" 저 사람들 가까이 나와 성명, 나이 물은 후에, "우
리들이 사가기는 십분 합당허거니와, 낭자는 무슨 일로 몸을
팔라 하나이까?" "안맹 부친 해원키로 이 몸을 팔까 허옵니다."
"효성 있는 말씀이오. 그럼 값은 얼마나 드릴까요?" "더 주셔도
과하옵고, 덜 주시면 낭패이오니, 백미 삼백 석만 주옵소서."
선인들이 허락허니, 심청이 안으로 들어와, "아버지! 공양미
삼백 석을 몽운사에 올렸사오니, 아무 걱정 마옵소서." 심 봉
사 깜짝 놀래, "아가! 니 이것이 웬 말이냐? 아니, 니가 어떻게
쌀 삼백 석을 올렸단 말이냐?" "승상댁 마님께서 저를 수양딸
로 삼기로 허고 공양미 삼백 석을 몽운사에 올렸사오니 아무
걱정 마옵소서." 심청 같은 효성으로 부친을 어이 속일 리가
있으리요마는, 이난 속인 것도 또한 효성이라. 사세부득 부친
을 속여 놓고, 눈물로 세월을 보낼 적에,

【진양조】 눈 어둔 백발부친 영별허고 죽을 일과 사람이 세
상에 나 십오 세에 죽을 일이 정신이 막막허여 눈물로 지내더
니, "아서라. 이게 웬일이냐? 내가 하로라도 살었을 제 부친 의
복을 지으리라." 춘추 의복 상침 겹것을 박어 지어 농에 넣고,
동절 의복 솜을 두어 보에 싸서 농에 넣고, 헌 접것 누덕누비
가지가지 빨어 집고, 헌 보선 볼을 잡어 단님 접어 목 매 두고,
헌 전대 구녁 막어 동냥헐 때 쓰시라고 실경 우에 얹어 놓고,

갓망건 다시 꾸며 쓰기 쉽게 걸어 놓고, 행선 날을 생각허니, 내일이 행선날이로구나. 달 밝은 깊은 밤에 메 한 그릇 정히 짓고, 헌주를 병에 넣어, 나무새 한 접시로 배석 얹어 받쳐 들고, 모친 분묘 찾아가서 계하에 진설허고, 분향사배 우는 말이, "아이고, 어머니! 어머니, 불효여식 심청이는 부친의 원한 풀어 드릴라고 남경 장사 선인들게 몸이 팔려 내일이 죽으러 떠나오니 망종 흠향허옵소서."

【자진머리】 사배 하직헌 연후에 집으로 돌아오니, 부친은 잠이 들어 아무런 줄 모르는구나. 사당에 하직차로 후원으로 돌아가서, 사당 문을 가만히 열고 통곡 사배 우는 말이, "선대조 할아버지, 선대조 할머니! 불효여손은 오늘부터 선영 향화를 끊게 되니 불승영모허옵니다." 사당 문 가만히 닫고 방으로 들어와서, 부친의 잠이 깰까 크게 울 수 바이없어 속으로 느껴 울며, "아이고, 아버지! 절 볼 밤이 몇 밤이며, 절 볼 날이 몇 날이요? 지가 철을 안 연후에 밥 빌기를 놓았더니, 이제는 하릴없이 동네 걸인이 될 것이니, 눈친들 오직허며, 멸시인들 오직허오리까? 아이고, 이를 어쩔끄나! 몹쓸 놈의 팔자로다."

【중머리】 "형양낙일수운기난 소통국의 모자 이별, 편삽수유소일인은 용산의 형제 이별, 서출양관무고인은 위성의 붕우 이별, 정객관산로기중의 오희월녀 부부 이별, 이런 이별 많건마는, 살어 당헌 이별이야 소식들을 날이 있고, 상봉헐 날 있것마는, 우리 부녀 이별이야 어느 때나 상면허리. 오늘밤 오경 시를 함지에 머무르고, 명조에 돋는 해를 부상에다 맬 양이면,

가련허신 우리 부친을 좀 더 모셔 보련마는, 인력을 어이 허리?' 천지가 사정없어 이윽고 닭이, "꼬끼오!" "닭아, 닭아, 닭아, 우지 마라. 반야 진관의 맹상군이 아니로다. 니가 울면 날이 새고, 날이 새면 나 죽는다. 나 죽기는 섧잖으나, 의지 없는 우리 부친을 어이 잊고 가잔 말이냐?'

【아니리】 이렇듯이 설리 울 제 동방은 점점 밝아오는디, 이 날인즉 행선날이라. 선인들은 문전에 당도허여 길때를 재촉허니, 심청이 가만히 나가 선인들게 허는 말이, "오늘 응당 갈 줄 아오나, 부친을 속였으니, 부친의 진지나 망종 지어드리고 떠나는 게 어떠허오리까?" 선인들이 허락허니, 심청이 들어와서 눈물 섞어 밥을 지어 상을 들고 들어오며, "아버지! 일어나 진지 잡수세요!" 심 봉사 일어나며, "이애! 오늘 아침밥은 어찌 이리 일렀느냐? 그런데 그, 참, 꿈도 이상허다. 아, 간밤에 꿈을 꾸니, 네가 큰 수레를 타고, 한없이 어데로 가더구나그려. 그래 내가 뛰고 궁글고 울고 야단을 허다가 꿈을 깨 가지고, 내 손수 해몽을 했지야. 수레라 허는 것은 귀헌 사람이 타는 것이요. 아마도 승상댁에서 너를 가마 태워 갈 꿈인가 보다." 심청이 더욱 기가 맥혀 아무 말 못 허고 진지상 물려 내고, 담배 붙여 올린 후에 문을 열고 나서보니, 선인들이 늘어서서 물때가 늦어간다 재촉이 성화같은지라. 아무리 생각을 허여도 부친을 영영 속일 수는 없는지라.

【자진머리】 닫은 방문 펄쩍 열고 부친 앞으로 우루루루루루루, 부친의 목을 안고, "아이고, 아버지!" 한 번을 부르더니,

그 자리에 엎드려져서 말 못 하고 기절한다. 심 봉사 깜짝 놀래, "아이고, 이게 웬일이냐? 여봐라, 청아! 이게 웬일이여, 엥? 여, 아침 반찬이 좋더니, 뭘 먹고 체했느냐? 체헌 데는 소금이 제일이니라. 소금 좀 먹어봐라. 이게 무얼 보고 놀랬느냐? 아니, 어느 놈이 봉사 딸이라고 정개허드냐? 어찌허여 이러느냐? 아가, 갑갑허다, 말허여라!" 심청이 정신 차려, "아이고, 아버지! 천하 몹쓸 불효 여식은 아버지를 속였나이다."

【아니리】 심 봉사 이 말 듣고, "원, 이 자식아. 네가 나를 속였으면 효성 있는 네 마음이 얼마나 큰 일을 속였으리라고. 아비 마음을 이렇게 깜짝 놀라게 한단 말이냐? 그래, 무엇이 어쨌단 말이냐? 어서 말해 보아라." "아이고, 아버지! 공양미 삼백 석이 어디 있어 바치리까? 남경 장사 선인들께 제수로 몸이 팔려, 오늘이 행선 날이오니 저를 망종 보옵소서!" 심 봉사가 천만의외 이런 눈 빠질 말을 들어노니, 정신이 아득허여 한참 말을 못 허다가 실성발광 미치는디, "아니, 무엇이 어쩌고 어쩌야? 이것이 다 말이라고 허느냐? 허허!"

【중중머리】 "허허, 이게 웬 말이냐? 아이고, 이것이 웬 말이여! 여봐라, 청아! 네가 이것이 참말이냐? 애비더러 묻도 않고, 네가 이것이 웬일이냐? 이 자식아. 자식이 죽으면은 보든 눈도 먼다는디, 멀었던 눈을 다시 떠야. 나 눈 안 뜰란다! 철모르는 이 자식아, 애비 설움을 네 들어라. 너의 모친 너를 낳고 칠일 만에 죽은 후의, 눈 어둔 늙은 애비가 품안에다 너를 안고 이 집 저 집 다니면서 동냥젖 얻어 먹여 이만큼이나 장성키

로, 너의 모친 죽은 설움을 널로 허여 잊었더니, 네가 이것이 웬일이냐? 못 허지야! 눈을 팔아서 너를 살디, 너를 팔아서 눈을 뜬들 무얼 보라 눈을 떠야? 나 눈 안 뜰란다!" 그때의 선인들은 물때가 늦어간다 성화같이 재촉허니, 심 봉사 이 말 듣고 밖으로 우루루루루루루루, 엎더지고 자빠지며 거둥거려 나가면서, "너희 무지한 선인놈들아! 장사도 좋거니와 사람 사다 제 허는 건 어데서 보았느냐? 하나님의 어지심과 귀신의 밝은 마음 앙화가 없겠느냐? 눈먼 놈의 무남독녀 철모르는 어린 것을, 날 모르게 유인허여 값을 주고 샀단 말이냐? 돈도 쌀도 내사 싫고, 눈 뜨기도 내사 싫다. 너희 놈, 상놈들아! 옛글을 모르느냐? 칠년대한 가물 적에 사람 죽여 빌랴 허니, 탕인군 어지신 말씀 '내가 지금 비는 바는 사람을 위험이라. 사람 죽여 빌 양이면 내 몸으로 대신허리라.' 몸으로 희생되어 전조단발 신영백모 상림뜰 빌었더니, 대우방수천리라 풍년이 들었단다. 차라리 내가 대신 가마! 동네 방장 사람들, 저런 놈들을 그저 둬?" 내리둥굴 치둥굴며, 가삼을 꽝꽝 치고, 발을 둥둥 구르면서 죽기로 작정허니, 심청이 기가 맥혀 우는 부친을 부여안고, "아이고, 아버지! 지중헌 부녀천륜 끊고 싶어 끊사오며, 죽고 싶어 죽사리까? 저는 이미 죽거니와 아버지는 눈을 떠 대명천지 다 보시고, 착실한 계모님 구허여 아들 낳고, 딸을 낳아서 후사를 전케 허옵소서."

【아니리】 선인들이 이 형상을 보더니마는, 영좌가 허는 말이, "심 낭자 효성과 심 봉사 일생 신세 생각허여, 봉사 평생

굶지 않고 벗지 않게 허여 줌이 어떠하오?' 그 말이 옳다 허고 백미 백 석, 돈 삼백 냥, 백목 마포 각 한 통씩 내어놓고, 동인 모아 부탁헌 연후에 심 낭자를 가자 헐 제, 그때여 무릉촌 장 승상댁 부인께서 그제야 이 말을 들으시고, 시비를 보내어 심청을 청허였거늘, 심청이 부친전 여쭌 후에 승상댁을 건너갔 것다. 부인이 심청을 보시고 화공을 즉시 불러 족자를 내어주 며, "네, 여봐라, 심 낭자 생긴 형용 역력히 잘 그리면 중상을 줄 터이니, 명심허여 잘 그리도록 허여라."

【진양조】 화공이 분부 듣고, 오색 단청 풀어놓고 심 낭자를 이만허고 보더니마는, 화용월태 고운 얼굴 수심 겨워 앉인 모 양, 난초같이 푸른 머리 두 귀 밑에 땋인 것과 녹의홍상 입은 태도 역력히 그려노니, 심 낭자가 둘이로구나. 화제에 글을 지 었으되, '생지사지일몽간에 초록강남인미환이라.' 부인이 기가 맥혀 한 손으로 족자 들고, 또 한 손으로는 심청을 부여안더니 만 눈물 감장을 못 허시며, "내 딸은 여기 있다마는, 말소리는 언제 다시 들을끄나? 오늘 마지막 가는 길에 한 번이라도 어 미라고 불러 다오." 심청이 더욱 설움이 북받치어 눈물이 맺거 니 듣거니 울음 울다, 목이 메여 허는 말이, "길때가 급하오니 아주 하직 아뢰오나, 어느 때나 모시리까? 어머니! 어머님의 높은 은덕 죽어 황천 돌아가서 결초보은허오리다." 부인도 울 고, 심청도 울고, 눈물로 하직허는디, 사람의 눈으로는 볼 수 가 없네.

【아니리】 심청이 집으로 돌아오니, 부친은 뛰고 궁글며 야

단이 났는디 선인들은 재촉이라. 동네 사람들께 부친을 당부허고 선인들을 따라가는디,

【중머리】 따러간다. 따러간다. 선인들을 따러간다. 끌리는 초마자락을 거듬거듬 걷어 안고, 비같이 흐르난 눈물 옷깃에 모두 다 사무친다. 엎더지고 자빠지며 천방지축 따러갈 제, 건넌집 바라보며, "이 진사댁 작은아가! 작년 오월 단오날의 앵도 따고 노던 일을 행여 니가 잊었느냐? 금년 칠월 칠석야에 함께 결교허잤더니, 이제는 하릴없다. 상침질 수놓기를 뉠과 함께 허랴느냐? 너희들은 팔자 좋아 양친 모시고 잘 있거라. 나는 오늘 우리 부친 이별허고 죽으러 가는 몸이로다. 고인자는 지기자라, 우리 정리 생각허여, 나 죽은 후에라도 내 집에 자주 와서 우리 부친을 위로해 다오." 동네 남녀노소 없이 눈이 붓게 모두 울 제, 하나님도 아신 배라, 백일은 어디 가고 음운이 자욱허며 청산도 찡그린 듯, 초목도 눈물진 듯, 휘늘어져 곱던 꽃 이울져 빛을 잃고, 춘조난 다정허여 백반제허는 중에, "묻노라, 저 꾀꼬리. 뉘를 이별허였간디 환우성 지어 울고, 뜻밖의 두견이난 '귀촉도 귀촉도 불여귀'라 네 아무리 울건마는, 값을 받고 팔린 몸이 어느 정 어느 때나 돌아오리? 춘산의 지는 꽃이 지고 싶어 지랴마는, 사세부득 떨어지니 수원수구 어이 허리?" 질 걷는 줄을 모르고 강두에 당도허니, 뱃머리에 좌판 놓고 심청을 인도허여 뱃장 안에 앉힌 후에, 행선을 재촉허는구나.

【아니리】 심청을 배에 싣고 임당수를 향하여 떠나갈 제,

【진양】 범피중류 둥덩 두웅덩 떠나간다. 망망헌 창해이며, 탕탕헌 물결이로구나. 백빈주 갈매기는 홍요안으로 날아들고, 삼강의 기러기는 한수로 돌아든다. 요량헌 남은 소리 어적인 가 여겼더니, 곡종인불견의 수봉만 푸르렀네. 애내성중만고수 는 날로 두고 이름인가? 장사를 지내가니 가태부는 간 곳 없 고, 멱라수를 바라보니 굴삼려 어복충혼 무량도 허시든가? 황 학루를 당도하니 일모향관하처시오? 연파강상사인수는 최호 의 유적인가? 봉황대를 다다르니, 삼산은 반락 청천외요, 이수 중분백로주난 이태백이 노던 데요, 심양강을 돌아드니 백낙천 일거 후의 비파성도 끊어졌다. 적벽강을 그저 가랴? 소동파 노던 풍월 의구히 있다마는, 조맹덕 일세지웅 이금의 안재재 요? 월락오제 깊은 밤에 고소성의 배를 매니, 한산사 쇠북소리 는 객선으 '뎅 뎅' 이르는구나.

【아니리】 그렁저렁 소상팔경을 지내갈 제,

【중머리】 한 곳을 당도허니, 향풍이 일어나며, 옥패 소리가 쟁쟁 들리더니, 의의헌 죽림 사이로 어떠한 두 부인이 선관을 정히 쓰고 신음거려 나오더니, "저기 가는 심 소저야! 슬픈 말 을 듣고 가라. 우리 성군 유우씨가 남순수허시다가 창오산에 붕허시매, 속절없는 이 두 몸이 소상강 대숲풀에 피눈물을 뿌 렸더니, 가지마다 아롱이 지고 잎잎이 원한이라. 창오산붕상 수절이라야 죽상지루내가멸이라. 천추의 깊은 한을 호소헐 곳 없었더니, 지극한 너의 효성 하례코저 예 왔노라. 요순 후 기 천년의 지금은 천자 어느 뉘며, 오현금 남풍시를 이제까지 전

허드냐? 수로 먼먼 길 조심허여 다녀오너라." 이난 뉜고 허니 요녀순처 만고열녀 이비로다. "가신 지 수천 년의 정혼이 남어 있어 사람 눈에 보일진대, 내가 죽을 징조로다."

【진양조】 그곳을 점점 지나 멱라수를 당도허니, 또 한 사람 이 나오는디, 안색이 초췌허고, 형용이 고고허며 글을 읊고 나 오면서, "슬프다, 심 소저야! 어복충혼 굴삼여를 자네 응당 알 터이나, 낭자는 효성으로 죽으러 가고, 나는 충성으로 죽었으 니, 충효는 일반이라 호소코져 예 왔노라. 후일 귀히 되시는 날, 황제께 잘 간허여 충신박대 말게 허면 만세기업을 누리리 라." 심청이 기가 맥혀 혼잣말로 탄식헌다. "이것이 웬일이냐? 죽으러 가는 나를 보고 귀헌 몸 된다 허며, 조심허여 다녀오라 니, 정녕코 내가 죽을 징조로구나."

【중머리】 "물의 날이 몇 날이며, 배의 밤이 몇 밤인고? 어언 사오삭을 물같이 흘러가니, 금풍삽이석기허고 옥우곽이쟁영 이라. 낙하는 여고목제비허고, 추수난 공장천일색이라. 강안 이 귤농허니 황금이 천편이요, 노화에 풍기허니 백설이 만점 이라. 신포세류 지는 잎은 만강추풍 흩날리고, 해반청산은 봉 봉이 칼날 되어, 돋우나니 수심이요, 녹는 것이 간장이라. 일 락장사추생원허니 부지하처조상군고? 송옥의 비추부가 이에 서 슬푸리요? 지려 내가 죽자 허니 선인들이 낭패 되고, 살어 실려 가자 헌들 생불여사 내 신세야." 외로울사 선인들은 등불 을 돋오 키고 애내성 부르면서, "어기야 아~ 애야 어기야 차 어기야 차."

【엇머리】한 곳 당도허니, 이난 곧 임당수라. 광풍이 대작허여, 어룡이 싸우는 듯, 벽력이 나리는 듯, 대양바다 한가운데 바람 불어, 물결 쳐. 안개 뒤섞여 젖어진 날, 갈 길은 천 리, 만 리나 남고, 사면이 검어 어둑 점그러져 천지적막헌디, 까치뉘 떠들어와 뱃전 머리 탕탕, 물결은 우루루루루 출렁 출렁. 도사공 영좌 이하 황황급급허여 돛 짓고, 닻 놓고, 고사지계 채린다. 섬쌀로 밥 짓고, 왼 소 잡고, 동이술 오색탕수 삼색실과를 방위 찾어 갈라놓고, 산 돝 잡어 큰 칼 꽂아 기는 듯이 받쳐 놓고, 심청을 목욕시켜, 의복을 정히 입혀 뱃머리 앉힌 후으, 도사공 거동 봐라. 의관을 정제허고, 북채를 양 손에 쥐고,

【자진머리】북을 '두리둥 두리둥 둥둥둥 두리둥둥둥둥.' "헌원씨 배를 모아 이제불통헌 연후으, 후생이 이렇게 본을 받어다 각기 위업허니 막대한 공 이 아니며, 하우씨 구년지수 도산 도주허옵시사 바다를 만드시고, 신농씨 상고 마련 교역을 허게 허시니, 우리의 허는 직업 세 인군이 내심이라. 우리 동지 스물네 명 상고로 위업허여 경세우경년의 표박서남을 다니더니, 임당수 용왕님께 인제수를 드리오니, 동해신 아명이며, 서해신 거승이며, 남해신 축용이며, 북해신 우강이며, 강한지장과 천택지군이 하감허여 주옵시고, 비럼으로 바람 주고, 화락으로 인도허여 환란 없이 도우시고, 백천만금 퇴를 내어 돛대 우의 봉기 꼽고, 봉기 우의 연화 받게 점지허여 주옵소서!" 고사를 지내더니, "심 낭자, 급히 물에 들어라!" 성화같이 재촉하니, 심청이 이 말 듣고, "아이고, 하느님! 명천이 감동허사, 아

비의 허물은 심청 몸으로 대신허고, 아비의 어둔 눈을 밝게 점
지허옵소서! 여보시오, 선인님네! 도화동이 어느 곳으로 있
소?" 도사공이 북채를 들어, "저기 구름 담담헌 저 밖이 도화동
쪽으로소이다." 심청이 이 말 듣고, 섰던 자리 주저앉으며, "아
이고, 아버지! 불효 여식 청이는 요만큼도 생각 마옵소서." 심
청이 거동 보아라. 뱃전으로 우루루루루루, 샛별 같은 눈을 감
고, 초마폭 무릅쓰고, 만경창파 갈매기처럼 떴다 물에 풍!

【중머리】묘창해지일속이라. 워리렁출렁 간 곳 없네. 흐르
던 물도 머무르고, 유유한 갈매기도 빠지는 데를 굽어보며,
'까옥 까르르르르' 울어 있고, 무심헌 기러기도 돛대 우에 높이
떠서 '뚜루루루루 낄룩' 울어 있고, 사공들도 목이 메여 눈물이
듣거니 맺거니 말 못 허고 서 있는디, 영좌가 울음을 내여, "못
보겄구나. 못 보겄네. 사람의 인정으로 못 보겄네. 우리가 연
연이 사람을 사다가 이 물에다 제수허니, 우리 후사 잘 될쏘
냐? 여보소, 동료네들. 명년부터는 아사지경을 당허드래도 이
놈의 장사를 그만두세. 닻 감고 노를 저어라. 참나무 뒤래따리
를 잡고 돛을 달어라. 용충줄 벌리고 고작을 채워라." "어기야
헤야~"

【진양조】둥덩 둥덩 떠나간다. 향화는 풍랑을 좇고, 명월은
해문에 잠겼도다. 이때여 옥황상제께옵서 남해용왕께 분부허
시되, "금일 오시 초에 출천대효 심 낭자 임당수에 들 것이니,
팔선녀로 옹위허여 수정궁에 모셨다가 인간으로 환송허되, 시
간을 조금 어기거나, 물 한 점을 묻히거나, 모시기를 잘 못허

면 남해용왕은 천벌을 주고, 수궁제신은 죄를 면치 못허리라."
분부가 지엄허니, 용왕이 황급허여 수궁충신 별주부와 백만인
갑 제장이며, 각 궁 시녀로 용궁교자를 등대코 그 시를 기다릴
제, 과연 오시에 백옥 같은 한 소저가 물에 풍덩 빠져들건마
는, 시녀 등이 고이 맞어 교자 우에 모시는구나.

【아니리】 심청이 정신 차려, "나는 지세 천인이라 어찌 감
히 용궁 교자를 타오리까?" 시녀 등이 여짜오되, "상제의 분부
오니, 만일 아니 타옵시면 우리 수궁은 죄를 면치 못하나이
다." 사양타 못 허여 교자 우에 올라앉으니, 시녀 등이 모시고
수정궁으로 들어갈 제,

【엇중머리】 위의도 장헐씨고. 천상 선관선녀들이 심 소저
를 보랴 허고 좌우로 벌렸는디, 태을진 학을 타고, 안기생 난
타고, 구름 탄 적송자며, 사자 탄 갈선옹과 고래 탄 이 적선,
청의동자 홍의동자 쌍쌍이 모여 있고, 월궁항아 마고선녀 남
악부인 팔선녀들이 좌우로 모셨난디, 수정궁을 들어가며 풍악
을 갖추울 때, 왕자진의 봉피리, 곽처사 죽장고, 석련자 거문
고, 장량의 옥통소, 혜강의 해금이며, 완적의 휘파람, 격타고
취용적 능파사 보허사 우의곡 채련곡을 곁들여 노래헐 제, 낭
자헌 풍악소리 수궁이 진동헌다. 궁궐을 바라보니 별유천지
세계라. 주궁패궐은 응천상지삼광이요, 곤의수상은 비인간지
오복이라. 산호주렴 백옥안상 광채 찬란허다. 선녀들이 나열
허여 주안을 드리난디 세상 음식이 아니라. 유리잔 호박병에
천일주 가득 담고 한가운데 삼천벽도를 덩그렇게 괴었네. 삼

일에 소연허고, 오일에 대연허며 극진히 봉공헌다.

【아니리】 옥황상제의 영이어든 거행이 오직허리. 사해용왕이 각각 시녀들을 보내여 조석으로 문안허며 조심히 각별헐 제,

【중머리】 그때여 승상부인은 심 소저를 이별허시고 애석함을 못 이기어, 글 지어 쓴 화상족자를 침상에 걸어두고 때때로 증험터니, 일일은 족자 빛이 홀연히 검어지며 귀에 물이 흐르거늘, 승상부인 기가 맥혀, "아이고, 이것이 죽었도다! 아이고, 이 일을 어쩔끄나?" 이렇듯이 탄식헐 제, 이윽고 족자 빛이 완연히 새로우니, "뉘라서 건져내어 목숨이나 살었느냐? 그러나 창해 먼먼 길에 소식이나 알 수 있나?"

【아니리】 생각다 못허여서 시비를 불러 분부허시되, "이 애야, 오늘은 심 낭자가 분명 죽었나부다. 제물이나 좀 장만해라. 떠나던 강두를 찾어가서 불쌍헌 영혼을 한 잔 술로 위로허리라." 그날 밤 삼경 시에,

【진양조】 주안을 갖추어서, 시비 들려 앞세우고 강두에 당도허여, 술 한 잔을 부어 들고 슬픈 말로 제지낸다. "심 소저야, 심 소저야! 아깝구나, 심 소저야! 늙은 부친 눈 어둔 게 평생의 한이 되어 어복의 혼이 되니, 하나님은 무삼 일로 너를 내여 죽게 허시며, 귀신은 어이허여 죽는 너를 못 살릴그나? 무궁한 나의 애를 너는 죽어 모르것만은 나는 살어 유한이라. 유유향혼이여, 오호애재 시향이라." 제문을 읽고 유식헐 제, 하나님은 나것허여 제문을 들으신 듯, 별과 달이 희미허여 수심을 머금은 듯, 물결이 잔잔허니 어룡이 느끼난 듯, 청산이

적적허여 금조가 슬퍼헌 듯. 부인이 기가 맥혀 심 소저를 부르면서 눈물 감장을 못 허시는구나.

【아니리】 부인이 수백금 돈을 내여 강가에다 망사대를 짓고, 매월 삭망으로 삼 년까지 제지내게 허시는디, 도화동 사람들이 또한 심 소저 죽은 것을 불쌍히 여겨, 망사대 앞에다 타루비를 세워놓고 글 지어 새겼으되, 지위기친폐쌍안하야 살신성효행용궁을, 연파만리상심벽하니 방초년년한불궁이라. 뚜렷이 새겨노니, 오고가는 행인들이 비문 보고 아니 우는 사람 없는지라. 그때여 심 소저는 수정궁에 머무를 제, 하로는 천상에서 옥진부인이 하강을 허시는디, 이 부인은 심청의 어머니 곽씨부인이 죽어 광한전 옥진부인이 되셨는디, 심청이 수궁에 왔단 말을 들으시고 모녀 상봉차로 내려오시것다.

【중머리】 오색 채운이 벽공에 어리더니, 요량헌 선악 소리 수궁이 낭자허여, 우편의 단계화요, 좌편의 벽도화라. 청학 백학 옹위허고, 공작은 춤을 추며, 앵무로 전어하야 천상선녀 앞을 서고, 용궁 선녀 뒤를 따라 엄숙히 오는 거동 보든 바 처음이라. 심청을 반겨 보시고, 와락 뛰여 달려들어 심청을 부여안고, "아가, 청아! 네가 나를 모르리라. 내가 너의 어미로다. 나도 본시 선녀로서 적하인간 수십 년의 너를 낳고 죽은 후에, 광한전 후토부인으로 상제의 명을 모아 오늘까지 지내더니, 내 딸 지극한 효성 부친의 눈 뜨시기 위하여 이 수궁에 왔다기로 모녀상봉허겠더니, 오늘 예서 보겠노라." "아이고, 어머니! 어머니는 세상에서 쓰지 못할 저를 낳고 그길로 상사 나서, 근

근한 소녀 몸이 부친 덕에 아니 죽고 이만큼 자랐으나, 모친도 못 뵌 것이 평생에 한일러니, 오늘 예서 모시오니 저는 한이 없사오나, 외로우신 아버님은 뉘게 의지허오리까?'

【평중머리】 옥진부인이 이 말 듣고, "기특허구나, 내 딸이야. 이슬 같은 네 목숨이 동냥젖 얻어먹고 이만큼 자랄 적의, 앞 못 보신 너의 부친 고생 오직 허셨으랴. 세상에서 못 먹은 젖 오늘많이 먹고 가거라." "어머님이 가신 길은 머나먼 황천이요, 소녀가 죽어 온 곳은 깊고 깊은 수궁이오라, 황천 수궁이 달렀삽기 모친도 못 뵐 줄로 주야장천 한이옵더니, 어머님 덕택으로 예 와서 모셨으니, 부친 이별은 허였사오나 모친 따러 가겠나이다." "애정은 그리허나, 내 딸의 지극한 효성 명천이 감동허사 환송인간 헐 것이니, 세상을 나가거던, 너의 부친 뵈옵는 날 날 본 말을 올린 후에, 전생에 미진 한을 후생에 만나자고 세세히 아뢰여라. 유명이 다른 고로 사세가 부득이라 나는 올라간다마는, 내 딸 너도 부디 잘 가거라." 눈물지며 이별헐 제, 문득 채운이 두루더니 공중으로 행허신다.

【아니리】 심청이 기가 막혀 그 자리에 엎드러지며, "아이고, 어머니! 무슨 년으 팔자로서 부모 복도 이리 없는거나?" 이렇듯이 탄식허니 시녀 등이 위로헐 제, 그때여 심청이 수정궁에 머무른 지 어언간 삼 년이라. 하로는 옥황상제게옵서 남해용왕을 불러 하교허시되, "심청의 방년이 가까오니 임당수로 환송허여 어진 때를 잃지 말게 하라!" 남해용왕 명을 받고 심청을 치송헐 제, 연봉옥분에 고이 모시고 두 선녀로 시위허여,

조석 공대 찬수등물 금주보패를 많이 넣고 임당수로 나오는
디,

【진양조】 꿈같이 번뜻 떴다. 천신의 조화이며, 용왕의 신덕
이라. 바람이 분들 흔들리며, 비가 온들 요동허랴. 오색 채운
이 꽃봉이에 어리여서 주야로 둥둥 떠 있을 제, 남경 장사 선
인들은 억십만금 퇴를 내어 고국으로 돌아올 제, 임당수 당도
허여 용왕전 제지내고, 다시 제물을 정히 채려 심 낭자 혼을
불러 슬픈 말로 제지낸다. "심 낭자여, 심 낭자여. 출천대효 심
낭자여. 우리 남경 상인들은 낭자로 인연허여 장사에 퇴를 내
어 고국으로 가거니와, 낭자의 방혼이야 어느 때나 오시랴오?
한 잔 술로 위로허옵나니 많이 흠향하옵소서."

【아니리】 사공도 울고, 영좌도 울고, 적군 화장이 모도 울
며 제물을 물에 풀 제,

【중머리】 한 곳을 바라보니 난데없는 꽃 한 송이가 물 우에
둥실 떠 있거늘, "저 꽃이 웬 꽃이냐? 금장취병화중부귀 모란
환가 허나이다." 영좌 듣고 허는 말이, "아니, 그 꽃이 아니로
다. 죽림수면이 아니거든 무슨 모란화가 있것느냐?" "그러면
저 꽃이 웬 꽃이요? 창파해상에 둥실 떴으니 해당환가 허옵니
다." "아니, 그 꽃도 아니로다. 명사십리가 아니거든 해당화 어
이 있겠느냐? 옛일을 생각허니, 왕소군이 고국 생각 죽어서 청
초 되고, 우미인 만고유한 죽어 풀이 되었으니, 심낭자의 출천
효행 죽어 꽃이 됐나보다." 도사공 허는 말이, "그 말이 장히
좋다. 충신화 군자화 은일화 한사화. 사람의 행습 보아 꽃 이

름을 지었나니, 저 꽃은 정녕코 심 낭자 넋이니, 효녀화가 분명쿠나." 그 말이 옳다 허고 가까이 가서 보니, 과연 세상에 없는 꽃이라. 건져 놓고 살펴보니, 향취가 진동허며, 크기가 수레 같다. 고이 싣고 돌아올 제, 순풍이 절로 일어 사오 삭에 다니던 길을 삼사 일에 도달허니, 이 또한 신명의 조화니라.

【아니리】 고국에 돌아와 수다히 남은 재물 다 각기 짓대를 나눌 적에, 도선주는 무슨 마음인지 재물은 마다 허고 꽃봉이만 차지허여, 제 집 후원 정한 곳에 단을 묻고 두었더니, 오색 채운이 항상 꽃봉이에 어리였것다. 이때는 어느 땐고 허니 임오년 삼월이라. 그때여 송천자께옵서 황후 붕허신 후 간택을 아니허시고, 각색 화초를 구하시어 상림원을 다 채우고, 황극전 뜰 앞으로 여기저기 심어두고 주야로 구경허실 적에,

【중중머리】 화초도 많고 많다. 팔월부용군자용 만당추수홍련화. 암향부동월황혼에 소식 전튼 한매화. 진시유랑거후재라 붉어 있는 홍도화. 월중천향단계자 향문십리 계화꽃. 요염섬섬옥지갑의 금분야용 봉선화. 구월구일용산음 소축신 국화꽃. 공자왕손방수하의 부귀혈손 모란화. 이화만지불개문의 장신궁중의 배꽃이요, 칠십제자 강론허니 행단 춘풍의 살구꽃. 천태산 들어가니 양변개작약이며, 촉국 한을 못 이기어 제혈허는 두견화. 원정부지이별허니 옥창오견의 앵도화. 요화 노화 계관화 이화 채화 서경화 홍국 백국 시월 황국 교화 난화 동백 해당화 장미화 목련화 설토화 수선화 능소화 백일홍 동백 춘매 영산홍 자산홍 왜철쭉 진달화 난초 지초 파초 유자 석류

비파 향매의 은행 자두 오미자 치자 감자 대추 머루 다래 어름 넌출 왼갖 화초 가진 과목 칭칭히 심었난디, 향풍이 건 듯 불면 벌 나비 새 짐생들이 지지 울어 노래헌다.

【아니리】 천자님 흥을 붙여 날마다 보시더니, 그때으 남경 갔던 도선주 궐내의 소식 듣고, 임당수에 얻은 꽃을 옥분 채 잘 모시고 대궐 밖에 당도허여 제 뜻을 주달허니, 황제 반기시사, "선인으로 정성이 기특헌 일이로다." 특히 상을 내리신 후 꽃을 들여다 황극전에 놓고 모시니, 크기가 거륜 같고 꽃 빛이 찬란허며, 향취가 특이허여 세상 꽃이 아니로다. 월중단계화도 아니요, 요지연의 벽도화를 동방삭이 따온 지가 삼천 년이 다 못 되니 벽도화도 아니요, 서천서역에서 해상으로 떠왔는지? 그 꽃 이름을 강선화라 지으시고, 화계에다 옮겨노니, 붉은 안개 어려 있고 서기가 영롱이라.

【진양조】 일일은 황제께옵서 심신이 산란허시고, 잠을 이룰 길이 없어 화계에 배회터니, 명월은 만정허고, 미풍이 부동헌디, 강선화 꽃봉이가 완연히 요동허며, 사람 소리가 두런두런. 천자님이 고이 여겨 동정을 살펴보니, 뚜렷한 선인옥녀 꽃봉을 반만 열고 얼굴을 들어 엿보다가, 인적 있음을 짐작허고, 경각에 몸을 움쳐 꽃봉을 닫더니마는, 다시는 동정이 없는지라.

【아니리】 황제 보시고 심신이 황홀허여 무한히 주저하시다, 가까이 들어가서 꽃봉을 열고 보시니 일위 소저와 양개 시녀라. "너희가 귀신이냐? 사람이냐?" 시녀 등이 내려와 복지허

여 여짜오되,

【중머리】 "남해 용궁 시비로서, 낭자를 모시옵고 해상에 나왔다가 황극전에 범했사오니 극히 황송허여이다." 천자님 내염에 '옥황상제께서 좋은 인연을 보내심이라.' 시녀 등을 명하사, "내궐에 옮겨 두고 모든 궁녀로 시위허되, 만일 꽃봉을 열고 보면 죽기를 면치 못허리라." 날이 밝어 다시 보시니, 낭자 부끄러워 아미를 숙이고 앉었거늘, 보고 다시 살펴보시니, 만고의 처음 보는 짝이 없는 일색이로다. 황제 더욱 기뻐허사, 조회를 파허신 후 제신에게 의논헌즉, 제신이 복지주왈, "국모 없으심을 상제께서 알으시고 좋은 인연을 보냈사오니, 종사의 주부시오, 조정의 모후시라. 응천순민허옵시와 가례를 행케 허옵소서."

【아니리】 황제 옳게 여기시사 태사관에게 택일허시니, 오월 오일 갑자일이 음양무적이라 허였것다. 그렁저렁 기일이 당도허여 궐내에서 행례를 허셨것다. 심황후 덕이 많으시사, 당년부터 연풍허여 요순천지 다시 되었것다. 황후 부귀영화 극진허나, 심중에 숨은 근심 다만 부친 생각이라. 일일은 수심을 못 이기어, 시종을 물리시고 옥난간에 비기어 계실 적에,

【진양조】 추월은 만정허여 산호 주렴에 비치어 들고, 실솔은 슬피 울어 나유원에 흘러들 제, 청천의 외기러기는 월하에 높이 떠서, '뚜루루루 낄룩' 울음을 울고 오니, 심 황후 기가 막혀 기러기 불러 말을 헌다. "울고 오는 저 기럭아! 너 무삼 서름 있어 저리 슬피 울고 오느냐? 짝을 잃고 너 우느냐? 도화동

우리 부친 슬픈 소식 전하고자 나를 불러 너 우느냐? 이 몸은 불효막심이라 일장음신 못 올리나, 부처님의 영험으로 감은 눈을 뜨셨으며, 도화동 백성들이 옛 언약을 아니 잊고 시량이나 이우더냐? 눈 못 뜨고 배가 고파 문전걸식 눈치를 받고, 나를 부르고 다니면서 아사지경이 되셨드냐? 고생이 그러셔도 살아나 계시오면 천행만행 되련마는, 만일 불행 병환 들어 적막공방 뉘어 게시면, 약 한 첩, 물 한 모금을 어느 뉘라 줄 것이며, 혼자 기진 굶기신들 뉘가 염습 안장헐까?' 이렇듯이 울음을 울다 창공을 바라보니 기러기는 간 곳 없고 별과 달만 밝었구나. 심 황후 기가 막혀, "야, 이 무심헌 저기럭아! 내의 헌 말 들었거던, 우리 부친 전에 세세히 아뢰어다오."

【중머리】 찾어가서 뵙자헌들, 구중궁궐 깊은 곳에 지척을 알 수 없고, 황제님께 주달을 허여 칙사 보내 모셔오면 그 수가 좋을 테나, 생사도 알 수 없고 만일 발설허였다가 종적도 못 찾으면, 선녀로 아는 터에 취졸허게만 될 것이니, 부친을 뵈온 후에 발설함이 옳다허고, 이리 걱정, 저리 생각 수심으로 앉었을 제,

【아니리】 황제 내전에 듭시와 황후를 살펴보시니, 미간에 수색이요, 화용에 눈물 흔적이라. 고이 여겨 물으시되, "귀허기 황후가 되시고, 부허기 사해를 두르셨으며, 금실지우 종고지락이 있사온디, 황후는 무삼 일로 옥면 수색이 있나이까?" 황후 나직이 여짜오되, "폐하를 모시올 때 수색이 나타나서 황송무지허나이다."

【평중머리】 "주나라 때 태임 태사 이남덕화 장허시고, 우리 나라 선대 황후 여중요순 송덕이오나, 신첩은 무슨 덕으로 만 민국모 되었는지, 부끄러운 주야 근심 천려일득허였사오나, 아뢰옵기 황송하와 섭유불발허옵더니, 하교가 계시오니 감히 주달하옵나이다. 주 문왕은 첫 정사가 노자 안무허시옵고, 한 무제는 방춘화시 가긍한 환과고독 사궁을 진휼허셨으니, 백성 중에 불쌍헌 게 나이 많은 병신이요, 병신 중에 불쌍헌 게 앞 못 보는 맹인이라 공부자도 일렀으니, 천하 맹인 다 모아서 주 효를 먹인 후에, 그중에 유식 맹인은 좌우에 모시어서 성경을 읽게 허시고, 늙고 병든 맹인이며, 자식도 없는 맹인들은 황성 에다 집을 주어, 한 데 모도 모아 두고, 요를 주어 먹이오면, 무고헌 그 목숨이 전학지환 면헐 테요, 덕화만방 미칠 테니 깊 이 통촉을 허옵소서." 황제 듣고 기뻐허사, "장하도다, 국모 말 씀. 과인이 생각 못 헌 바를 황후가 도우시니 만복의 근원이 라. 소회대로 허오리다."

【아니리】 이렇듯 황후를 칭찬허시고, 이튿날 즉시 하교허 사, "천하에 있는 맹인 궐내에서 백일잔치를 허되, 방방곡곡 지시문에 국경연으로 기송허라." 이렇듯 어명이 나리셨겄다. 각설, 이때 심 봉사는 황주 도화동에 있는 것이 아니라, 형주 지경에서 지내다가 황성 잔치를 가게 허였는지 이야기를 한번 치더듬어 보든 것이었다.

【진양조】 그때으 심 봉사는 출천대효 딸만 잃고, 모진 목숨 죽지도 못허고 근근부지로 지낼 적에, 봄이 가고, 여름이 되니

녹음방초 시절이로구나. 산천은 적적헌디 물소리만 처량허네. 딸과 같이 노던 처녀들은 종종 와서 인사를 허니, 딸 생각이 더욱 간절허구나. 심 봉사 마음이 산란허여, 지팡막대를 검쳐 잡고 망사대를 찾아가서, 비석을 안고 울음을 운다. "아가! 청아! 인간의 부모를 잘못 만나 생죽엄을 당허였구나. 아비를 생각커든 어서 나를 다려가거라. 눈 뜨기도 나는 싫고, 세상 살기도 귀찮허다." 타루비 앞에 가 꺼구러져서 치둥굴 내리둥굴, 머리도 찍고 가삼 쾅쾅, 두 발을 굴러 망지소지로 울음을 운다.

【아니리】 이렇듯 낮이면 강두에 가 울고, 밤이 되면 집에 들어 울고, 울음으로 세월을 보내는디, 그때 마침 그 근촌에 사는 아주 흉악한 홀어미 하나 있으되, 이름은 뺑덕이네요, 별호는 뺑파였다. 얼굴이 고금일색일는지 만고박색일런지는 몰라도, 꼭 이렇게 생겼던 것이었다.

【자진머리】 생긴 모냥을 볼작시면 말총 같은 머리털은 하늘을 가르치고, 됫박이마에 홰눈썹은 우먹눈 주먹코요, 메주볼 송곳턱에, 입은 크고 입술 두터 큰 궤문을 열어논 듯, 써레이 드문드문, 서는 늘어진 짚신짝이요, 두 어깨는 떡 벌어져 치를 거꾸로 세워논 듯, 손질 생긴 뿐을 보면 솥뚜껑을 엎어논 듯, 허리는 짚동 같고, 배는 폐문 북통 같고, 엉뎅이는 부자집에 떡 치는 암반 같고, 속옷을 입었기로 다른 곳은 못 보아도 입을 보면은 짐작이요, 수퉁다리 흑각발톱, 발맵시는 어찌 됐던, 신발은 침척으로 자 가옷이 넉넉해야 겨우 신게 되는구나.

【아니리】 생긴 모양이 이래노니, 눈 있는 사람이야 거들떠볼 이나 뉘 있으리요? 천상 차지는 눈으로 못 보는 봉사 차지인디, 봉사만 서너 판을 내고 아직 서방 못 얻다가, 심 봉사 전곡 넉넉하단 말을 듣고, '옳다, 내가 이 작자한테로 시집을 가면 한 때 떡 살구는 원 없이 먹겠다.' 싶어 동리 사람들도 모르게 살짝 시집을 갔것다. 심 봉사는 뺑덕이네에게 대혹허여 저 허자는 대로 내버려 뒀더니, 뺑덕이네 이 몹쓸 년은 심 봉사 그 불쌍헌 전곡, 심청이가 마지막 죽으러 갈 때 앞 못 보신 늙은 부친 노래에 굶지 말고, 벗지 마라고 주고 간 그 불쌍헌 전곡을 꼭 먹성질로 조저 대는디, 뺑덕이네 행동거지와 먹성 속은 이 주운숙이 말과 조금도 틀림이 없는 것이었다.

【자진머리】 밤이면은 마을 돌고, 낮이면은 낮잠 자고, 쌀 퍼주고 떡 사 먹고, 벼 퍼주고 엿 사 먹고, 의복 잡혀 술먹기와 빈 담뱃대 손에 들고 오고가는 행인들께 담배 달라 힐란허고, 머슴 잡고 어린양에 젊은 중놈 유인허기. 동인 걸어서 욕설허고, 촌군들과 싸움허기, 여자 보면 내외허고, 남자 보면 방긋 웃고, 코 큰 총각 술 사주기. 잠자면서 이 갈기와 배 긁고 발목 떨고, 한밤중에 울음 울고, 이불 속에서 방귀 끼기. 삐쭉허면 빼쭉허고, 빼쭉허면 삐쭉허고, 힐긋허면 핼긋허고, 핼긋허면 힐긋허고, 술 퍼먹고 활딱 벗고 정자 밑에서 낮잠 자기. 남의 내외 잠자는 디 가만가만 가만가만 가만가만이 찾어가서 봉창 문에다 입을 대고, "불이야!" 왼갖 악중 다 겸허여, 이 전곡을 모두 다 빨아먹은 연후에는 이삼일 먹을 양식만 남겨두고 도

망헐 작정으로, 오뉴월 가마귀 곤 수박 파먹듯 밤낮없이 파먹는구나.

【아니리】 하로난 심 봉사 궤 속을 더듬어 본즉 엽전 한 푼이 없는지라, "아, 여, 뺑덕이네! 여, 뺑파!" "예?" "아, 내가 이 근방에서 실없이 소문 없는 졸부자 말을 듣는 터인디, 궤 속에 엽전 한 푼이 없으니, 이게 어찌 된 일이여?" "아이고, 영감 드린다고 술 사 오고, 고기 사 오고, 떡 사 오고, 담배 사 온 돈이 다 그 돈이지 그게 무슨 돈이다요? 심 봉사가 기가 맥혀 많이 사다주더라." "흥, 그만 두소. 여편네 먹은 것 쥐 먹은 것이라고, 그만두고, 재 넘어 김 동지댁에 맡긴 돈 백 냥 찾아오소. 가용이나 쓰세." "아이고, 그 돈도 벌써 찾어다가 꼿실네 집에 해장값 주고, 김 순장댁에 돈 일백오십 냥 찾어다가 복숭 값 주고, 능금 값 주고, 앵도 값 주고, 살구 값 주고, 뭐?" 심 봉사가 어이없어, "잘 먹었다! 잘 먹었어!" 심 봉사가 그 전곡 말만 들먹거리면 딸의 생각에 뼈가 저린지라, 두 눈에 눈물이 듣거니 맺거니,

【중중머리】 "아이고, 이것이 웬일이냐! 야, 이 몹쓸 뺑덕이네야! 이년아, 몹쓸 년아! 니가 이것이 웬일이여? 출천대효 내 딸 심청 임당수 죽으러 갈 때, 앞 못 보는 늙은 아비 사후에 신세라도 의탁허라고 주고 간 돈, 네 년이 무엇이라고 그 전곡을 없애느냐?" 여광여취 뛰여나가 지팽이 찾어 짚고, 심청이 가던 길로 더듬 더듬 더듬 더듬 더듬거리고 나가다가, 그 자리에 덥썩 주저 앉더니, "아가, 청아! 야, 이 무상헌 자식아! 아비

신세를 어쩌라고 어데 가고 모르느냐? 너는 죽어 모르것마는, 아비는 살어 고생일다. 내 자식아! 너 죽어 황천 가서 너의 모친 뵈었거든, 모녀간 혼이라도 나를 어서 잡어가거라. 눈 뜨기도 나는 싫고, 세상 살기도 귀찮허다. 날 다려가거라! 나를 잡어가거라."

【아니리】 이렇듯 울음을 울어 노니, 뺑덕이네가 살망을 한 번 피워 보더니, "아이고, 영감! 어쩐 일인지 저지난달부터 몸 구실을 딱 거르더니, 밥맛은 도무지 없고 꼭 신 것만 구미 당겨 살구 좀 사 먹은 것이, 먹기사 얼마나 먹었다요? 살구씨 일곱 섬!" 물색 모르는 심 봉사 그 말에 구미 당겨, "아, 여, 뺑덕이네 저지난달보텀이여. 그러면 태기 있을라나베. 남녀간에 무엇이거나 수 눈먼 딸자식이라도 하나 낳기만 허소. 그러나 그게 아들이 될지 딸이 될지 모르지만, 원 세상에 살구씨가 일곱 섬이라니 신 것을 그렇게 많이 퍼먹고, 그놈의 자식놈 낳더라도 신둥머려져 쓰까 몰라?" 이리 되어 이 고장에서 남부끄러워 살 수 없다 허고, 길을 떠나 형주지경을 당도허여 그곳에서 지내는디, 하로는 형주자사가 부르시어 분부허시되, "지금 황성에서 맹인자치를 배설허셨는디, 만일 잔치에 불참허면 중벌을 면치 못헐 테니 어서 급히 올라가라!" 심 봉사가 뺑덕이네를 데리고 황성을 올라가다가

【중모리】 주막에 들어 잠잘 적에, 뺑덕이네 몹쓸 년은 주막 근처 사는 봉사 중에 제일 젊은 황 봉사를 벌써 꾹 찔러 약조허여, 주막 딴 방에 두었다가, 심 봉사 잠든 연후에 둘이 손을

마주잡고 밤중에 도망을 허였구나. 그때여 심 봉사는 초저녁 잠 훨씬 자고, 새벽녘에 일어나서 아무리 만져 봐도 뺑파가 없는지라. "아, 여, 뺑덕이네! 아, 여, 뺑파! 이거 어디 갔는가?" 이 구석, 저 구석을 더듬는구나.

【중중머리】심 봉사 거동 봐. 뺑덕이네를 찾는다. "여보소, 뺑파, 이리 오소! 이리 오라면, 이리 와! 여봐라, 뺑파야! 눈먼 가장과 변양을 허면, 여편네의 수신제도가 조용히 자는 게 도리 옳지, 한밤중에 장난을 이렇게, 남이 보면은 부끄럽지 않나? 이리 오너라, 뺑덕이네! 이리 오라면, 이리 와!"

【아니리】아무리 더듬어 봐도 뺑덕이네가 없는지라. 심 봉사 의심이 덜컥 나, "여보, 주인! 거, 우리 마누라 안에 들어갔소?" "아니오!" "그러면 여기서 자던 우리 마누라가 없어졌으니, 어찌 된 일이여? 주인이 찾아줘야지." "아, 같이 자던 그 여인 어떤 젊은 봉사와 새벽길 친다고 벌써 떠나든디요?" "아니, 뭣이 어쩌고 어쩌? 아이고, 이년 갔구나."

【진양조】심 봉사 기가 막혀, "아이고, 이 일을 어쩔끄나? 허허, 뺑덕이네가 갔네그리여! 에이, 천하 의리 없고 사정없는 요년아! 당초에 네가 버릴 테면 있던 데서나 마다 허지, 수백 리 타향에 와서 날 버리고 네가 무엇이 잘되것느냐, 요년아! 에이, 천하 몹쓸 년아! 뺑덕어멈아, 잘 가거라. 앞 못 보는 이 병신이 황성 천리 먼먼 길을 막지소향 어이를 갈끄나? 아이고, 아이고, 내 신세야. 순인군은 성인이라 눈에 동자가 너이시고, 부처님은 무슨 도술로 눈이 천이나 되시는디, 나는 어이 무슨

죄가 지중허여 눈 하나도 못 보는그나? 몹쓸 놈의 팔자로구나."

【아니리】 "예끼, 순 호랑이가 바싹 깨물어 갈 년! 워라 워라 워라 워라, 현철허고 얌전헌 우리 곽씨부인 죽는 양도 보고 살었고, 출천대효 내 딸 심청 생이별도 허고 살었는디, 내가 다시 니 년을 생각허면 인사불성 쇠아들놈이다, 이년!" 막담을 덜컥 지어놓고,

【중머리】 날이 차차 밝어오니 주인을 불러서 하례 닦고, 행장을 챙겨 지고 황성 길을 올라간다. 주막 밖을 나서더니마는, 그래도 생각이 나서 맹세헌 말 간 곳 없고 뺑덕이네를 부르는디, 그 자리에 버썩 주저앉더니, "뺑덕이네야! 뺑덕이네. 예끼, 천하 몹쓸 년아! 니 그럴 줄 내 몰랐다. 황성 천 리 먼먼 길을 어이 찾어 가잔 말이냐? 내가 눈이 있거드면, 앞에는 무슨 산이 있고, 길은 어데로 행허는지 분별허여 갈 것인디, 지척 분별을 못 허는 병신을 어이 찾어서 가잔 말이냐?" 새만 푸르르르르 날아가도 뺑덕이넨가 의심을 허고, 바람만 우루루루루 불어도 뺑덕이넨가 부르는구나. "뺑덕이네야! 모질고도 야속헌 년! 눈 뜬 가장 배반키도 사람치고는 못 헐 텐디, 눈 어둔 날 버리고 네가 무엇이 잘될쏜가? 새 서방 따라서 잘 가거라."

【중중머리】 더듬 더듬 올라갈 제, 이때는 어느 땐고? 오뉴월 한더위라. 태양은 불 같은디, 비지땀을 흘리면서 한 곳을 당도허니, 백석청탄 맑은 물이 흐르는 소리 들린다. 심 봉사 거동 보소. 물소리 듣더니 반긴다. "얼씨구나, 반갑다! 유월 염

천 더운 날 청파유수에 목욕을 허면 서룬 마음도 잊을 테요, 맑은 정신이 돌아올 것이니, 얼씨구 반갑다." 의관 의복을 벗어놓고 물에 가 풍덩 들어서, "에이, 시원하고 장히 좋다." 물 한 주먹을 덥석 쥐어 양치질도 허여보고, 또 한 주먹 더벅 쥐어서 가삼도 훨훨 문지르며, "에이, 시원하고 장히 좋다. 삼각산 올라선들 이에서 시원하며, 동해유수를 다 마신들 이에서 시원헐꺼나? 얼씨구 좋구나, 지화자 좋네." 툼벙툼벙 다닌다.

【아니리】 이렇듯 목욕헐 제, 심 봉사보담 훨씬 더 시장헌 도적놈이 의관 의복을 죄다 집어 가지고 도망을 허였것다. 심 봉사는 뉘가 농허는 줄로만 알고, "여, 뉘가 나허고 농헐랴고 내 옷을 감춘 게로구나. 거 뉘기여? 이리 가져와. 내가 암만 눈이 어두워도 다 짐작이 있고만. 허허, 가져오래도! 아니, 안 가져와? 안 가져와? 에이, 실어배아들놈의 인사 자식 같으니! 농도 분수가 있지, 봉사허고 농혀? 고연놈의 인사 자식이로고! 안 가져와? 안 가져와?' 아무리 소리를 지른들 대답헐 리가 뉘 있으리요. 심 봉사 그제야 도적 맞은 줄을 짐작허고,

【중머리】 "허허, 이제는 죽었구나! 정녕 나는 꼭 죽었네. 옷을 훨씬 벗었으니 굶어서도 죽을 테요, 불꽃 같은 이 더위에 데어서도 나는 죽겠구나. 야, 이 좀도적놈들아! 내 옷 가져오너라! 쓰고 먹고 입고 남은 재물도 많을 텐데, 눈 어둔 내 것을 가져가니 그게 차마 헐 일이냐? 야, 이놈들아! 봉사 것 도적질 허면 열두 대 줄봉사 난단다! 내 옷 가져오너라!" 죽어도 양반이라 체면을 아는 고로, 한 손으로 앞을 가리고, "내 앞에 부인

네 지내거든 다 돌아서서 가시요! 내 어쩌다 벗었소! 아이고
아이고, 내 신세야! 천지 인간 병신 중의 날 같은 이가 뉘 있으
리? 일월이 밝었어도 동서 분별을 내 못 허니, 살어 있는 내
팔자야! 모진 목숨 죽지도 못허고, 내가 이 지경이 웬일이냐?"
이리 앉어 울음을 울 제, 그때 마침 무릉태수 황성 갔다 오는
길인디, 벽제 소리가 들리거늘, 심 봉사 듣고 좋아라고, '옳다.
여, 어디 관장이 지나가시는 모양이로구나. 인제는 살었다. 내
가 저 관장에게 억지나 좀 써 보리라. 떼를 한번 써 보면, 관은
민지부모라니 설마 이대로 버리고 가시든 안 헐 테지.' 행차가
점점 당도커늘, 심 봉사 거동 보소. 벌거벗은 알봉사가 한 손
으로 앞을 가리고, 한 손에는 지팽이를 들고 엉금엉금 들어가
며, "아뢰여라! 급창아, 아뢰여라! 황성 가는 맹인인디, 배알차
로 아뢰어라!" 행차가 길을 머물더니마는, "어이! 나는 무릉태
수려니와 어디 사는 소경인디, 어찌 옷은 벗었으며, 무슨 말을
허려는가?" "아뢰여라!" "예, 소맹이 아뢰리다. 소맹은 황주 도
화동 사옵더니, 황성 잔치 가는 길에 하도 날이 더웁기로 이
물에서 목욕을 허다 의관 의복을 잃었사오니, 진소위주출지망
양이요, 진퇴유곡이 되었으니 찾어주고 가시던지, 한 벌 물와
주고 가시던지 별반처분허옵소서. 적선지가에 필유여경이라
허였으니, 태수장 덕분에 살려주오."

【아니리】 태수 들으시고 가긍히 여기시사 통인불러 분부허
시되, "네 의롱 열고 의복 일습 내어주라. 급창은 벙거지 써도
탈 없으니 갓 벗어 소경 주고, 교군꾼은 수건 써도 탈 없으니

망건 벗어 소경 주라." 심 봉사 받아 쓰고, 입더니, "은혜 백골 난망이요. 내 황성 갔다 오는 길에 태수장 꼭 찾어뵈옵지요."

【자진머리】 백배사례 하직허고 황성 길을 올라갈 제, 낙수교를 얼른 건너 녹수정을 지내갈 제, 일력은 점점 황혼인디, 사람 자취 끊어져 묵을 곳 바이없고, 근처 인가는 없는 모양. 혼자 걱정으로 허둥지둥 가노라니, 어디서 방아소리가 얼른얼른 들리거늘, "옳다. 여, 어디 동네가 있구나. 내가 찾어가는 수밖에 도리 없지." 논틀로, 밭틀로 더듬 더듬 더듬 찾어가 부지불각 들어서며, 숨결도 가뿐 김에 뚝성으로 허는 말이, "여, 말 조끔 물읍시다!" 그중에 왈패 여인이 하나 썩 나서면서 책망인지, 욕설인지 호령을 내놓는디, "아니, 남녀유별허단 말은 삼척동자도 다 아는 바인디, 여인네만 모인 곳에 의관을 헌 작자가 불문곡직 달려드니, 그 제기 모를 손을 눈망울을 쑥 집어 내라!"

【아니리】 심 봉사 가만히 들어본즉, 말허는 그 여인 말 성음부터 원체 싸나울 뿐 아니라, 밥 굶은 밤손님이 거센 체해서는 안 될 성싶어, 탁 눅거서 허는 말이, "여, 황성 근처 아씨들이 눈망울을 잘 뺀다기에 나는 눈망울을 아주 빼서 우리 집에 두고 왔제." 저 여인 허는 말이, "네 그 손님 눈 없는가 자세히 살펴봐라!" 부인네들이 불을 켜 들고 와 보더니, "아이가! 정말 이 손님 눈 없네!" "눈망울도 없는 것이 어찌 밤에 찾어왔어? 기왕 온 것이니 방아나 좀 찌어 주제." 심 봉사도 농담으로 슬쩍 대답을 허는디, "제기, 참! 공연히 방아를 찧어줘? 아, 방아

찧어주면 뭣이라도 줄라간디?" "아따, 그놈으 봉사 우멍허기도 허다. 주기는 뭘 줘? 밥 주고, 술 주고, 고기 주고, 담배 주면 그만이지." 심 봉사가 밥 주고, 술 주고, 담배 준다는 통에 방 아를 한번 찧어 보는디, 방아를 어떻게 찧는고 허니 우리나라 인간문화재 제5호로 지정되어 계셨다가 이미 고인이 되신 동 초 김연수 선생님의 가르침을 이어받으신 오정숙 선생님의 흐 름으로 이일주 선생님께서 가르쳐 주셨던바 도저히 우리 선생 님 같이 헐 수는 없지마는, 되든지 안 되든지 흉내라도 한번 내보던 것이었다.

【중중머리】 "어유아 방아요. 어유야 방아요. 얼그덩 떵떵, 잘 찧는다. 어유아 방아요." "만첩청산을 들어가, 이 나무 저 나무 베어다가 이 방아를 만들었나?" "어유아 방아요." "태고라 천황씨는 목덕으로 왕허시니, 이런 나무로 왕을 허셨던가?" "어유아 방아요." "유소씨 구목위소 이런 나무로 집 지시며, 신 농씨 유목위레 이런 나무로 따부허셨던가?" "어유아 방아요. 어유아 방아요." "오고대부 죽은 후의 방아소리도 끊쳤더니, 우리 성상 즉위하사 국태민안허옵신디, 하물며 맹인잔치 고금 에 처음이라, 우리도 태평성대 방아타령을 허여 보세." "어유 아 방아요."

【자진머리】 "어유아 방아요. 어유아 방아요. 얼그덩 떵떵 잘 찧는다. 어유아 방아요." "이 방아가 뉘 방아? 강태공 조작 이로다." "어유아 방아요." "들로 가면 말방아요, 강을 끼면 물 방아로다." "어유아 방아요." "혼자 찧는 절구방아, 이 방아는

디딜방아라." "어유아 방아요." "방아 만든 제작을 보니, 사람을 비양턴가 두 다리를 쩍 벌렸네." "어유아 방아요." "옥빈홍안의 비널런가, 가는 허리에 가 잠이 찔렸구나." "어유아 방아요. 어유아 방아요." "길고 가는 허리를 보니 초왕궁인의 맵시런가." "어유아 방아요. 얼그덩 떵떵 잘 찧는다. 어유아 방아요." "머리 들어 올리는 양은 창해노룡이 성을 낸 듯." "어유아 방아요." "머리를 숙여 내리는 양은 주 문왕의 돈수런가." "어유아 방아요."

【더 자진머리】"어유아 방아요. 어유아 방아요." "얼그덩 떵떵 잘 찧는다." "어유아 방아요." "사철 찧는 쌀 방아요, 명절 때는 떡방아로다." "어유아 방아요." "미끌미끌 지장방아, 사박사박의 율미방아라." "어유아 방아요." "오호 맵다 고추방아. 구수름허구나 깨묵방아." "어유아 방아요." "얼그덩 떵떵 잘 찧는다." "어유아 방아요."

【휘모리】"어유아 방아요. 어유아 방아요." "얼그덩 떵떵 잘 찧는다." "어유아 방아요." "오리람 내리람 잘 찧는다." "어유아 방아요." "삐극빼극 잘 찧는다." "어유아 방아요."

【중중머리】"얼그덩 떵떵 잘 찧는다." "어유아 방아요."

【아니리】이렇듯 방아 찧고, 밥 얻어먹고, 사랑방에서 편히 잔 연후에, 아침밥까지 잘 얻어먹고 다시 황성을 올라갈 제, 또 석양을 당허여 한 모퉁이를 돌아드니 어떠한 여인인지, "저기 가시는 게 심 봉사시오?" 심 봉사 혼자말로, '이곳에서 나를 알 사람이 없는디, 괴이헌 일이로다.' 따라가서 집 안으로

들어가 외당에 앉히고, 저녁을 잘 대접한 후에 여인이 다시 나오며, "봉사님, 내당으로 들어 가십시다."

【자진머리】 내당으로 들어가니, 내당의 어떤 부인 시비를 부르더니 좌를 주어 앉힌 후으, 그 부인 허는 말이, "당신이 분명 심 봉사시지요?" "그 어찌 아시니까?" "아는 도리가 있습니다. 내성은 안가옵고, 십 세 전 안맹허여 점치는 법을 대강 배웠삽기, 삼십오 세 금년이라야 방년인 줄 내 이미 알았으나, 간밤의 꿈을 꾸니, 일월이 떨어져서 물에 가 잠긴 것을 첩이 선뜻 건져내어 품에다 안았으니, 천상의 일월이란 사람의 안목이라. 내의 배필 날과 같은 맹인인 줄 알았으며, 물에 가 잠겼기로 심씨인 줄 짐작하와 당돌이 청했사오니, 첩이 비록 용열하오나, 버리지 않으시면 평생 한이 없겠네다."

【아니리】 심 봉사 속으로 어찌 좋든지 두부자루 터진 듯이 웃던 것이었다. "파, 말이사 좋은 말이지마는, 거 그렇게 되기가 쉬우리라고?" 심 봉사와 안씨 맹인과 그날 밤 지낸 일이야 뉘가 알 수 있으리요? 동방화촉의 호접몽을 꾸었것다. 모든 근심 다 잊어버리고 잠시라도 즐기더니, 그날 밤 몽사가 괴이헌지라. 이튿날 일어 앉어 심 봉사 걱정 수심으로 한숨 쉬고 앉었거늘, 안씨 맹인 묻는 말이, "우리가 백년가약을 맺은 후 첩은 평생 소원을 이뤘는가 허옵는디, 무슨 걱정이 많으신지, 첩이 도리어 불안허오이다."

【평중머리】 심 봉사 듣더니 허는 말이, "이내 팔자 기박허여 평생을 두고 증험허되 호사다마요, 흥진비래를 날로 두고

이름인지, 좋은 일 있으면은 악헌 일이 삼기는디, 간밤에 꿈을 꾸니 내 몸이 불 속에 들어 보이고, 내 가죽을 벗겨 북을 메어 쳐 보이고, 나뭇잎 떨어져 뿌리를 덮어 보이니, 나 죽을 꿈인가 허나이다." 안씨 맹인 이 말 듣고 묵묵히 앉었더니, "그 꿈 장히 좋사이다. 해몽을 이를게 들으시오. 신함화중허니 회복을 가지라, 몸이 불 속에 들었으니 옛일이 회복될 대몽이요, 거피작고허니 입궁지상이라, 가죽을 벗겨 북을 메어 쳐 보이니, 고성은 궁성이라, 몸이 궁궐에 들 꿈이요, 낙엽이 귀근허니 자손을 가봉이라, 나뭇잎 떨어져 뿌리를 덮었으니 자녀를 상봉헐 대몽이요. 이런 대몽은 고금에 드문지라, 경사 있으리니 아무 염려 마옵소서."

【아니리】 심 봉사 이 말 듣고 탄식하며 허는 말이, "내게는 천부당 만부당이요, 만불성설이요. 무남독녀 외딸 하나 임당수에 죽었는디, 어느 자식이 있어 상봉헌단 말이요."

【평중머리】 안씨 맹인 허는 말이, "지금은 내 말을 허망히 알으시나, 장차 두고 보옵소서." 만단으로 위로허고 조반을 마친 후에, 그날 함께 길을 떠나 황성을 당도허니, 소경이 어찌 모였던지 소경 천지 되었구나. 봉명사령이 영기를 메고 골목골목 다니면서, "각 성, 각 읍 소경님네! 오늘이 맹인잔치 망종이니 어서 급히 참례허오!" 이렇듯 외는 소리 원근산천이 떵그렇게 들린다.

【아니리】 심 봉사 안씨 맹인과 주점에서 쉬다가 걸음을 바삐 걸어 궁궐을 찾아갈 제, 그때여 황후께서는 날마다 오는 소

경 거주 성명을 받아보되, 부친 성명은 없는지라.

【진양조】심 황후 기가 맥혀 혼자말로 탄식헌다. "이 잔치를 배설키는 부친을 위험인디, 어이 이리 못 오신고? 내가 정녕 죽은 줄 알으시고 애통허시다 굿기셨나? 부처님의 영험으로 완연히 눈을 떠서 소경 축에 빠지셨나? 당년칠십 노환으로 병환이 들어서 못 오신가? 오시다 도중에서 무슨 낭패를 당허신가? 잔치 오날이 망종인디 어찌 이리 못 오신그나?" 혼자 자진복통에 울음을 운다.

【아니리】이렇듯 애탄을 허실 적에, 이날도 대궐 문을 훨쩍 열어 재쳐 놓고 각 영문 군졸들은 봉사들을 인도허고, 내관은 지필 들고 오는 소경 거주 성명이며, 연세 직업 자녀 유무와 가세빈부 유무식을 낱낱이 기록허여 황후 전에 올렸것다. 황후 받어 보실 적에,

【자진머리】각기 직업이 다르구나. 경을 읽고 사는 봉사, 신수 재수 혼인궁합 사주해몽 실물 실인 점을 쳐 사는 봉사, 계집에게 얻어먹고 내주장으로 사는 봉사, 무남독녀 외딸에게 의지허고 사는 봉사, 아들이 효성 있어 혼정신성 편한 봉사, 집집에 개 짖키고 걸식으로 사는 봉사, 목만 쉬지 않는다면 대목장에는 수가 난다 풍각장이로 사는 봉사, 자식이 앉은뱅이라 지가 빌어다 먹인 봉사, 그중에 어떤 봉사 도화동 심학균디, 연세는 육십오 세, 직업은 밥만 먹고 다만 잠자는 것뿐이요, 아들은 못 나 보고 딸만 하나 낳았다가 제수로 팔어먹고, 출천대효 딸자식이 마지막 떠날 적에 앞 못 보신 늙은 부친

말년 신세 의탁허라고 주고 간 전곡으로 가세는 유여터니, 뺑덕이네란 계집년이 모도 다 털어먹고, 유무식 기록에는 이십 안맹허였기로 사서삼경 다 읽었다 뚜렷이 기록이 되었구나.

【아니리】 심 황후 낱낱이 읽어가실 적에 부친 성명을 보았구나. 오죽이나 반가웠으며 그 얼마나 기뻤으리요마는, 그러나 흔적 안 허시고 내관을 불러 분부허사, "심 맹인을 별전으로 모셔오라!" 내관이 명을 듣고 나가, "심학규 씨! 심학규 씨 맹인은 나오시오! 심 맹인!" 심 봉사 듣더니, "심 맹인이고 무엇이고 배가 고파 죽겠구만! 술이나 한 잔 주제." "글쎄, 술도 주고, 밥도 주고, 돈도, 집도 주고 헐 터이니, 얼른 이리 나오시오." "거 실없이 여러 가지 것 준다. 그런디 어찌 꼭 나만 찾으시오." "글쎄, 상을 줄지, 벌을 줄지 모르나, 우에서 심 맹인을 불러오라 허셨으니, 어서 들어갑시다." 심 봉사 깜짝 놀래, "나 이럴 줄 알았어. 상을 줄지, 벌을 줄지? 놈 용케 죽을 데 잘 찾아왔다. 내가 딸 팔어먹은 죄가 있는디, 날 잡아 죽일라고 이 잔치를 배설헌 잔치로구나. 내가 더 살어 무엇허리! 어서 들어갑시다." 주렴 밖에 당도허여, "심 맹인 대령이요!" 황후 자세히 살펴보시니, 백수풍신 늙은 형용 슬픈 근심 가득찬 게 분명한 부친이라. 황후께서 체중허시고, 아무리 침중허신들 부녀천륜 어찌허리?

【자진머리】 심 황후 거동 보아라. 산호 주렴을 걷쳐버리고 우르르르 달려나와, 부친의 목을 안고, "아이고, 아버지!" 한번을 부르더니 다시는 말 못 허는구나. 심 봉사 부지불각 이

말을 들어노니, 황후인지, 궁녀인지, 굿 보는 사람인지 누군 줄 모르는지라. 먼 눈을 희번쩍 희번쩍 번쩍거리며, "아이고, 아버지라니? 뉘가 날더러 아버지래여, 에잉? 나는 아들도 없고, 딸도 없소. 무남독녀 외딸 하나 물에 빠져 죽은 지가 우금 수삼 년이 되었는디, 아버지라니 웬 말이요?" 황후 옥루 만면허여, "아이고, 아버지! 여태 눈을 못 뜨셨소? 임당수에 빠져 죽은 불효여식 청이가 살아서 여기 왔소." 심 봉사 이 말 듣고, "엥, 이게 웬 소리여? 이것이 웬 말이여? 심청이라니? 죽어서 혼이 왔느냐? 내가 죽어 수궁을 들어왔느냐? 내가 지금 꿈을 꾸느냐? 이것이 웬 말이요? 죽고 없는 내 딸 심청, 여기가 어디라고 살어오다니 웬 말이냐? 내 딸이면 어디 보자. 아이고 눈이 있어야 보제! 이런 놈의 팔자 좀 보소. 죽었던 딸자식이 살어서 왔다 해도 눈 없어 내 못 보니, 이런 놈의 팔자가 어데가 또 있으리. 아이고, 답답허여라!" 이때여 용궁 시녀 용왕의 분부신지, 심 봉사 어둔 눈에다 무슨 약을 뿌렸구나. 뜻밖에 청학 백학이 황극전에 왕래허고 오색 채운이 두루더니, 심 봉사 눈을 뜨는디, "아이고, 어찌 이리 눈가시 근질근질 허고 섬섬허냐? 아이고, 이놈의 눈 좀 떠서 내 딸 좀 보자! 악!"

【아니리】 "아니, 여가 어디여?" 심 봉사 눈 뜬 바람에 만좌 맹인과 각처에 있는 천하 맹인들이 모다 일시에 눈을 뜨는디,

【자진머리】 만좌 맹인이 눈을 뜬다. 만좌 맹인이 눈을 뜰 제, 전라도 순창 담양 새 갈모 떼는 소리로 '짝 짝 짝 짝'허더니마는 모두 눈을 떠버리는디, 석 달 열흘 큰 잔치에 먼저 와서

참여하고 내려간 맹인들은 저희 집에서 눈을 뜨고, 병들어 사경되여 부득이 못 온 맹인들도 집에서 눈을 뜨고, 미처 당도 못 한 맹인들은 도중에 오다 눈을 뜨고, 천하 맹인이 일시에 모다 눈을 뜨는디,

【휘모리】 가다 뜨고, 오다 뜨고, 서서 뜨고, 앉어 뜨고, 실없이 뜨고, 어이없이 뜨고, 화내다 뜨고, 성 내다가 뜨고, 울다 뜨고, 웃다 뜨고, 힘써 뜨고, 애써 뜨고, 떠 보느라고 뜨고, 시원히 뜨고, 일허다 뜨고, 앉아 노다 뜨고, 자다 깨다 뜨고, 졸다 번뜻 뜨고, 눈을 끔적거려보다 뜨고, 눈을 부벼보다가도 뜨고, 지어비금주수라도 눈먼 김생은 일시에 모다 눈을 떠서 광명천지가 되었는디, 그 뒤부터는 심청가 이 대목 소리허는 것만 들어보아도 명씨 배겨 백태 끼고, 다래끼 석 서는디, 핏대 서고, 눈꼽 끼고, 원시 근시 궂인 눈도 모두 다 시원허게 낫는다고 허드라.

【아니리】 심 생원도 그제사 정신을 차려, "내가 이것 암만해도 꿈을 꾸는 것 아닌가여?" 황후 부친을 붙들고, "아버님! 제가 죽었던 청이옵니다. 살어서 황송하옵게도 황후가 됐답니다." 심 생원 깜짝 놀래, "에잉? 아이고, 황후마마! 군신지의가 지중허온디 황송무비허옵니다. 어서 전상으로 납시옵소서." 심 생원 말소리 들어보고 전후 모습을 잠깐 보더니마는,

【중머리】 "옳지, 인제 알겠구나. 내가 인제야 알겠구나. 내가 눈이 어두워서 내 딸을 보지 못했으나, 인제 보니 알겠구나. 갑자 사월 초파일야 꿈속에 보던 얼굴 분명한 내 딸이라.

죽은 딸을 다시 보니 인도환생을 허었는가? 내가 죽어서 수궁을 들어왔느냐? 이것이 꿈이냐? 이것 생시인가? 꿈과 생시 분별을 못 허겄네. 얼씨구나 좋을시고, 절씨구나 좋을시구. 아까까지 내가 맹인이라 지팽이를 짚고 다녔으나, 이제부터 새 세상이 되니 지팽이도 작별허자. 너도 날 만나서 그새 고생 많이 허었다. 너도 니 갈 데로 잘 가거라." 피르르르르 내던지고, "지화자 좋을시구."

【중중머리】 "얼씨구나 절씨구, 절씨구나 절씨구, 얼씨구 절씨구 지화자 좋네. 얼씨구나 절씨구. 어둡던 눈을 뜨고 보니 황성 궁궐이 장엄허고, 궁 안을 살펴보니, 창해 만 리 먼먼 길 임당수 죽은 몸이 환세상 해 황후 되기 천천만만 뜻밖이라. 얼씨구나 절씨구. 어둠침침 빈방 안의 불 켠 듯이 반갑고, 산양수 큰 싸움에 자룡 본 듯이 반갑네. 흥진비래 고진감래를 날로 두고 이름인가? 부중생남중생녀 날로 두고 이름이로구나. 얼씨구나 절씨구." 여러 봉사들도 눈을 뜨고, 춤을 추며 송덕이라. "이 덕이 뉘 덕이냐? 황후 폐하의 성덕이라. 일월이 밝어 중화허니 요순천지가 되었네. 태고 적 시절이래도 봉사 눈 떳단 말 첨 들었네. 얼씨구나 절씨구. 덕겸삼황의 공과오제 황제 폐하도 만만세. 태임 태사 같은 여중요순 황후 폐하도 만만세. 천천만만세 성수무량허옵소서. 얼씨구나 절씨구. 심 생원은 천신이 도와서 어둔 눈을 다시 뜬 연후에, 죽었던 따님을 만나 보신 것도 고금에 처음 난 일이요, 우리 맹인들도 잔치에 왔다 열좌 맹인이 눈을 떴으니, 춤 출 무 자가 장관이로다. 얼씨구

나 절씨구, 얼씨구 절씨구 지화자 좋네. 얼씨구나 절씨구."

【아니리】 이렇게 여러 맹인들도 눈을 뜨고 심생원도 함께 춤을 추고 노는디, 그중에 눈 못 뜬 맹인 하나가 아무 물색도 모르고 함부로 뛰고 놀다, 여러 맹인 눈 떴단 말을 듣더니만 한편에 퍼썩 주저앉어 울고 있거늘, 심 황후 보시고 분부허시되, "다른 봉사는 다 눈을 떴는디, 저 봉사는 무슨 죄가 지중허여 홀로 눈을 못 떴는지 사실을 아뢰어라!" 눈 못 뜬 봉사는 다른 봉사가 아니라 뺑덕이네와 밤중에 도망간 황 봉사인디, 황 봉사 복지허여 아뢰는디,

【중머리】 "예, 소맹이 아뢰리다. 예, 예, 예, 예, 예! 소맹이 아뢰리다. 소맹의 죄상을 아뢰리다. 심 부원군 행차시으, 뺑덕 어미란 여인을 앞세우고 오시다가 주막에서 유숙을 허시는디, 밤중에 유인허여 함께 도망을 허였더니, 그날 밤 오경시에 심 부원군 울음소리 구천에 사무쳐서, 명천이 죄를 주신 배라. 눈도 뜨지 못했으니, 이런 천하 몹쓸 놈을 살려두어 무엇허오리까? 비수 검 드는 칼로 당장에 목숨을 끊어주오."

【아니리】 "죄상을 생각허면 죽여 마땅허거니와, 제 죄를 지가 아는 고로 개과천선할 싹이 있는지라, 특히 약을 주는 것이니 눈을 한번 떠보자!" 용궁 시녀 약 갔다 발러주니, 황 봉사가 한참 눈을 끔적 끔적 야단을 허더니마는, 한 눈만 겨우 떠 논 것이 총 쏘기는 좋게 되었던 것이었다. 이런 일을 보드라도 적선지가에 필유여경이요, 적악지가에 필유여앙이라. 어찌 천도가 없다 헐 것이뇨?

【엇중머리】 그때의 천자께서 심 생원을 입시시켜 부원군을 봉허시고, 곽씨부인 영위에는 부부인 가자 추중, 치산과 석물 범절 국릉과 같이 허고, 안씨부인 교지를 내리어 정렬부인을 봉허시고, 무릉촌 장승상 부인은 별급상사허신 후에, 그 아들은 직품을 돋우와 예부상서 시키시고, 젖 먹이던 귀덕어머니는 천금 상을 내리시고, 화주승을 불러올려 당상을 시키시고, 꽃 바친 도선주는 봉성태수 제수허고, 새로 눈 뜬 사람 중의 유식자 벼슬 주고, 무식자 직업 주어 각기 돌려보내시고, 무릉 태수 형주자사는 내직으로 입시허고, 도화동 백성들은 세역을 없앴으니, 천천만만세를 누리더라. 언재무궁이나 고수 팔도 아플 것이요, 여러 손님들도 지루헐 것이요, 주운숙이 목도 아플 지경이니, 어질더질.

김석배(金奭培)

경북대학교 사범대학 국어교육과
경북대학교 대학원 문학석사 · 박사
금오공과대학교 교수
판소리학회장 역임

저서
『판소리 명창 박록주』, 애드게이트, 2020.
『고전서사문학의 넓이와 깊이』, 박이정, 2021.
『한국고전의 세계와 지역문화』, 보고사, 2021.
외 다수

명창 주덕기 가문의 소리꾼들

초판 인쇄 2022년 10월 5일
초판 발행 2022년 10월 15일

지은이   김석배
펴낸이   박찬익
편 집   정봉선
펴낸곳   ㈜**박이정** ▌주소 경기도 하남시 조정대로 45 미사센텀비즈 F749호
전 화   031-792-1195   ▌팩스 02-928-4683
홈페이지   www.pjbook.com ▌이메일 pijbook@naver.com
등 록   2014년 8월 22일 제2020-000029호

ISBN   979-11-5848-826-0   93810

QR코드의 유효기간은 발행일로부터 2년입니다.

* 책의 정가는 뒤표지에 있습니다.